KB242574

며느리

이인우 장편소설

청어

며느리

이인우 지음

발행처 · 도서출판 청어
발행인 · 이영철
영 업 · 이동호
홍 보 · 최윤영
기 획 · 천성래 | 김홍순
편 집 · 김영신 | 방세화
디자인 · 김바라 | 서경아
제작부장 · 공병한
인 쇄 · 두리터

등 록 · 1999년 5월 3일(제22-1541호)

1판 1쇄 인쇄 · 2013년 11월 10일
1판 1쇄 발행 · 2013년 11월 20일

주소 · 서울시 서초구 서초3동 1595-10 봉양빌딩 2층
대표전화 · 586-0477
팩시밀리 · 586-0478

홈페이지 · www.chungeobook.com
E-mail · ppi20@hanmail.net
ISBN · 978-89-97706-93-8 (03810)

이 책의 저작권은 저자와 도서출판 청어에 있습니다.
무단 전재 및 복제를 금합니다.

며느리

지금도 남편은 사회 활동을 하고 아내는 아이를 키우며 집안일을 하는 가정이 많다. 그러나 대부분 젊은 부부들은 이런 역할 분담이 사라진 지 오래다.

남편과 아내의 역할이 반대인 경우도 있고, 부부가 함께 사회 활동을 하며 아이를 키우고 집안일을 하는 가정도 있다. 또 부부가 사회활동을 하고 아이 키우기와 집안일은 시부모나 친정 부모에게 또는 돈을 주고 남에게 시키는 경우도 많다.

맞벌이 부부들이 보편화되어 가는 이유는 혼자 벌어서는 현재의 문화생활을 유지할 수 없기 때문이다. 그런 상황이다 보니 시부모와 함께 사는 가정은 과거에 비하여 많지 않다. 있다 해도 시부모는 며느리에게 대접받는 대상이 아니라 손자를 키우며 가정 일을 하는 경우가 많다. 정책적으로 아이 낳기를 권장하는 시대지만 그대로 이행되는 경우는 드물다.

젊은 부부들은 아이도 돈으로 계산을 하며, 아이의 출생부터 새로 가정을 이루는 비용을 산정한다. 아이 한 명을 키우는데 3억 이상이 든다는 계산을 하며 어깨 부서지게 감당하느니 차라리 아이를 안 낳겠다는 부부들도 있다.

워킹맘(일하는 엄마)이라는 용어가 생긴지 오래되었다. 많은 직장여성들은 남편 뒷바라지하며 아이를 키우는 1인 3역도 거뜬히 한다. 일부 여성들은 직장을 포기하거나 아이를 포기하는 경우도 있다.

여성이 사회활동을 하다 보니 경제적으로 독립을 할 수 있는 것은 물론 자신의 특기와 소질을 살리고 취미 활동도 할 수 있게 되었다. 그러다보니 다양한 이성들을 만나는 기회도 증가하였다.

남성들 뿐 아니라 여성들도 배우자 이외의 이성들과 가까워지는 것이 도를 넘어 불륜의 늪으로 빠지는 경우도 간혹 있다. 그리고 경제적으로 독립할 수 있으니 이혼을 쉽게 생각하는 요인이 되고 있다. 시집가서 아이를 낳고, 시부모를 모시고, 남편이 벌어오는 돈으로 행복한 가정을 꾸리는 것이 인생의 목표였던 여인들의 삶이 송두리째 변하고 있는 것이다.

여성들도 내가 번 돈으로 내가 살고 싶은 삶을 살아 가다보니 가정도, 아이도, 시부모도, 남편도 필요 없는 독신주의자가 생기는 것이다. 또 결혼을 한다 해도 남편이 싫으면 다른 남성을 찾아 떠난다. 그것이 불륜이 되고 가정이 파괴되는 것이다.

쉽게 결혼을 하고 이혼하는 시대, 불륜을 저지르고도 뻔뻔하게 이혼을 요구하는 시대에 살고 있는 것이다. 지금도 딸이 결혼을 하면 부모들은 남편과 살다가 시댁 귀신이 될 것을 간곡히 부탁을 한다. 그러나 그 부탁은 부탁으로 끝나는 여성들이 많다.

이 소설은 여성의 사회 참여로 인하여 생길 수 있는 문제인 아이를 낳고 기르기, 불륜, 이혼의 과정을 그리려고 했다. 아름답게 만났는데 아름답게 살지 못하고 쉽게 헤어지는 여성들의 이야기이다.

그러나 현재를 살아가는 젊은 여성들의 그 많은 문제들 중 아주 작은 부분의 이야기일 뿐이다. 그 부분들은 대부분 사실에 근거하지만 원래의 시간적·공간적 위치는 소설과 반드시 일치하지 않는다. 즉 소설은 소설인 것이다.

낙엽 지는 계절에 그를 보내며

차례

예쁜 딸을 두셨군요

　밤 12시, 낮에는 많은 사람들이 건너 다녔을 신호등이 있는 도로가 자정이 되니 아무도 없다. 나 혼자 파란 신호를 받고 비틀비틀 건너자니 어째 좀 허전하다. 횡단보도를 건널 때는 좌우로 자동차가 드릉드릉 거리며 줄지어 서서 사람들이 급하게 건너는 모습을 지켜 봐 주어야 신이 난다. 운동경기를 하는 선수도 관중이 있으면 신이 난다는데, 신호를 보고 부나비처럼 달려드는 자동차가 없으니 흥얼흥얼 노래를 부르며 괜히 여유를 부리고 싶다.

　술기운으로 없던 용기도 부려보고 싶다. 그저 파란 신호가 오기 전에 길을 가로 질러 뛰어가던 어린 시절로 되돌아가고 싶다. 지나가는 행인도 자동차도 없으니 왕복 4차선은 텅 비어 있다. 매월 만나는 모임이라 별다른 이야기도 없으면서 앉아있다 보니 자정이 넘었다. 반주 한두 잔이 너무 길어지면서, 다른 사람들은 바쁘다며 저녁밥 숟가락을 놓자마자 일어섰는데, 엉덩이가 무거운 몇 사람은 식당집 주인의 눈총을 받으며 시간을 죽이다 이렇게 된 것이다.

여유 있게 길을 건너 인도로 들어서는데 김이 모락모락 나는 떡볶이 리어카에 젊은이 두 사람이 정답게 이야기를 하며 꼬지 어묵을 먹고 있었다. 뒷모습만 봐도 민석이라는 것을 금방 알 수 있었다. 반가워서 민석이 옆에 서 있는 아가씨는 의식하지 못했다.

"야, 민석아! 거기서 뭐 하노?"

민석이와 이야기 하던 아가씨는 생글생글 웃으며 나와 민석이를 번갈아 보았다. 새삼 큰소리 친 것이 미안했다. 직감적으로 아들의 여자 친구라는 것을 알고 얼굴 가득 웃음이 나왔다. 머뭇거릴 사이도 없이 그 아가씨가 고개를 조금 숙이며 인사를 했다.

"안녕하세요?"

남자 친구의 아버지임을 알고 있다는 듯 스스럼없이 인사를 했다. 나는 얼떨결에 인사를 받고 보니 좋은 분위기를 망친 것 같아 괜히 허둥대었다. 처음 보는 아가씨를 똑바로 아래 위를 훑어 찬찬히 볼 수야 없지만 동그스름한 얼굴에 흰 피부를 하고 있었다. 키는 민석이와 비슷하여 여자로서는 조금 큰 키에 해당되었다. 자정이 넘도록 다정하게 이야기를 하는 두 사람은 가까운 사이라는 것을 짐작할 수 있지만 더 이상은 알 수가 없다. 돈이 없어 길거리에서 어묵을 먹는 모습을 보니 아비로서 측은했다.

길거리에서 남녀가 같이 먹는 음식은 낭만일 수도 있으나 아비가 볼 때는 괜히 미안했다. 잘 사는 집 아이들은 고급 음식집에서 데이트를 한다는데 싶어 얼른 주머니에 돈을 꺼냈다. 민석이는 음식값을 대신 낸다는 눈치를 채고 안절부절못했다. 나는 손가락으로 어묵 꼬지를 가리키며,

"여기 마구 얼마지요?"

포장마차 아저씨는 어묵을 뒤적이며 관심 없다는 투로 대답을 했다.

"처언 오백 원."

민석이는 괜찮다며 내 손을 뿌리치며 말렸지만 싫어하는 눈치는 아니었다. 민석이 여자 친구도 왠 횡재냐는 표정을 지었으나 나는 오히려 좋은 것을 사 주지 못해 미안했다.

민석이는 어묵 한 개를 집어 들어 내게 내밀면서,

"한번 잡숴 보세요. 맛이 괜찮아요."

민석이 여자 친구도 먹어보라며 권했지만 나는 손사래를 쳤다.

"나는 괜찮으니 너희들이나 많이 먹어라!"

둘은 내가 있는 것이 어색한지 아무 말 없이 어묵만 먹었다. 나는 그냥 서 있기도 민망하여 몇 발짝을 떼면서 '그만 놀고 집에 가거라' 라고 해야 마땅하나 얼마나 같이 있고 싶

을까? 하는 마음과 두 사람이 있는 것이 너무 예뻐서 그러지 못했다. 그러다,

"잘 놀아라!"

조금 큰 목소리로 말을 하면서 이 분위기에 아비가 할 말이 맞는가? 싶었으나 마땅히 할 말이 떠오르지 않아 한마디 하고는 빠른 걸음으로 집을 향했다. 민석이와 여자 친구는 고개를 숙여 인사를 하며,

"조금 놀다 갈게요."

합창을 했다. 몇 발짝 가다가 뒤돌아보니 그들은 어묵 꼬지를 들고 나를 보고 있었다. 민석이의 여자 친구는 생글생글 웃는 것이 인상이 착해 보였다. 아들이 여자 친구와 밤늦게 다니는 것을 보니 나도 이제 며느리를 볼 나이가 되었나 싶어 거울이라도 있으면 술에 취해 일그러진 내 얼굴을 보고 싶었다. 민석이가 초등학교에 들어가기 위해 작은 가방을 메고 어머니 손잡고 폴짝폴짝 뛰던 모습이 어제 같은데, 벌써 대학 졸업반이 되고 여자 친구를 사귀다니, 아들이 대견하여 집으로 향하는 발걸음이 가벼웠다.

민석이는 어릴 때부터 말썽 한번 부린 적이 없었다. 유치원에 다닐 때도 시내버스를 30분 타고, 다리를 건너고, 복잡한 거리에서 내려 다시 걸어야 하는 길을 아무 탈 없이 다녔다. 시내버스에서 내려 골목을 돌아 언덕길을 오르는데 10분 정도 걸리는 거리에 유치원이 있었다. 어머니 손잡고

유치원에 가는 것은 불과 몇 번 정도였다. 다행히 같이 다니는 아이들이 있어 시내버스를 태워주면 즐겁게 잘 다녀왔다. 하기야 그 때는 지금처럼 도로가 복잡하지 않았다.

유치원도 지금처럼 많지 않아서 남들이 유치원 보낸다니까 먼 거리에 있는 헐한 유치원을 보냈는데 참을성이 많은 민석이는 좋은 유치원을 가겠다고 떼를 쓰는 일도 없었다. 어쩌다 내가 오토바이 기름통 위에 태우고 유치원에 가는 날은 그 작은 몸을 흔들며 신이 나서 엉덩이를 들썩거렸다.

유치원에 행사가 있던 날, 마침 시간이 있어 내가 오토바이를 타고 유치원에 갔었다. 오토바이를 세우고 언덕에 있는 유치원을 쳐다보는데, 민석이가 나를 기다리다 먼저 발견하고 언덕 위에서 전속력으로 뛰어 내려왔다. 나는 민석이가 넘어질까봐,

"민석아, 뛰지 마라! 넘어진다."

민석이는 얼굴 가득 웃음을 담고 뛰는 발걸음을 멈추지 않았다. 급기야 내가 뛰어 올라가 덥석 안자 참새가 할딱거리듯 가쁜 숨을 몰아쉬었다. 그러면서,

"엄마는요?"

"엄마는 바빠서 못 오고 나 혼자 왔다."

"오늘 춤추고 노래해요."

"그래, 유치원에 올라 가보자."

나는 민석이를 안고 언덕을 올라가 유치원 입구에 내려

놓았다. 민석이는 뒤를 돌아보며 유치원 안으로 신이 나서 쪼르륵 뛰어 들어갔다.

술집이 다닥다닥 붙은 골목을 지나면서 보통 때 같으면 이집 저집을 기웃거리며 '아는 사람이 없나? 한잔 더 먹을까?' 하고 발걸음이 느려지는데 오늘은 그렇지 않았다.

그저 발걸음에 신이 났다. 골목을 돌아 집이 가까워지자 아내의 잔소리가 걱정이 되었다. 모임에 간다는 것은 알고 있지만 밤이 늦었으니 또 무슨 잔소리를 할 지 모르는 일이다. 그러나 오늘은 걱정이 되지 않았다. 아내에게 민석이 이야기를 해 줄 생각을 하니 빨리 집에 가고 싶었다. 대문 앞에서 자신 있게 벨을 눌렀다. 보통 때 같으면 아내가 잠을 자다 귀찮아 할까봐 가지고 다니는 열쇠로 철 대문을 소리 나지 않게 살짝 연다.

우리 집은 돌아가신 아버지께서 사 주신 작은 단독 주택이다. 작은 공간이지만 불편함 없이 살고 있다. 내가 받는 작은 월급으로 아들 둘을 서울에 있는 대학에 보내다 보니 버거운 일이다. 아내는 초저녁잠이 흔해서 일찍 잠자리에 들 때가 많다. 그래도 내가 대문을 열고 들어오는 것은 용케 안다. 술에 취해서 대문을 발로 차면 아내는 신발도 신지 않고 현관문을 열고 나와 대문을 열어준다. 대문을 발로 차는 날이면 아내는 내게 좋지 않은 일이 있다는 것을 알고 아무 소리도 하지 않고 대문을 열어준다. 그리고는 찬바람이 나도록 휑하니 돌아서서 현관으로 들어가 버린다. 내가 대문의 벨을 누르는 날은 늦은 시간이라도 기분이 좋은 날이다. 열쇠로 살며시 대문을 여는 날은 괜히 술에 취하게 되는 날이다.

벨이 울리고 한참 후에 잠이 섞인 목소리로,

"아빠—아!"

하고 길게 뺀다. 오늘따라 당당해진 나는 부드러운 목소리로 말했다.

"그래, 나다."

찰깍하고 대문이 열리는 소리가 나고 곧이어 현관문이 열리는 것이 보인다. 대문을 소리 나게 닫고 현관에 들어서니 아내는 큰방에 들어가고 없다. 나는 거실에 서서,

"목이 타는 데 물 좀 주지!"

아내는 짜증이 섞인 말로,

"좀 떠먹으소. 무슨 유세통 졌나!"

나는 기다렸다는 듯,

"그게 아니고, 오다 보니까 민석이가 어떤 아가씨하고 어묵을 먹고 있더라."

아내는 귀찮은 듯 하며 흥미를 보인다.

"어묵 먹는 기 뭐가 이상해서?"

"이상하지, 벌써 며느리 보게 생겼다. 아무리 생각해도 가까운 사이 같더라. 밤늦게 둘이 돌아다니는 기 이상 안 하

나?"

그제서야 큰방에서 거실로 나오며 나를 쳐다보더니 부엌
으로 들어간다.

"방학을 해도 좀처럼 오래 집에 안 있던 아가 이번에는
웬일로 서울 갈 생각도 않고 밤마다 나가는 것이 이상해서
물어 봤더니, 자꾸 웃기만 하데, 내 아무리 생각해도 여자가
있지 싶었다."

물을 떠가지고 와서 내 코앞에 내밀었다. 나는 얼른 받아
마시며,

"민석이 여자 친구에 대해서 뭐 아는 거 없나?"

"친구들 계모임에 갔더니 정숙이 하고 가깝다고 그라데,
그것도 정숙이 엄마가 있는 자리에서 말이 나왔는데 정숙이
엄마도 웃기만 하데."

"정숙이 가들 아바이는 뭐하는데?"

"어디 회사에 다닌다 카던데, 아이고 참 퇴직을 했다 카
드라. 정숙이면 괜찮지! 지방 대학이지만 대학을 나와 갔고
집에 있는 모양이데, 아는 참 차마다 카더라."

민석이는 대학 2학년 때 군에 입대해서 복무를 마치고 졸
업반이 되었다. 여자 동기들은 군대에 안가니 대학을 졸업
하고도 남았다. 나는 큰방으로 아내를 따라 들어가서 옷을
벗었다. 내의만 입고 욕실로 들어가 샤워를 하면서도 민석
이와 여자 친구가 어묵을 먹던 장면을 떠올렸다. 샤워를 하

고 큰방에 들어오니 하품을 하던 아내가,

"나는 벌써 한잠 잤다. 내일 해자 엄마한테 물어보면 다 안다. 해자하고 정숙이하고 민석이 하고 모두 동창이다. 해자는 정숙이하고 친하다 카던데."

누웠으나 금방 잠이 오지 않았다. 내일은 일요일이라 조금 늦잠을 자도 별일이야 없겠지만 평소 같으면 눕자마자 잤을 텐데 오늘따라 잠이 오지 않았다.

대문이 덜컹거리는 소리가 났다. 잠시 있더니 현관문을 여는 소리가 났다. 민석이가 온 것이 분명했다. 민석이는 겨울방학을 하고 집에 내려오고부터 매일 같이 낮에는 자고 저녁밥 숟가락 놓기가 바쁘게 집을 나갔다. 어디를 가는지 싸돌아다니는 걸 보다 못한 아내가 열쇠를 챙겨 준 것 같았다. 현관문이 닫기자 아내는 일어나 거실로 나갔다.

"니는 어디 그리 싸돌아 다니노?"

"방학인데 좀 노면 어타나?"

"알았다. 니 방에 들어가 자그라. 아바이도 조금 전에 왔다."

거실에서 서쪽에 있는 방은 민석이와 민태가 어릴 때부터 함께 쓰던 방이다.

우리 집 둘째, 민태는 서울에 있는 대학에 2학년을 마치고 해병대에 입대하여 훈련을 마치고 자대에 배치된 지 몇 개월 안 되었다. 민태는 입대하기 전까지 형과 함께 자취하며 학교에 다녔었다.

월요일 오후, 퇴근을 하고 대문 앞에서 외출복을 입은 아내와 마주쳤다. 무슨 기분 좋은 일이 있는지 잘 웃지 않던 사람이 생글생글 웃고 있었다. 참 오래 살고 볼 일이다. 무슨 볼일이 있어도 퇴근 시간에는 꼭 집에 있었던 아내다. 친구들과 여행을 가도 당일치기를 주로 했으나 저녁 늦게 오는 경우는 거의 없었던 사람이다. 그런데 오늘은 대문 앞에서 마주쳤는데도 미안한 기색 하나 없이 웃고 있는 것이다.

"해자 엄마한데 민석이 여자 친구에 대해서 알아보라고 어제 전화로 부탁을 해서, 오늘 길에서 만나 이야기 하느라 늦었니더."

아내는 자격지심인지 아니면 중요한 정보를 알아왔다는 자랑인지 그러면서 묻지도 않는 말을 했다.

"정숙이 엄마는 민석이가 초등학교 다닐 때 학교에 자주 가는 엄마들이 모임을 만들었는데 그 모임을 같이 하는 사람이라고 했잖아요. 정숙이는 고등학교 때도 공부를 잘 했다고 해자 엄마가 그러데요. 그러면서 해자보다는 못했다 카면서 지 딸(해자) 자랑만 늘어놓데! 정숙이는 위로 오빠가 한 명 있는데, 그 오빠도 지방 대학을 나왔다니더.

남매가 모두 가정 형편 때문에 지방 대학을 나왔다 카는데 실력이 모자랐겠지요. 고등학교는 비율이 쎈 국립을 가지 못하고 사립에 다녔다는데, 공부를 잘해서 지방 대학의 컴퓨터 관련 학과를 나와 학원에서 임시로 초등학생들을 가르치다 지금은 놀고 있다 카데요. 정숙이 아버지는 퇴직을 하여 퇴직금으로 생활을 하는 모양이데요. 정숙이 오빠는 집에서 공무원 공부를 하는데 몇 번 떨어졌다 카데요. 우리보다 잘 사는 형편은 아닌 모양이던데 사람만 착하면 되지요. 뭐!"

모든 것을 종합해 보면 민석이보다 조금 못한 것 같았다. 아가씨는 한 번 보았지만 외모는 남한테 빠지지 않았다. 더 욕심을 내고 싶었지만 그만 하면 되었다 싶었다. 민석이와 어떤 관계인지 알지도 못하면서 상세하게 가정 조사를 하는 것은 김칫국부터 마시는 일이라 그만 두었다.

졸업식을 기다리며 취직 준비를 한다던 민석이가 서울에 갈 생각은 하지 않고 밤을 낮 삼아 암캐 찾는 수캐 마냥 쏘다는 것이 못마땅했으나 그냥 두고 보기로 했다. 집에 내려오자마자 서울로 가기 바쁘던 지난날이 있었기에, 여자 친구와 밤늦게 노는 모습을 본 이상 더 따져 묻지 않기로 했다. 아침에 늦잠을 자거나 낮에 빈둥거려도 아내와 나는 그냥 지켜보기로 했다.

사무실에서 퇴근 시간이 되자 소주라도 한잔 하자고 했지만 집에 가고 싶었다. 일주일에 한두 번은 정시에 퇴근하여 집에 일찍 들어간다. 오늘은 왠일인지 민석이가 집에 있었다. 저녁이라도 같이 먹는 날이 그리 쉽지 않던 터라 반가웠다. 민석이는 무슨 할 말이 있는지 연신 내 옆에 와서 말을 붙였다. 저녁밥을 준비하던 아내가 내게 눈짓을 했다. 아마 민석이와 관련된 말이 있는 것 같기는 한데 모자가 말을 못하고 머뭇거리기만 했다. 세수를 하고 머리를 빗는데 아내가 옆에 오더니,

"민석이가 자꾸 핸드폰을 사달라고 카는데……."

"전번에 사 줬는데 무슨 핸드폰?"

아내는 퉁명한 내 말에 아랑곳하지 않고 의미심장하게 웃었다. 그러자 민석이가 다가오더니 보통 때와 다르게 약간 떨리는, 그러나 굳은 의지가 담긴 목소리다.

"여자 친구 핸드폰 하나 사주시면 안돼요?"

돈을 무척 아끼던 민석이가 여자 친구에게 핸드폰을 사주자고 말하는 것이 놀라웠다. 두 사람은 무척 가까운 사이인 것 같았다. 나는 반가워서 밥상이 들어오는 것도 마다하고 민석이를 데리고 핸드폰 대리점으로 갔다. 언제 연락이 되었는지 민석이와 꼬지어묵을 같이 먹던 그 아가씨가 가게에 나타났다.

핸드폰 대리점 사장은 민석이 여자 친구를 보며 핸드폰을 고르라고 하더니 빙그레 웃었다.

"예쁜 딸을 두셨군요."

"딸이 아니고 내 아들의 여자 친구입니다."

대리점 주인은 의외라는 표정을 짓더니, 의미심장한 미

소를 입가에 흘렸다. 지금이야 핸드폰 없는 사람이 거의 없지만 그 때만 해도 핸드폰은 귀한 물건이었다. 비싼 것을 사주고 싶었지만 아직 며느리가 될지 안 될지 모르는 상황이라 크게 부담스럽지 않은 것으로 사주고 싶었다. 나는 유리박스 속에 있는 핸드폰들을 가리키며,

"아가씨 골라 봐요. 마음에 드는 것으로."

아가씨는 이것저것 보며 민석이와 무엇인가 귓속말을 하더니 내 눈치를 살폈다.

"정말 골라도 돼요."

자연스럽게 거침없이 말을 했다. 마치 딸과 아버지가 핸드폰을 사러 온 풍경과 흡사했다. 아가씨는 내가 존댓말을 하자 말씀을 낮추라며 고개를 숙였다. 민석이도 무언으로 동의를 했다. 내 생각도 민석이와 초등학교 동창이고 한 동네에 사는, 민석이와 가까운 사이라는데 하대를 하는 것이 나을 것 같았다. 아가씨는 가격을 묻더니 조금 높은 가격과 싼 것 둘 중에 고민을 하고 있었다. 나는 싼 것을 가리키며,

"그래, 이번에는 조금 싼 것으로 하고 나중에 좋은 걸 사주지."

말을 완전히 놓지도 못한 어정쩡하게 하대를 했다. 그러나 민석이와 약혼은 아니라 해도 더 가까운 사이가 되면 아주 좋은 것을 사 주겠다는 결심이 들어 있는 말이었다. 민석이와 아가씨, 둘의 속셈은 패밀리로 하여 전화 요금을 절약

해 보자는 계산을 하고 있는 듯 했다. (나는 아내와 패밀리로 공짜 통화를 한 적이 있다. 패밀리는 상당히 인기 있는 회사 제품이었다. 가족이 모두 패밀리로 묶을 수만 있다면 민석이, 민태, 민석이 여자 친구 모두를 묶는 것이 타 전화요금제에 비해 이점이 많았다.) 나는 가게 주인을 보고 말했다.

"두 사람이 패밀리로 할 수 없나요?"

"패밀리로 할 수 있지요. 전화 요금이 얼마나 싼데요."

"그럼, 패밀리로 해 주세요."

핸드폰을 개통시켜 두 사람이 패밀리로 통화하는 것을 보니 너무 귀여웠다. 아가씨는 마치 며느리가 된 듯 나를 보며 생글생글 웃었다.

"아버님, 너무 고맙습니다."

아가씨는 고개를 숙여 인사를 하는 것이 아닌가? 나는 속으로 '아버님, 아버님' 하며 몇 번 을 되뇌이며 가게 밖으로 나왔다. 가히 기분이 나쁘지는 않았다. '아버님' 소리를 듣다니 딸이 없는 나는 너무 뜻밖이라 아가씨의 목소리가 귀청을 떠나지 않았다.

사무실에 시일이 촉박한 일이 생겨 임시직을 구해야 하는 급박한 사태가 발생했다. 그것은 단순한 워드 작업이라고 하지만, 컴퓨터관련 학과를 전공했거나 상업고등학교에서 기술을 습득한 자들만이 가능한 일이었다. 집에서 놀고 있는 민석이가 생각났다. 공대를 다녔으니 컴퓨터도 잘했기 때문이다. 민석이 핸드폰에 전화를 걸었더니 받았다.

"지금 어디로?"

"집이지요. 뭐."

"그래, 뭐 하나 물어 보자. 우리 사무실에서 급하게 워드를 잘 치는 사람을 구한다는데 니가 한 번 해 볼래?"

"어떻게 하는 건데요?"

"책 몇 권 분량을 오자 탈자 없이 시키는 대로 워드 작업만 하면 된다. 잘 하는 사람이면 오래 걸리지 않을 것 같다. 이 작업이 끝나면 바로 돈을 준단다."

한참을 생각하던 민석이가,

"할게요. 정숙이가 컴퓨터과를 나왔는데요. 제가 못하면 같이 하면 되요. 언제 사무실에 가면 되지요?"

"다른 사람이 오기 전에 지금 오면 좋겠다."

통화를 끊고 1시간 정도 지났을까? 출입문으로 들어와서 두리번거리던 민석이가 나를 발견하고는 웃었다. 곧이어 민석이 여자 친구 정숙이가 들어왔다. 나는 사무실 왼쪽 창가에 칸막이로 된 사무실을 손으로 가리켰다. 민석이가 먼저 사무실로 들어가자 정숙이도 따라 들어가는 옆모습이 보였다. 밤에 두 번 본 민석이의 여자 친구를 낮에 본 것은 처음이었다.

정숙이는 민석이보다 큰 키에 얼굴이 동그스름했다. 그런데 정숙이의 옆모습을 보자 나는 낭패감에 사로잡혔다.

그것은 정숙이의 입이 너무 나왔다는 것이다. 여자가 입이 튀어 나오면 고집이 세어 팔자가 험하다는 어머니의 말이 떠올랐다. 입이 나오면 복이 없다는 말도 문득 떠올랐다. 분명한 사실은 민석이 여자 친구 정숙이는 다른 사람보다 입이 나왔다는 것이다. 정면으로 보면 광대뼈가 조금 나와서 입이 나온 것을 살짝 감춰주는 얼굴이다. 두 사람이 내 손짓으로 컴퓨터실로 가는 것을 본 과장은 눈치를 챘는지 나를 바라보았다.

내가 '조금 전에 말하던……' 라고 하자 과장은 '아, 조금 전에 말하던' 이라고 하며 사무실로 들어갔다. 칸막이 뒤에서 과장과 민석이가 이야기하는 소리가 들렸다. 아마 워드 작업을 지시하는 것 같았다. 내가 화장실에 다녀와서 책상 앞에 앉아 서류철을 여는데 출입문으로 나가는 민석이의 뒷모습이 보였다.

화장실에 가는 것이라 생각하고 화장실에 다녀오면 과장에게 민석이를 소개시키고, 다른 직원들에게도 소개를 할 작정이었다. 그런데 한참이 지나도 민석이는 나타나지 않았다. 어찌된 일인가? 궁금하여 사무실로 들어가 보니 정숙이 혼자 열심히 워드 작업을 하고 있었다.

"민석이는 어디 갔노?"

"볼일이 있다면서 나갔어요."

정숙이의 손은 자판에서 열심히 움직이고 눈은 서류와

모니터 화면을 오고 가느라 정신이 없었다. 옆얼굴만 보이며 대답을 하는 정숙이는 부끄러워서 그런지 얼굴색이 홍조를 띠었다. 나는 과장에게 민석이를 소개시켜야겠다는 마음보다 구내 식당에서 점심이라도 함께 할까 싶어 물었는데, 일에 열중하는 정숙이를 보니 더 이상 말이 나오지 않았다. 자리로 와서 음료수를 찾아 들고 다시 정숙이에게 갔다. 음료수를 옆에 살짝 놓자 누가 음료수를 갔다 놓았는지 다른 음료수가 먼저 자리를 차지하고 있었다. 민석이의 행방을 물으려다 그냥 나와 버렸다.

점심시간이 되었다. 직원들이 한 사람, 두 사람 사무실을 나가기 시작했다. 과장은 나를 보며 사무실을 눈짓으로 가리켰다. 같이 구내식당에 가서 점심을 먹으라는 것이다. 사무실을 들여다보니 정숙이 혼자서 자판을 두드리고 있는 모습이 보여 슬며시 다가갔다.

"민석이는 아직 안 왔나?"

"아마 오지 않을 거예요."

"왜?"

"저 보고 혼자 하라고 했어요."

"그래, 그만하고 점심 먹으로 가자."

자판에서 손을 멈추고 작업물의 저장을 하고 일어섰다.

사무실 복도를 오고 가는 사람들이 정숙이를 흘끔흘끔 쳐다보다 나를 보고 인사를 했다.

"우리 구내식당 밥이 유난히 맛이 있다. 다른 식당에 간다고 해도 시간만 많이 걸릴 뿐 별것 없더라!"

나는 비싼 식당에 가서 근사한 점심을 사주지 못하는 미안함을 말로 대신했다. 정숙이는 살짝 웃더니 혼잣말처럼 중얼거렸다.

"구내식당이 어떤지 구경해야지."

긴 복도를 나와 현관으로 나오니 구내식당으로 가는 사람들이 많이 보였다. 모두 배가 고픈지 발걸음이 빨랐다. 지나가던 사람 중에 평소 나와 가까운 사람이 말을 걸기에 성의 없이 대답을 했다.

"손님이 왔는가 봐."

"그래."

정숙이는 큰 키를 자랑하듯 고개를 바로 세우고 구내식당으로 또박또박 걸었다. 내 옆에 붙어서 말을 하는 정숙이를 보니 마치 부녀지간 같다는 느낌이 들었다. 정숙이는 문득 생각이 난 듯,

"아버님! 저도 이 다음에 공부를 해서 이런 회사에 취직이 되었으면 좋겠어요."

나는 우쭐하여 회사 자랑을 조금 하려다 그만 두었다. 민석이와 어떤 사이인지, 아니 어느 정도 가까운 관계인지를 비롯하여 여러 가지 할 말들이 하고 싶었으나 아무 말도 입에서 떨어지지 않았다.

식당은 사무실과 조금 떨어져 있었다. 아들의 여자 친구와 함께 걸어가는 것이 어색하기는 했으나 언제 식당에 도착했는지 은연 중 줄을 서 있는 곳까지 왔다. 정숙이를 보고 내 앞에 서라고 말했더니 사양하지 않고 앞에 서서 순서를 기다렸다. 다른 부서 동료들은 누구냐며 의뭉스러운 눈으로 힐끔힐끔 봤다.

일주일은 걸릴 것이라 예상했던 워드 작업물은 단3일 만에 끝이 났다. 그동안 나는 사무실을 들락거리며 혹시 불편할 것은 없는지 신경을 써 주었다. 음료수는 물론 간식도 챙겨 주었다. 민석이는 정숙이가 출근할 때만 함께 왔다 말없이 가곤 했다. 직원들에게 민석이를 소개할 시기를 놓친 나는 그냥 무덤덤하게 지냈다. 나는 민석이가 왔다 가는 동안 말 한마디도 나누지 않았다. 그것은 직원들 앞에서 정당하게 인사를 못 시킨 민망함 때문이기도 했지만 민석이도 내 옆에 오는 것을 꺼리는 것 같았다.

일이 끝나자 과장은,

"얼마를 주면 되지요? 일주일 계산을 하고 일을 시켰는데, 3일 만에 마쳤으니 일당을 다 쳐 줄 수도 없고……."

나는 실토를 했다.

"내 아들의 여자 친구이니 과장님께서 알아서 주세요."

과장은 더 이상 묻지 않고 조금 후하게 주는 것 같았다. 굳이 금액은 확인하지 않았다. 민석이도, 정숙이도, 얼마를 받았다고 정확하게 말을 해 주지 않았다. 사무실에 올 때도 말없이 왔으니 갈 때도 남 대하듯 말없이 갔다. 방학이 끝나고 민석이의 졸업식 날짜가 다가왔다.

내일이 졸업식인데 어제저녁부터 눈이 오기 시작했다. 아침에 일어나니 아주 많은 양의 눈이 쌓였다. 회사 일이 바빠 민석이의 졸업식에는 아내만 참석하기로 했는데 민태가 마침 군에서 외박을 나와 같이 참석하겠다고 했다. 길이 미끄러워 버스를 타고 갈 수 없으니, 기차를 타고 가라며 기차표를 준비해 주었다. 나는 아들 둘이 고등학교를 졸업할 때까지 입학식이고 졸업식이고 한 번도 참석한 적이 없다. 이번에는 꼭 참석하고 싶었으나 중요한 출장을 가게 되어 또 참석하지 못하게 되었다. 그나마 민태가 참석하게 되어 다행이었다.

졸업식에 참석하고 온 아내는 아들의 사각 모자를 쓰고 찍은 사진을 제일 먼저 보여 주었다.

정숙이가 민석이 졸업식 사진에 나오는가 싶어 여러 장을 뒤져 보았으나 없었다. 시골에서 서울까지 간다는 것은 단시간에 갈 수 없는 거리지만 핸드폰을 사 줄 정도인데, 아르바이트를 대신시키는 사이인데, 괜히 서운한 생각이 들었다.

'무슨 사연이 있겠지……' 하고 민석이에게 그리고 아내에게도 묻지 않고 눈치만 보았다. 민석이는 중요한 시험이 있다며 하룻밤을 겨우 자고 다음날 서울로 간다고 했다. 정숙이와 사이가 몹시 궁금했지만 누구에게도 묻지 못했다. 민태도 형을 따라 서울 가서 하룻밤 자고 귀대를 한다며 대문을 나섰다.

내가 출장을 간 회사는 우리 회사와 거래가 많은 곳인데 이번에 큰일을 성사시키게 되어 사장이 싱글벙글 했다. 가정일이고 회사일이고 뜻대로 되니 무척 기분이 좋았다. 그 다음날 일의 마무리를 위하여 또 출장을 가게 되었는데, 우연히 책상 위에 있는 서류를 읽게 되었다. 컴퓨터를 전공한 사람을 계약직으로 구한다는 공고문이었다. 남의 회사 공고문을 슬쩍 본 것이니 대강 어떤 내용이라는 것을 알고 물어보지는 못했다.

문득 민석이 여자 친구가 생각났다. 민석이는 서울에서 직장을 구한다고 했으니 계약직은 하지 않을 것이나 정숙이는 회사와 가까운 지역에 있으니 계약직 업무에 적합할 것 같았다. 출장지에서 돌아오는 길에 정숙이에게 전화를 하려다가 민석이에게 전화를 했다.

"우리 회사와 가까운 회사에서 계약직 사원을 모집한다는데 너나 정숙이나 가능하다면 응모해 볼래?"

한참을 생각하던 민석이는,

"정숙이한테 연락해 볼게요."

한참 후 민석이에게서 전화가 왔다.

"정숙이가 한 번 응시해 보겠다고 했어요."

"공고문에 쓰인 날짜와 원서를 구하는 방법 등을 상세히 알려주어야 하는데 어쩌면 좋지?"

"정숙이보고 집에 한 번 들르라고 할게요."

"우리 집을 어떻게 알고."

"정숙이도 저희 집을 알아요."

그러고 이틀이 지난 어느 날 퇴근을 하여 거실에서 어슬렁거리는데 대문 벨이 울렸다. 아내가 뛰어가서 인터폰 송수화기를 들었다. 아내는 몇 마디 말을 하더니 당황한 빛을 보이며,

"민석이 친구라는데 여자 목소리예요. 혹시 정숙이 아닐까요?"

나는 원서 때문이라는 것을 직감했다.

"들어오라고 해라. 아마 취직 때문일 거다."

계단을 올라오느라 숨이 가빴는지 숨을 할딱거리는 정숙이가 현관문 앞에 서서 나를 보고 인사를 했다.

"안녕하세요?"

"오, 그래! 잘 온나."

무슨 영문인지 몰라 눈을 크게 뜬 아내를 보고,

'민석이 여자 친구'라고 했더니 아내는 정숙이 손을 잡으며 얼굴에 함빡 웃음을 띠었다.

소파에 앉아 있던 나는 정숙이를 보고 내 옆에 앉으라고 했다. 정숙이는 민석이 말을 듣고 준비한 원서를 탁자 위에

펼쳐 놓으며,

"아버님, 고마워요."

정숙이는 내가 민석이에게 시킨 대로 원서와 사진, 이력서, 주민등록등본 등을 준비해왔다.

"그 회사는 우리 회사와 상호 협조를 하는 회사라 시험도 중요하지만 면접관을 네가 한 번 만나 보는 것이 좋을 듯하다. 아마 이번 계약직은 회사 내에서 근무하는 것이 아니고 각 매장에 근무하는 것 같더라. 물론 매장이 시골에만 있는 것은 아니어서 성적이 좋으면 시내에 있는 매장에도 근무를 할 수 있다는 이야기를 들었다. 혹시 시골에서 근무하더라도 가능하지?"

정숙이는 잠시 생각하더니,

"버스로 다니면 돼요."

시골도 괜찮다며 가볍게 대답을 했다.

"원서를 써 본적은 있겠지?"

"몇 번 써봤어요."

"원서는 글씨를 정성들여 깨끗하게 쓰는 것이 예의이다. 없는 사실을 썼다가 만약에 발각이 되면 큰일이다. 또 사진은 규격에 맞추어 잘라서 붙이고 학력과 경력은 년도와 날짜를 정확하게 써야 한다."

"저는 그럴 줄 알고 3 곱하기 4 하고, 5 곱하기 6의 사진들을 여러 장 준비해놨어요."

"면접은 정장을 입고, 묻는 말에 대답을 하되 명확하게 아는 것만 말하고, 모르는 것은 모른다고 하는 것이 점수를 얻을 수 있다. 모르면서 괜히 아는 척 하다가 창피를 당하면 오히려 마이너스가 될 수 있다. 1차 필기에서 합격을 하면, 내가 그 회사 과장을 잘 아니까 한 번 만나서 부탁을 해 놓을 테니까? 그 점은 걱정하지 않아도 될 것 같다."

정숙이는 다소곳이 듣더니 소파에서 일어나면서 긴 머리카락이 얼굴을 덮도록 고개 숙여 인사를 했다. 부엌에 있던 아내가 정숙이를 보고 저녁을 먹고 가라며 손을 잡았다. 정숙이는 웃으며 손 사례를 치더니 가겠다며 아내에게도 고개 숙여 인사를 했다. 현관을 나가는 정숙이를 보고 마지막 격려의 말을 했다.

"접수 날짜 잊지 말고 열심히 해서 합격해라."

정숙이가 대문을 열고 나가자 배웅을 나갔던 아내가 들어왔다.

"참 이쁘지요. 민석이 하고 잘 어울릴 것 같네. 키가 커서 참 좋다."

아내는 정숙이가 며느리라도 된 듯 들떠 있었다. 나는 심각한 표정을 지으며,

"그런데 말이야. 입이 나와서 걱정이야."

"입이 나오기는 뭐가 나와요. 예쁘기만 하던데 참, 가들 엄마가 입이 나왔다. 그러면 정숙이도 입이 나왔나?"

아내도 내가 정숙이를 처음 보았을 때처럼 허둥대느라 자세히 보지는 않은 모양이다.

"입이 나오면 고집이 세고 말이 많아 복이 없다던데."

아내도 어디서 들었는지 어머니와 같은 말을 했다.

쓰레기를 버리려 나갔던 아내는 이웃집 아주머니를 만났다.

"며느리감이 참 훌륭하데요. 얼굴도 예쁘고 키도 크고 참 좋겠네요."

아내는 길에서 만난 해자 어머니가 무슨 질투를 느꼈는지 '정숙이 아버지는 젊어서 바람피우고 도박하느라 가정을 버리다시피 했으며, 정숙이 어머니는 남의 말을 잘 가지고 다녀서 이웃 사람들과 안 싸운 사람이 없다'는 험담을 하더라고 했다.

"정숙이 엄마가 모임에 오면 말이 많은 것은 맞아요. 동네 소문은 혼자 알고……."

나는 쓸데없는 말을 듣고 다닌다며 아내를 나무랐다.

정숙이가 원서를 접수했다는 소식을 듣고, 나는 내 체면도 있고 하여 합격이 되었으면 하고 그쪽 회사 인사 과장에게 전화를 했다. 몇 명이 응시를 했느냐고 했더니 '3명을 뽑는데 28명이 원서를 내었다'고 했다. 원서를 넣고 지원을 해도 마음이 편치 않았다. 1차 시험은 통과를 해야 할 텐데, 2차는 면접이니 손을 써볼 수 있지만 1차는 손을 쓸 수 없었다. 1차 시험이 끝나는 날 시험장에 가보려다 아직 며느리가 된 것도 아닌데 너무 앞서가는 것 같아 그만 두었다. 하루 종일 마음을 조이며 혹시 정숙이에게 전화가 올까 기다렸지만 오지 않았다. 민석이 전화도 오지 않았다. 다음날도 전화는 없었다. 그 회사 인사 과장에게 전화를 하면 좋겠지만 만약에 성적이 형편없다면 내 꼴이 말이 아니어서 그냥 두고 지켜보기로 했다. 1차 시험 발표 날 오후에 민석이 전화가 왔다.

"아빠, 고마워요. 정숙이가 1차 시험은 합격했어요."

민석이는 내가 손을 써서 합격을 한 것이라 판단을 한 것 같았다.

"고마울 게 뭐 있노? 정숙이가 시험을 잘 봐서 내가 도리어 고맙지."

민석이는 그냥 웃었다.

"1차에 합격 한 사람은 7명이라는데 이제 면접이 남았어요."

나는 알았다고 말하고는 그냥 전화를 끊었다. 4명이 면접에서 떨어져야 하는데 쉬운 일은 아니었다. 인사 과장에게 전화를 하여 만나자고 하는 것이 빠를 것 같았다. 인사 과장에게 정숙이와 내 관계를 어떻게 말을 할지가 고민이었다. 아들의 여자 친구라는 것은 지난번 얘기를 통해 알고 있겠지만 약혼이라도 했다면 떳떳하게 말을 할 수 있을 텐데…… 좀 아쉬운 생각이 들었다.

인사 과장은 만나자는 내 전화에 만날 필요가 없다고 했다. 지원자의 성적이 1등은 아니지만 좋은 편이니 기다려 보라고 전했다. 인사 과장만 믿는다는 말을 덧붙이고는 전화를 끊었다.

아침에 출근을 하려는데 전화벨이 울렸다. 민석이의 목소리였다.

"아빠, 정숙이가 합격을 했어요. 고마워요."

"그래, 축하한다. 이제 발령이 문제인데."

"시내에 발령나게 좀 해 주세요."

"알았다."

아침 일찍 그 회사 홈페이지에 들어가 확인을 한 것은 민석이었다. 정숙이와 통화를 하고 바로 나에게 전화를 한 것은 임지가 시내였으면 하고 두 사람이 모의를 한 것이 분명했다. 급할 때는 시골도 좋다고 했다가 합격을 하니 시내에 발령을 받고 싶은 것이다. 고맙다는 내용은 아니라 해도 안부 전화라도 정숙이의 전화를 받고 싶었다. 그러나 민석이 전화로 만족하고 정숙이가 시내에서 근무할 수 있도록 해 주는 것은 내 몫인 것처럼 느껴졌다.

인사 과장에게 전화를 했다. 점심시간이라 그런지 몇 번 통화를 시도한 끝에 인사 과장이 받았다. 최대한 예의를 지키고 싶었다. 그것은 정숙이의 임지가 결정되는 문제이기에 절박했다.

"인사 과장님, 전화 받으실 수 있습니까?"

내 전화번호가 인사 과장의 핸드폰에 입력이 되었는지 아니면 몇 번의 전화로 목소리를 기억하고 있었는지 금방 내 목소리를 알았다.

"예, 받을 수 있지요. 점심시간이라 조금 시끄럽기는 합니다만……."

평소보다 친절하게 전화를 받는 인사 과장은 내가 전화하는 의도를 그냥 감사하다는 내용 정도로 알고 가볍게 받았다.

"참, 고맙습니다. 모두 과장님 덕택입니다. 이 은혜는 잊지 않을 게요."

그리고 말을 이으려는 데 잡음이 들렸다.

"하이고, 무슨 말씀을요. 모두 본인이 잘해서 합격이 된 거예요. 제가 뭐, 한 게 있어야지요."

내가 다음 말을 하려는데 또 잡음이 들리더니 전화가 끊어졌다. 다시 번호를 누르려고 버튼에 손가락을 올리려다 멈추고 말았다. 상대의 상황도 모르면서 전화를 받을 상황이 아니라면 귀찮게 하는 것이고, 부탁도 역효과가 날 것이 뻔하기 때문이었다. 조금 후 인사 과장의 전화가 왔다.

"빠떼리가 다 되어 다시 갈아 끼우느라 늦어서 죄송합니다."

나는 이때다 싶어 임지에 대해서 말을 꺼냈다.

"어려운 부탁인 줄 아는데 어떻게 시내 매장에 발령이 날 수 없을까요?"

인사 과장은 흡족하게 웃으면서 시원스럽게 말을 했다.

"시내에 한 자리가 있는데, 없으면 만들어서라도 시내에 발령이 나도록 해야지요. 누구 부탁이신데, 하 하 하."

그 후 며칠에 지나도 발령 소식은 없었다. 그렇다고 내가 민석이나 정숙이에게 전화를 할 수는 없었다. 마음속으로 정숙이가 시내에 발령이 나서 내 채면을 세울 수 있기를 바랐다. 정숙이는 다행히 시내에 있는 매장에 발령이 났다. 그것도 걸어서 다닐 수 있는 정숙이 집 가까운 곳이었다. 인사 발령은 시내에 2명, 시외에 2명, 모두 4명이 발령을 받았다. 3명을 뽑는다더니 4명을 뽑은 것이었다. 인사 과장이 잘 봐 줘서 그렇게 되었는지 아니면 정숙이가 시험을 잘 쳐서 그렇게 되었는지 알 수는 없지만 다행이었다.

민석이가 서울에서 취직 공부를 하다 모처럼만에 집에 왔다. 마침 토요일이라 나도 모임이 있어 저녁 늦게 집에 왔는데 민석이는 정숙이를 만나러 갔는지 보이지 않았다. 일요일 아침을 먹으려는데, 민석이는 늦잠을 자느라 일어나지 않았다. 친척 혼사가 있어 예식장에 다녀오니 아내는 혼자 점심을 먹고 있었다.

"오늘 저녁은 다른 사람과 식사 약속을 하지 말아요."

"왜 무슨 일 있나?"

내가 무슨 일을 하든지 상관 않던 아내의 말이라 나는 영문을 몰라 아내의 입만 바라보았다.

"오늘 저녁에는 정숙이가 온다고 민석이가 그러는데 아마 취직이 되어 인사를 하러 오는 것 같은데요."

아내는 말끝을 흐렸다.

"그러면 옥상에서 삼겹살이나 꾸어서 같이 먹도록 하지."

"몇 시에 정숙이가 오는지 민석이하고 연락해 보고 준비할께요."

아내는 민석이와 연락이 되었다며 옥상에서 삼겹살 구울 준비를 하느라 시장을 여러 번 다녀왔다. 나는 괜히 할 일 없이 마음이 들떠서 이방 저방을 돌아다녔다. 아들의 여자 친구와 집에서 저녁을 먹는 것은 무척 기분 좋은 일이다.

가을이라지만 아직은 햇살이 따가웠다. 우리 집은 2층이다. 1층은 전세를 주고 2층에 우리가 산다. 우리 동네 사람들은 보통 1층에 주인이 살고 2층은 세를 준다. 그런데 우리 집은 반대이다. 그것은 2층이 1층보다 조금 좁지만 길 건너 강과 산이 보이기 때문이라고 말하지만 사실은 2층보다 1층이 전세가 비쌌다. 1층은 전세를 받아서 아이들 학비에 쓰고 조금 남아서 만약을 대비해서 몇 년 전에 시골에 작은 밭을 샀다.

전세금을 받아서 밭을 샀으니 조금 큰 1층에 내려가서 살

고 싶어도 돈이 없어 몇 년째 2층에 사는 것이다. 옥상은 2
층 바로 위에 있었다. 옥상에는 들마루, 4겹으로 멘 빨랫줄,
텔레비전 안테나, 유선방송줄, 전깃줄, 가정용 가스통, 장
독, 전홧줄 등이 있고 작은 도구를 넣을 수 있는 창고가 있
었다. 민석이가 여자 친구를 데리고 오기 전 아내와 나는 들
마루에 돗자리를 까는 것을 마지막으로 삼겹살 구울 준비를
마쳤다.

옥상에서 강을 바라보니 평소에 느끼지 못하던 푸른 물
과 나무들이 나를 축복해 주는 것 같았다. 아들의 여자친구,
며느리 그리고 손자 나는 상상만 해도 행복했다. 아내도 뭐
가 그리 신이 나는지 옥상을 오르내리는 발걸음이 나처럼
가벼워 보였다. 평소에는 빨래를 들고 옥상에 올라갔다 내
려오면 한참 숨을 몰아쉬었었는데 오늘은 힘들어 보이지 않
았다.

민석이가 정숙이를 데리고 집에 도착한 것은 해가 막 떨
어진 후였다. 정숙이는 밝게 웃으며 인사를 했다.

"안녕하세요. 전번에 시험 때는 고마웠어요."

"잘 왔다. 내가 뭐 해 준 게 있어야 말이지?"

방에 들어가지 않고 바로 옥상으로 올라갔다. 정숙이는
큰 키에 걸음이 시원하여 옥상 계단으로 올라가는 발걸음이
너무 가벼워 보였다. 옥상에 준비된 음식과 삼겹살을 보더
니 아내를 거들어 같이 구웠다. 민석이는 싱글벙글거리며

도와 줄 것이 없는지 찾다가 집게로 고기를 뒤적였다.

나는 자리를 차지하고 아내와 정숙이가 고기를 굽는 모습을 행복하게 바라보았다. 식사를 시작하고 얼마 되지 않아 작은 빗방울이 떨어졌다. 해가 질 때까지 흰 구름만 떠다니던 하늘이 우리의 행복한 만찬을 질투 하는 듯 했다.

식사를 못할 정도는 아니어서 이슬비를 맞으며 식사를 계속했다. 그러다 나는 일어나서 계단을 내려가기 시작했다. 차 안에 넣어 둔 낚시용 파라솔이 생각났기 때문이다. 파라솔을 들고 옥상을 올라가며 계단에 발이 접치는 줄도 모르고 무슨 장한 일이라도 되는 듯 신이 났다. 파라솔을 펴서 벽돌에 꽂아 정숙이 머리 위에 맞추어 주었다.

꽃바구니가 놓인 식탁

아내가 모임에 갔다 오면서 해자 엄마에게 들은 이야기를 해 주었다. 해자 엄마는 해자에게 전해들은 이야기였다. 정숙이가 계약직이지만 회사에 시험을 치기 위해 원서를 낸다는 것을 해자도 알고 함께 응시를 했다. 1차 시험에 합격을 한 해자는 2차 면접에서 떨어졌다. 정숙이 보다 좋은 대학을 나온 해자라 합격할 것이라 생각했는데, 정숙이는 합격을 하고 해자는 시험에서 떨어진 것이다.

아내도 해자 엄마의 비위를 거스를까 정숙이 취직 시험에 대해 모른 척 했는데 해자 엄마는 '민석이 아빠가 힘을 써서 정숙이가 합격을 했다' 라고 소문을 냈다는 것이다. 나는 오히려 잘 되었다며 웃었다. 그것은 정숙이를 민석이 여자 친구가 확실하다는 것을 소문내는 결과가 되기 때문이다. 그러면서 아내는 이상한 이야기를 했다. 민석이와 정숙이 그리고 해자, 해자 남자 친구가 호프집에서 술을 마셨다고 했다. 정숙이가 먼저 민석이에게 시비를 걸었다.

"취직도 못한 주제에 큰소리는 혼자 다하고……."

민석이는 불끈하다가 정신을 가다듬고 차분히 따졌다.

"나는 취직 공부와 대학원 진학 공부를 함께 한다. 이번 A사 입사 시험에 떨어진 것은 너 취직 시험에 신경을 쓰다 보니 취직이 뒷전이 되어 발생한 일이었다. 은혜도 모르는 배은망덕한 여자가 바로 너 같은 여자다."

그러자 정숙이는,

"내 취직하는데 너가 한 일이 뭐 있다고, 그리고 너 아버지는 왜 그렇게 폼을 잡는데? 내 취직에 자기가 다 한 것처럼."

민석이는 할 말이 없어 입만 벌리고 있자 정숙이는,

"우리 그만 만나. 어차피 너와 나는 안 어울려!"

옆에 있던 해자와 해자 남자 친구가 정숙이를 말렸다. 그래도 정숙이는 고집을 굽히지 않았다.

"여자가 어디 너 아니면 없는 줄 아나? 은혜도 모르고 함부로 날뛰며 건방만 떠는 너는 더 이상 싫다. 사람이 사람의 도리를 알아야지 아빠가 너 때문에 얼마나 신경을 썼는데, 취직이 되고 나니 별 볼일 없다 이거지?"

민석이도 화가 나서 절교를 선언하고 말았다.

다음 날 민석이가 해자 남자 친구와 술을 마시고 있는데 정숙이가 나타나 민석이 앞에 쪼그리고 서서 울면서 말을 했다.

"석아, 내가 잘못했어. 한 번만 용서해주면 안 될까? 집에 가서 곰곰이 생각해 봤는데, 너 말이 맞아. 해자가 해자 엄마한테 들은 이야기를 내게 해 주었는데, 너희 아빠가 내 취직 때문에 고생하셨다는 거 이제 알았어. 나는 내 실력이라 믿고 인사도 못했어."

민석이는 화를 애써 억누르는 목소리로,

"이제 끝났잖아. 다 필요 없어! 나는 내일 서울 올라가면 다시는 안 내려온다. 너도 만날 필요 없고, 한 번 배신한 사람, 언제 또 배신할지 모르지. 가라! 너는 기본이 안 된 것이 문제야. 필요 없어!"

정숙이는 시멘트 바닥에 무릎을 꿇고 두 손으로 싹싹 빌었다.

"다시는 배신하지 않을게. 한 번만 용서 해 줘. 민석아."

민석이는 자리를 박차고 일어서서 카운터로 갔다. 술값을 계산하고 밖으로 나오자 정숙이가 따라 나왔다. 뒤도 돌아보지 않고 걸어가는 민석이의 뒤에 대고 정숙이가 소리를 질렀다.

"나 한 마디만 더 하자!"

민석이는 가던 길을 멈추어 섰다.

"나, 너네 집에 같이 가야 할 꺼 같아. 아버님께 할 말이 있어.”

정숙이가 아버님이라고 하자 민석이는 가슴이 뜨끔했다. 평소에는 과묵하고 잘 대해 주지만 화가 났다하면 물불을 가리지 않는 아버지의 불 칼 같은 성격이 생각났기 때문이다. 정숙이와 헤어지는 게 문제가 아니었다. 아버지가 알게 되면 지금까지 쌓아놓은 모든 신뢰가 물거품이 되는 것이다. 정숙이와 헤어지는 것을 안다 해도 천천히 안다면 충격은 덜할 것이라는 판단이 섰다. 민석이는 말없이 강을 향해 걸었다. 정숙이는 민석이가 가는대로 뒤를 따라갔다. 어둠을 밝히는 가로등이 취한 눈으로 보니 흔들거렸다.

강에는 달맞이꽃 대궁이 열매를 달고 가을바람에 흔들렸다. 코스모스 꽃도 바람에 누웠다가 일어났다. 물가에 서서 강물을 보니 갈대가 키만큼 자라 흰 꽃이 피어 있었다. 민석이는 취했지만 정신은 맑았다. ‘이 여자가 이런 사람인 줄 진작 알았다면 부모님께 소개 하지 말았어야 했다. 이제 와서 안 것도 다행이나 그동안 함께 했던 시간들이 파노라마처럼 밀려왔다. 지난날은 아름답다고 했던가?’ 정신없이 갈대를 보고 있는데 정숙이가 불쑥 안겨왔다.

“민석아, 다시는 배신 안 할게. 너 가족에게 미안하고 너에게 할 말이 없어.”

정숙이의 머리카락이 바람에 날려서 민석이의 얼굴을 가렸다.

"나는 너가 미운 것이 아니라 너 행동이 미운 것이다. 어떻게 헤어지자는 말을 그렇게 쉽게 할 수 있노? 그것도 술에 취해서, 술 취하면 본심이 나온다는데 너 본심을 알고 싶다."

정숙이는 민석이 등에 끼고 있던 손가락을 풀면서,

"너네 가족은 정말 행복해 보였어. 우리 집 분위기와 달라. 우리 집은 웃는 사람이 없어. 그런데 너네 집 식구들은 너무 즐거워 보여."

민석이는 말없이 생각에 잠길 뿐이었다.

"정숙이와 약혼도 하고 결혼도 하기로 했는데, 이렇게 쉽게 헤어지자고 하는 여자가 결혼을 해서 또 헤어지자고 한다면 그 때는……."

민석은 고개를 흔들었다. 그리고 고개를 숙이고 있는 정숙이의 긴 머리를 바라보았다. '나를 배신할 여자는 아닐 것이다. 저렇게 순수한 시골 아가씨가, 앞으로 서울에서 살 것인데, 나 아니면 아무것도 하지 못할 것 같은 정숙이가 아닌가?' 민석이는 정숙이의 손을 꼭 잡았다.

"무슨 일이 있어도 헤어지자는 말은 하지 말자."

정숙이는 고개를 끄덕이며 민석이에게 안겼다.

아내의 이야기를 들은 나는,

"다—아, 싸우면서 정이 들지. 우리도 마찬가지잖아. 아직 헤어지자는 말은 한 적이 없지만."

“정숙이 가를 자세히 보니 지 엄마를 닮아서 입이 진짜로 나왔어요. 당신 말을 들으니 아무래도 마음에 걸려요. 처음에 당신이 정숙이 입이 나왔다고 했을 때 나는 몰랐지, 전번에 삼겹살을 먹을 때 보니까 조금 나오기는 나왔어요. 그래도 그만한 아가씨도 없으니 잘 되었으면 좋겠어요.”

민석이가 기쁜 소식을 안고 집에 왔다. 대학원 시험에 합격을 한 것이다. 그것도 국내에서 제일 좋은 대학에 원하는 학과이니 무척 기뻤다. 당장 할아버지 산소에 가서 기쁜 소식을 전하고 싶었다. 민석이에게 운전대를 내주고 뒷자리에 앉으니 사장이라도 된 듯 콧노래가 절로 나왔다. 기쁠 때나 슬플 때나 찾아오는 곳이 선산이다.

누가 내게 신앙이 무엇이냐고 물으면 조상이라고 스스럼없이 말을 했다. 특히 할아버지께서 서당 훈장이셨다는 것을 무척 자랑스러워했다. 제사를 모실 때에도 할아버지 술은 꼭 내가 먹었다. 아버지 산소 앞에 설 때마다 감개무량한 마음을 금치 못할 정도였다. 특히 공부와 일에 억척이셨는데 민석이 소식을 들으시면 무척 좋아 하셨을 텐데…… 작은 야산이지만 선산으로 장만하기 위해 고생한 아버지의 정성이 곳곳에 베여 있었다. 몇 년 전에 돌아가신 아버지의 말을 통해 학문을 즐기셨다던 할아버지의 품성을 한 눈에 알 수가 있었다.

너희 할아버지께서는 집이 가난하셔서 과거 시험에 응시하려 해도 노잣돈이 없어 응시를 못하고 계시다가 한번 응시하셨다고 한다. 이를 보다 못한 증조모님께서는 남의 집에 일품을 팔아서 노잣돈을 마련하셨다. 할아버지께서 문경세재를 지나 경기도 이천 장호원을 지나게 되는 일이 있으셨다고 한다. 마침 비가 내려 비를 피하기 위해 길 옆 바위 밑을 찾아 들어 비를 피하였다고 한다.

모두 세 명이 함께 가셨다고 하는데 두 분은 바위 밑에 억지로 들어가서 비를 피하시고 할아버지께서는 보따리만 바위 밑에 있는 사람에게 맡기고 바위 아래 쪼그리고 앉아서 소나기를 몸으로 막아야 하셨다고 한다. 젖은 옷을 그대로 입고 한양으로 가시면서 비 맞은 중처럼 두보의 시를 외우셨다고 한다. 천신만고 끝에 과거장에 도착하셨다. 마침 글제가 ‘바위 밑에서 선비가 비를 피하다’ 라는 것이었다고 하셨다.

할아버지께서는 본인의 답안을 다 써서 제출하시고 같이 간 사람들의 답안을 봐주게 되셨는데 ‘비로 깨끗하게 씻는다는 뜻으로 세(洗) 자’를 써주시다가 아차 싶으셨단다. 그리된 연유는 정작 본인의 답안지에는 ‘비로 맑게 한다는 뜻으로 청(淸) 자를 쓰셨기 때문이라고 하신다. 할아버지는 뒤 늦게 잘못된 답안을 제출하신 것을 깨달았으나 이미 제출한 답안지라 고칠 수 없으셨다고 하신다.

한시 전체 구성으로 보아도 '청(淸) 자' 보다 '세(洗) 자'를 쓰는 것이 좋을 듯했다는 것이었다. 나중에 급제자들의 발표를 보니 같이 간 두 분은 합격이 되셨는데 할아버지만 불합격이 되셨다는 것이다. 그 후 가난한 살림에 과거를 볼 수 없어 서당 훈장으로 한 평생을 보내셨다고 하신다.

외동아들인 아버지에게는 공부보다는 농사에 힘쓸 것을 당부하고 돌아가셨는데, 아버지는 할아버지의 유언을 받들어 주경야독한 결과 남부럽지 않을 정도의 재산을 일구게 되셨다. 선산도 마련하여 여기 저기 흩어져 있던 조상님들의 묘를 한 곳에 모셨는데, 그것이 지금의 선산이다. 선산은 마을에서 가장 가까운 남향에 위치한 아늑한 산이다. 마을사람들 모두가 탐내던 산이었기에 시세보다 몇 배의 돈을 주고 사셨다고 하셨다.

선산은 언제 와도 푸근함을 주었다. 할아버지 산소에 절을 하며 '민석이를 합격하게 해 주셔서 고맙습니다. 내친김에 민석이 취직 시험도 합격하게 해 주세요' 하고 빌었다. 형님이 몇 년 전에 돌아가시고 형수와 살고 계시는 어머니를 뵙기 위해 큰집에 들렀다. 어머니는 팔순을 넘기시면서 건강이 좋지 않아 어쩌다 골목에 한 번 나가시고 집 안에 계셨다.

　어머니는 민석이가 대학원에 들어갔다는 말을 듣고 그저 좋은 일이라 여기시는 것 같았다. 내가 대학원에 대해서 설명을 하자 그제서야 아셨는지, 할아버지의 대를 이을 자식이 또 생겼다며 좋아 하셨다. 민석이는 할머니와 한 집에서 살아 본 적은 없지만 명절, 기제사, 생일 등 크고 작은 행사가 있으면 어릴 때부터 자주 들러 할머니와 정이 두터웠다.

　어머니를 뵙고 돌아오는 차 안에서 민석이는 조심스럽게 말을 꺼냈다. 나에게는 느닷없는 말이지만 '여자 친구와 약혼이라도 했으면 하는데요' 반가운 소식이지만 속내를 감춘 나는,

　"상대가 누구인데? 언제 약혼을 하면 좋은데."

　"물론 정숙이지요. 봄에 약혼을 하고 가을에 결혼을 했으면 하는데요."

　며느리를 본다니 기쁜 일이지만 당장 걱정은 돈이었다. 약혼 비용부터 문제가 되었다. 대학원도 가야 하고, 약혼도 해야 하고, 결혼도 해야 한다니, 더군다나 취직도 되지 않는 상황이니 돈이 걱정이었다. 대책이 서지 않았다. 나는 '무슨 생각으로 일을 이렇게 벌리느냐?' 고 소리라도 지르고 싶었지만 민석이를 나무라지 않았다.

　기다리던 일들이 현실로 다가오니 당황할 뿐이다. 언제

해도 내가 할 일이다. 일이 벌어지면 무슨 대책이 서겠지! 구체적인 계획은 차차 생각하면 될 일이다.

"그래, 우선 취직 시험에 합격을 해라. 대학원은 대학처럼 매일 출석하는 것이 아니니, 그리고 야간에도 할 수 있으니까."

민석이는 취직에 자신감을 보였다.

"몇 곳에 이력서를 넣었는데 곧 소식이 올 것 같아요. 대학원도 야간으로 돌리면 가능할 거고요."

일은 저질러 놓고 보자는 것이 평소의 내 스타일이다. 돈이 부족하면 아버님이 물려주신 논밭이라도 팔고 싶었다. 그리고 민석이에게 자신감을 심어 주기 위해,

"돈은 걱정하지 마라. 너 할아버지가 물려주신 논밭도 있고 또 전세금으로 샀지만 내가 사 놓은 밭도 있으니."

약혼식을 한다는 말만 남기고 민석이는 서울로 올라갔다. 아내와 나는 돈 때문에 걱정이 태산 같았다. 취직도 해야 하고, 대학원도 다녀야 하고, 결혼도 한다니, 민석이 어릴 적 친구들 중에 결혼한 사람은 한 명도 없다. 서른은 안 되었지만 지금 결혼을 한다 해도 빠른 것은 아니라는 생각이 들었다. 혼기를 놓쳐 마흔이 넘도록 총각으로 사는 사람들을 많이 본 터라 어떻게 하든지 결혼을 시키고 싶었다.

약혼식을 하기 전에 해야 될 일이 있었다. 그것은 양가 어른들이 먼저 만나보는 상견례이다. 신부 집 어른들의 생각

과 신부의 심중을 알아보는 자리이기도 하다. 이름 있는 식당을 찾아 별식으로 저녁 식사 준비를 했다. 약속 일시와 장소는 민석이를 통하여 신부 집으로 전달했다. 신부 부모님도 흔쾌히 응해 주었다. 약속시간 보다 조금 일찍 도착하니 아직 신부 집에서는 아무도 오지 않았다. 조금 기다리니 식당 출입문에서 나보다 나이 많은 남자가 두리번거리는 것이 보였다. 곧이어 정숙이 얼굴이 보이자 민석이가 달려갔다.

아내와 나는 자리에 일어서서 그들을 맞이했다. 아내는 정숙이 어머니를 보며 손을 잡고 악수를 했다. 모임을 같이 하는 사이이니 서로 잘 알고 있는 처지라 반가워 어쩔 줄 몰랐다. 내가 식당에 들어오면서 민석이에게 '부모 소개는 너가 해라' 라고 시켰더니 민석이는 서 있는 나와 아내를 소개했다.

"저희 아버님입니다. 또 저희 어머님입니다."

정숙이도 두리번거리더니 상황 판단이 되었는지 민석이를 따라 자기 아버지부터 소개를 했다. 나와 아내는 절을 하려고 구부정하게 방에 앉으려니 정숙이 부모님도 따라서 절을 하려고 허리를 굽혀 서로 맞절을 했다.

"만나서 반갑습니다. 민석이 편으로 좋으신 분들이라는 소식을 들었습니다."

"저도 정숙이 편으로 말씀 많이 들었습니다."

우리 집에서는 아내와 민석이, 신부 집에서는 신부 부모와 신부가 참석을 했다.

아내 옆에 민석이가 앉자 정숙이는 민석이 앞에 앉았다. 남자는 남자와 여자는 여자와 서로 마주보며 앉은 것이다. 주문한 식사가 들어오고 있었다.

"아이들이 서로 좋아서 맺어진 인연이라 두 집안이 영원토록 화목했으면 좋겠습니다. 좋은 인연이 되어 고맙습니다. 또 한 동네에서 자란 아이들이라 성격과 집안 사정 등 모든 것을 잘 알고 있어서 더욱 좋습니다. 또 집사람 말을 들으니 정숙이 어머니와 잘 아는 사이라 더욱 좋습니다."

정숙이 아버지는 한 동네에 살아도 처음 보는 얼굴이었다. 직장이 다르고, 취미가 다르고, 연령대가 달라서 그런 것 같았다. 학교를 따져 보려고 해도 정숙이 아버지는 초등학교만 시골에서 졸업한 것을 알기 때문에 그것도 의미가 없었다. 내 말을 듣던 정숙이 아버지는 한참 머뭇거리더니 '좋은 사이가 되어 반갑습니다' 라는 말을 하고는 음식을 젓가락으로 집었다. 아내도 남자들이 별로 말이 없으니 간혹 한두 마디 오고 갈 뿐 조용했다.

"우리 민석이는 아무것도 모릅니다. 고등학교 때부터 집을 떠나 객지에서 살아서 예의범절에 어긋나는 일이 많을 것입니다. 많이 가르쳐 주시고 귀엽게 봐주셨으면 합니다."

마땅한 화제가 없어 민석이 이야기를 꺼낸다는 것이 너무 길어졌다. 정숙이 아버지는 무엇인가 말을 하려는데 옆에 앉았던 정숙이 어머니가 내 말을 받았다.

"우리 정숙이는요. 엄한 오빠 밑에 자라서 집하고 학교 밖에는 모르고 자랐어요. 영 숙맥인줄 알았는데 남자를 다 사귀네요."

정숙이 어머니가 내 말을 받자 이번에는 아내가 한마디 했다.

"귀여운 따님을 주셔서 얼마나 고마운지 모르겠습니다."

음식을 먹던 정숙이 아버지는 자기도 모르게 말이 나온 것 같았다.

"정숙이요. 친구가 많아서 밤낮으로 얼매나 쏘댕기는데요."

옆에 있던 정숙이 어머니가 손으로 정숙이 아버지 다리를 누르는 것이 식탁 넘어 보였다. 나는 정숙이 아버지의 실수를 무마하려고,

"친구는 많으면 많을수록 좋지요."

대화가 단절이 되자 나는 들어오는 음식을 권했다. 반주로 준비한 고급술을 꺼내어 민석이에게 따르라고 했다. 민석이는 정숙이 아버지부터 술을 잔에 부어 권했다. 정숙이 아버지는 나보다 나이가 10년 정도 많아서인지 나에게 양보도 없이 당연하다는 듯 술잔을 받았다. 이번에는 내가 술잔을 비우고 술을 권하자 정숙이 아버지도 나에게 권했다. 식사가 끝나갈 무렵 술기운이 돌자 내가 먼저 말을 꺼내었다.

"아이들이 서로 좋아 약혼을 하자고 하는데 그 말을 듣고 저는 너무 반가워서 잠도 오지 않았습니다."

정숙이 아버지도 술기운이 도는지 얼굴에 화색을 띤 채,

"우리 정숙이는 집에서 공부만 해서 밥도 제대로 모하니더."

"너무 겸손하신 말씀입니다. 정숙이는 키도 크고 얼굴도 예뻐서 너무 좋습니다만 우리 민석이는 아직 취직이 되지 않아 걱정입니다. 곧 취직이 되겠지요."

정숙이 아버지는 이제 술에 취했는지 말이 술술 나왔다.

"직장도 없는 놈들이 결혼을 한다고 해 싸니 참 기가 차니더."

정숙이 아버지와 내가 술을 권하며 이야기 하는 동안 아내는 정숙이 어머니와 무슨 이야기인지 주고받으며 웃고 있었다. 민석이와 정숙이도 무슨 말인지 하며 서로 웃는 모습이 보였다. 술잔에 술을 부어 정숙이 아버지에게 주면서,

"약혼은 봄에 하자고 하는데, 어떻게 할까요?"

"아―들이 하자는데 해야지요."

약혼식에 대한 말을 하자 준비했다는 듯 바로 대답을 했다. 약혼식 말이 나오자 아내와 민석이도 하던 이야기를 멈추고 나를 바라보았다.

"곧 좋은 날로 받아서 민석이 편에 보내드리지요."

"좋을 대로 하시더."

　"결혼식은 가을이 좋을 듯한데, 그 문제는 약혼식 때 이야기 하는 것이 좋을 듯합니다."

　"그러시더, 우리사 이제는 모르니더 사돈댁에서 하자는 대로 함시더."

　정숙이 아버지는 사돈이라는 말이 쉽게 나왔다. 술기운인지 성의 없는 대답으로 일관했으나 짧은 말 속에 진심이 담겨 있어서 좋았다. 가라앉은 분위기를 살리기 위해 내가 정숙이 어머니에게 술을 권하자 정숙이 아버지도 아내에게 술을 권했다. 술을 권하며 민석이에게,

　"너희들도 들어서 알겠지만 봄에 약혼식을 하기로 했다. 자, 모두 건배 합시다."

　술잔을 높이 들고 건배사도 없이 그저 '위하여'를 가늘게 외쳤다. 이제 그만 일어나자고 건배를 제의했는데, 정숙이 아버지는 일어날 생각을 하지 않았다. 그렇다고 술을 먹는 것도 아니어서 내가 담배를 꺼내 권했더니 안 피운다고 하면서 담배를 받았다. 창문을 여는데 민석이가 '그만 가시지요' 한다. 나도 일어나고 싶었던 참이라 자리에 앉으려다 어정쩡하게 있는데 모두 일어섰다.

　약혼식 날짜가 다가오자 식당을 고르느라 이곳저곳 찾아다녔다. 음식보다 분위기를 고려하여 골목에 있는 조용한 한정식 집을 골랐다. 음식을 잘 한다는 소문이 난 집은 너무 번잡하여 피했다. 식당에 들어가 방을 살펴보니 아늑하고

좋았으나 꽃이 없었다. 식당 주인을 보고 약혼식에 어울리는 꽃바구니를 준비하라고 했다. 식당주인이 부르는 가격이 조금 비싼 듯 했으나 상관하지 않았다.

민석이는 약혼식 때까지 취직이 되지 않았다. 곧 취직이 될 것이라고 했지만 1차에 합격을 하고 2차에 떨어지는 불운을 몇 번 겪었다. 취직이 안 되니 불안했으나 곧 되리라 기대를 해 본다. 그것은 민석이가 열심히 노력하고 있기 때문이었다. 그러나 마음 한 구석에는 정숙이네 가족에게 떳떳한 사위가 되기 위해 취직이 빨리 되기를 빌었다.

신부 집에 보낼 음식을 준비하느라 며칠 동안 아내와 시장을 돌아 다녔다. 당장 살 수 없는 것은 주문을 하고, 박스에 넣어 보관이 가능한 것은 집에 가져와 보관을 했다. 무엇이든 고급으로 하고 싶었다. 꽃무늬 모양을 만든 큰 문어는 박스에 담았다. 그리고 유과 한 박스, 떡 한 박스, 소고기 10근, 돼지고기 10근, 사과, 배, 귤, 고급 양주 등을 준비했다.

약혼식 날, 준비한 음식을 자동차 드렁크에 싣고 한정식집에 도착 하니 예쁜 꽃바구니가 식탁 위에 놓여 있었다. 꽃바구니에는 거베라. 장미, 프리지아, 글라디올라스, 백합, 나리, 카사블랑카, 라넌큘러스 등이 꽂혀 있었다. 식당 주인이 '하이고, 신랑 아버님이 어찌나 철저하신지! 이 꽃바구니는 특별히 주문을 했는데 마음에 드시는지 모르겠어요' 라고 하였다.

"예, 좋습니다. 꽃바구니가 놓인 식탁이라."

조금 있으니 정숙이 집에서 오는 소리가 들렸다. 민석이와 민태는 현관까지 나가고 나와 아내는 방에 서서 기다렸다. 이번에는 처음이 아니라 정숙이 아버지에게 손을 내밀어 악수를 청했다.

"반갑습니다. 저쪽으로 앉으시지요."

정숙이네 집에서는 상견례 때 오지 않았던 정숙이 오빠가 왔다. 나는 먼저 민태를 소개하며 인사를 드리라고 했다. 민태는 엎드려 큰절을 했다. 정숙이 오빠도 나와 아내에게 큰절로 인사를 했다. 민태는 형의 약혼식에 사진사를 자처했다. 특별히 주문한 한정식 코스 요리가 들어오기 시작했다. 민태는 사진기를 들고 사진을 찍기 시작했다. 방 안은 밝았으나 후레쉬가 간혹 터지니 분위기가 색다르게 느껴졌다. 음식이 상을 메우자 꽃바구니를 창 앞으로 옮겼다.

음식이 들어올 때마다 서로 새로운 음식을 권하며 술을 들고 건배를 했다. 정숙이네 집 사람들은 별로 웃는 모습을 보이지 않았다. 정숙이만 소리 내어 웃을 때가 간혹 있었다. 집안이 웃는 분위기가 아닌 것인지 아니면 조심스러워 그런지 그도 아니면 정숙이와 민석이의 약혼이 탐탁지 않아서 그런지, 종잡을 수가 없었다. 마지막으로 물고기 회가 들어오자,

"이제는 사돈인데, 사돈 한잔 드시지요."

처음으로 사돈이라는 말을 썼다. 정숙이 아버지도 '사돈도 한잔 하소' 잔을 들고 나에게 권했다.

"아—들 결혼식은 가을에 하도록 하시지요."

"좋은 날을 잡아 보내주소."

약혼 날짜와 같이 결혼 날짜도 신랑 측에서 정하는 것이 우리 지방의 법도이다. 나는 정숙이 어머니를 보고,

"이 좋은 날, 술을 안 마실 수 없지요. 안사돈께서도 한잔 하시지요"

술잔을 내밀었다. 그러자 민석이가 두 손으로 공손히 잔에 술을 채워 주었다. 이번에는 정숙이가 일어서더니 술잔을 나에게 내밀었다. 정숙이 아버지는 개인 회사에 오랫동안 근무하다가 정년 퇴임을 한 지 2년 정도 되었다는 말을 아내에게 들은 적이 있어 정년퇴임에 대해 화제를 바꾸려 하다가 분위기에 어울리지 않을 것 같아 그만 두었다.

술이 몇 잔 오고가자 정숙이 아버지는 긴장이 풀리는지 이야기가 슬슬 나오기 시작했다. 그렇다고 주사를 하는 것은 아니었다.

"정숙이 자요. 아침에 안 일어나니데이. 흔들어 깨우다 안 되어 굴러도 안 일어나니데이. 김 서방 고생 하깨세."

푸념 비슷한 사돈의 말에 정숙이는 홍당무가 된 표정으로 '아빠, 그만 해요' 입이 조금 나온 정숙이는 입에 많은 양의 음식이 들어 있지 않아도 많은 음식이 들어 있는 것처

럼 보였다. 안사돈은 정숙이보다 더 입이 나왔으나 이제 가족이 되고 보니 그렇게 나쁘게 보이지 않았다.

식사가 끝나자 패물 교환을 했다. 우리 집에서 준비한 것은 다이아 반지, 금반지, 루비 반지, 목걸이, 팔찌, 커플시계 등이었는데 신부에게 주었다. 사돈집에서는 다이아 반지와 시계를 신랑에게 주었다. 민태는 예물을 교환할 때마다 무슨 증거를 잡으려는 신문기자처럼 사진을 찍었다. 마지막으로 민석이와 정숙이를 방의 빈 공간에 세우고 커플반지를 끼워 주는 장면을 민태가 시키는 대로 연출하여 촬영하면서 약혼식은 끝이 났다.

약혼식 날이 좋아서 그런지 오늘 저녁 한정식 집에는 손님이 거의 없어 조용해서 좋았다. 단지 40대 불륜 남녀로 보이는 손님은 있었다. 40대 불륜 남녀라고 쉽게 말하는 이유는 얼굴이 노출 되는 것을 꺼려서 옆방인 우리 방에서 사진을 찍고 박수를 쳐도 관심이 없는지 방문을 꼭 닫고 있다는 것이었다. 또 화장실에 가면서 음식이 들어가는 사이, 열린 문으로 보니 두 남녀가 꼭 붙어 앉았다가 종업원이 문을 열자 놀라서 떨어지는 것을 보았기 때문이다. 그리고 종업원이 방에 들어갔다가 나오면서 무엇을 봤는지 얼굴이 빨게 져서 입을 비쭉 거리며 주인아주머니와 귓속말을 하는 것이 그러했다. 이런 고급 한정식 집에 아내와 단 둘이서 오는 경우는 거의 없다는 주인아주머니의 말이 이를 뒷받침해 주었다.

술이 취한 사돈이 횡설수설하자 정숙이 오빠가 아버지를 부축하여 일어서자 우리는 모두 일어섰다. 내가 카운터에서 계산을 하는 동안 모두 정원에 나와서 나를 기다리고 있었다. 나는 무슨 죄나 지은 것처럼 종종 걸음으로 현관을 빠져나왔다. 먼저 사돈에게 악수를 청하며 ‘오늘 음식이 마음에 들지 않아 불편 하셨지요’ 라고 하니 사돈은 술에 취해 게슴츠레하게 눈을 뜨고 입술에 마른 침을 녹이며 ‘하이고, 잘 먹었니더’ 라고 한다.

그러자 아내는 안사돈의 손을 잡으며 ‘우리는 자주 만나 결혼식 준비에 대해 이야기하시더?’ 라고 하며 고개를 숙여 인사를 했다. 잘 웃지 않던 안사돈은 찌푸린 얼굴을 펴며 ‘좋은 사이인데 자주 만나시더’ 라고 말했다.

대문을 나오자 나는 자동차 열쇠를 민석이에게 주었다. 그러면서 당부의 말을 잊지 않았다.

“처가에 가서 예의에 벗어나는 행동을 해서는 안 된다. 준비한 음식은 처갓집 친척들을 위한 것이니 잘 나누어 먹도록 하고, 오늘은 처가에서 자고 오너라!”

민석이는 자고 오라는 말에 눈이 동그라졌다. 우리 지방에는 약혼을 하면 준비한 음식을 들고 처가에 간다. 처가에서는 일가친척들을 불러 모아 새 사위가 가지고 온 음식들을 나누어 먹으며 새 신랑이 한 가족이 되었음을 밤이 늦도록 환영하고 새 신랑은 처가에서 자는 것이 풍습이었다.

민석이가 내 차 운전석으로 가자 정숙이는 아버지 차로 갈 것인지, 민석이 차로 갈 것인지 갈등을 하는 것 같았다. 그러다 민석이 차의 조수석 문을 열고 들어갔다. 나는 사돈이 차에 오르기를 기다렸다가 차에 오르자 허리를 굽혀 인사를 했다. 아내와 민태도 나를 따라 인사를 하고 손을 흔들어 주었다. 민석이 차가 정숙이 오빠가 운전하는 사돈의 자동차 뒤를 따라 골목을 빠져 나가자 우리는 걸어서 골목을 나왔다. 민석이가 몰고 가는 자동차의 꽁무니를 보니 내 자동차지만 무척 낯설어 보였다. 마치 민석이가 우리 가족을 떠나는 기분이 들었다. 시집보내는 아비의 마음이 이런 것일 거라 짐작을 했다. 아내는 민태의 손을 잡고 내 뒤를 따라 오면서 할 일을 다 했다는 듯 '잘 살겠지요' 라며 슬픈 표정을 지었다.

"형이 처가에 가는데 꼭 이별하는 사람 같으노?"

민태의 말에 침울했던 나도 얼굴을 펴며 웃었다. 민태가 세운 택시가 내 앞에 서자 우리는 집에 가기 위해 차에 올랐다.

목숨이 다할 때까지

민석이가 정숙이와 약혼을 했다는 소문이 온 동네에 퍼졌다. 정숙이는 간혹 우리 집에 들렀다. 정숙이가 오는 날은 괜히 마음이 들떠서 하는 일이 손에 잡히지 않았다. 그러나 이상한 것은 처음 올 때나 두 번째 올 때나 우리는 가족으로 생각하는데, 정숙이는 찬물에 기름 돌듯 어석버석했다. 그것은 정숙이가 붙임성이 없고 우리 집안 분위기와 그녀의 집안 분위기가 달라서 적응이 안 되어 그런 것 같았다.

우리 가족도 정숙이도 가까이 하고 싶어 하는데 아직은 잘 되지 않았다. 정이 드는 것은 시간이 해결 하는 것 같았다. 처음부터 가깝다면 더 이상한 것이다. 민석이가 오랜만에 전화를 했다. 기분이 좋은지 음성에 그대로 묻어서 전해 왔다.

"제가 오늘 오후 다섯 시 경에 집에 도착할 것 같은 데요.

정숙이도 같이 간다고 했어요.”

민석이의 기쁜 음성은 우리 가족을 기쁘게 했다.

“조심해서 온나. 전번에 면접 본 회사는 어떻게 되었노?”

“집에 가서 말씀 드릴게요.”

정숙이가 집에 온다는 연락을 받고 직장에서 일찍 나온 나는 횟집에 대짜 회를 주문했다. 아내도 반찬을 준비하느라 시장에 몇 번 다녀오는 듯 했다. 민석이는 다섯 시에 온다더니 일곱 시가 다 되어서 왔다. 정숙이와 만나서 슈퍼마켓을 들렀는지 술을 한 병 사 들고 왔다. 작은 거실에 민석이와 정숙이가 오니 집이 가득했다. 아내와 두 사람이 살 때는 절간 같았는데,

“아버님, 민석 씨 취직 시험에 합격했데요.”

정숙이가 기쁜 소식을 먼저 전했다. 민석이의 취직 시험 합격 소식은 바라고 바라던 일이라 부엌에 있던 아내도 기쁨을 감추지 못했다.

“하이고, 잘 됐다. 이제 조금 있으면 결혼식인데, 안 그래도 걱정을 했는데, 처가에도 알려야지. 안사돈이 엄청 좋아할 텐데……”

민석이는 싱글벙글 웃고 있었다.

“이제 한 걱정 덜었다. 그래 뭐 하는 회사로?”

약혼을 하고 한 달이 지나도록 민석이가 취직이 되지 않아 무척 걱정을 했다. 겉으로 드러낼 수는 없지만 전화가 올

때마다 좋은 소식이 오기를 기다렸다. 그런데 운이 좋았는지 취직이 되었다.

"회사는 서울 영등포에 있는데요. 공장에서 생산하는 제품을 검사하여 인증을 해 주는 회사로 저도 합격이 되리라 생각지 못했어요. 면접을 볼 때 1차에 합격한 사람들이 모두 좋은 대학을 나온 사람들이라……. 조금 있으면 신입사원 교육이 있다고 하는데 거기서도 탈락자가 생기지 않나 싶어요."

연봉도 괜찮아서 두 사람이 먹고 살기는 충분할 듯 했다. 나는 또 일장 훈시를 했다.

"신입사원 교육에 진심을 다해서 성실하게 해라. 사람은 어디서 무엇을 하든지 예의를 지키고 남을 존중해야 한다. 나를 낮추고 남을 높여줄 때 결국 내가 높여진다는 것을 잊지 말아라. 사람과 사람이 사는 일은 항상 말 한 마디에서 오해가 생기는 법이니 말을 해도 가려서 하고……."

다소곳이 듣고 있던 정숙이가 내 말이 끝나기를 기다렸는지,

"아버님, 저는 계약직이라 그만 두려고 해요. 어차피 민석 씨 따라 서울로 가야 하는데 취직 공부를 다시 하려고요."

정숙이의 말을 들어보니 맞는 말이었다.

"민석이가 회사에 들어간 것은 대학원을 다니기 위함인

데 너는 공무원 시험 공부를 했으면 한다. 여자 직업으로 공무원이 좋다. 아이 기르기도 좋고……."

이야기를 하는 동안 음식이 들어오자 정숙이는 부엌으로 달려갔다. 아내와 같이 음식을 나르면서 무슨 이야기를 하는지 소곤소곤거리는 고부간이 정다워 보였다. 민석이는 낮에는 회사에서 일을 하고 밤에는 대학원을 다녀야 하니 무척 힘이 들 것 같았다. 그래서 내가 야간 대학원을 다니던 경험을 이야기 해 주었더니,

"대학원 다니는 문제를 면접시험 때 이야기 하려고 했는데 혹시 불합격이 될까봐 말을 하지 않았어요. 그런데 회사에 들어가면 반은 공장으로 출장을 간다고 하니 잘 하면 시간을 낼 수 있지 않나 싶어요. 되도록 시간을 낼 수 있는 취직자리를 구하느라 힘들었어요."

"요즘 같이 취직하기 힘들어 난리인데 너는 골라서 갔다니 다행이다. 대학원은 꼭 다녀야 한다. 장래가 만리인데, 학력은 한 평생 가지고 갈 자본이니 소홀히 해서는 안 되지. 내가 돈이라도 많으면 남들같이 직장생활 안 시키고 대학원을 시키겠지만 우리 형편이 그렇지 못하니 미안할 뿐이다."

"저도 이제 결혼을 하는데 취직을 해야지요. 각오하고 있어요. 아빠도 돈을 벌면서 대학원을 했는데요. 뭐."

민태가 없는 것이 허전했으나 저녁을 먹는 내내 집안에 온기가 가득했다.

일이 풀리려고 그러는지 아버지로부터 물려받은 고향에 있는 작은 논이 팔렸다. 고향에서 농사를 짓는 친구인데 조금 헐하게 금을 했더니 곧 사겠다는 연락이 왔다. 아버지께 물려받은 땅이라 어머니께 사정을 이야기하는 것이 도리였다. 아버지가 돌아가시고 혼자 적적하게 사랑방을 지키고 계시는 어머니는 그동안 많이 수척해지셨다. 민석이 결혼과 대학원 문제, 그리고 민태의 복학으로 집안이 힘들다는 말을 하자 흔쾌히 허락을 해 주셨다.

"너 아바이가 살았으면 조금 보태 줄 수 있었을 텐데, 힘들어 어쩌노? 안 그래도 얼마 전에 민태가 군에서 제대를 했다며 왔다 가는데 돈 한푼 못줬다."

몸이 허약한 어머니는 자신의 건강은 뒷전이고 자식 걱정하는 것을 보니 가슴이 찡 했다. 형님 돌아가시고 몇 년 지나지 않아 아버지마저 돌아가시니 더욱 기운을 차리지 못하시는 어머니이다.

큰집을 나오면서 손을 흔드는 어머니를 보니 누구나 자식 걱정을 하느라 부모는 뒷전이라는 것이 숙명처럼 느껴졌다. 내 자식에게 쏟는 정성의 반만 어머니께 한다면 효자소리를 들을 수 있을 텐데 현실은 그렇지 못했다.

논을 산다는 친구 집에 들어갔다. 친구는 아들 한 명에 딸이 두 명이었다. 세 명 모두 실업계 고등학교를 나와 취직이 되었다며 자랑을 했다. 그러나 사는 것을 보니 가난에 쪼들

리는 것이 분명했다. 허물어져 가는 스레이트 집으로 부엌
만 입식으로 수리를 했는데 방 안에 가구가 없어 옷들이 이
지저리 나뒹굴고 있었다. 새벽에 일어나 논밭으로 나가면
어두워야 집에 들어오는 농부의 삶을 알 듯 했다. 가난은 대
물림을 하지 않는다고 하지만 아버지를 일찍 여윈 친구는
여러 명의 동생들을 건사하여 결혼을 시키느라 고생을 한
것이다.

　이제 어머니마저 돌아가시고 아이들도 취직이 되어 외지
로 나갔다지만 가난은 여전한 것 같았다. 그래도 형편이 되
어 논을 산다니 나보다는 더 열심히 산 것은 분명했다. 부모
님께서 물려준 토지를 판다는 것은 가슴 아픈 일이다. 그러
나 내가 나쁜 짓을 하여 빚을 진 것도 아니고 아이들 학교
시키고 결혼시키느라 어쩔 수 없다며 자위를 해도 미안한
마음은 어쩔 수 없었다.

　논을 판 돈과 집에 있던 돈을 합하여 민석이 신혼집을 얻
었다. 비록 반지하지만 방 2개, 거실 겸 부엌, 화장실, 창고
가 있는 집을 전세로 얻었다. 어릴 적부터 함께 살아온 민태
가 혼자 자취하는 것이 안타까워 같이 살라며 조금 큰 집을
얻어 주었다. 남은 보잘것없다 하겠지만 우리 형편으로 보
면 세 사람이 살기에 충분할 것 같았다.

　단칸방에서 형제가 자취를 하며 살다가 전세를 얻어 주
었더니 좋아서 싱글벙글하며 이사를 했다. 결혼식을 하기

전이라 자취살림부터 옮겼다. 먼저 자취하던 집에서 포터에 짐을 실어 이사를 해주었다. 무척 좋은 사람들을 만나 몇 년을 자취하던 집 주인이다.

여름이 가고 가을로 접어들었다. 추석을 며칠 남겨두고 결혼식을 하게 되었다. 결혼식 날을 잘 받아야 한다기에 이름 있는 철학관 몇 곳을 돌아다니며 아주 좋은 날로 잡았다. 조금 더운 날씨지만 가을로 접어드는 계절이라 아침저녁으로 선선한 바람이 불어왔다. 청첩장은 신부 집 몫도 같이 인쇄하고, 예식장은 지방에서 돈 많은 집에서 한다는 최고급 호텔로 정했다. 나에게는 개혼이기도 하여 무엇이든 잘 해주고 싶었다.

신부 집으로 보낼 음식을 장만하기 위하여 신혼 음식을 잘 한다는 집을 찾아 다녔다. 약혼식 때 음식의 몇 배를 준비했다. 떡은 여러 가지 모양으로 만들어 보기 좋게 상자에 넣고, 문어도 아주 큰 놈으로 꽃 모양을 만들어 별도로 담고, 소고기, 돼지고기, 각종 어물도 모양을 내어 별도로 담고, 과일은 종류마다 한 박스씩 샀으며 과자도 수제품을 만드는 집에 주문을 했다. 우리 지방에는 결혼식을 하기 전 날 밤에, 신랑 집은 신부 집으로 신부 집은 신랑 집으로 음식을 보낸다.

신부 집에서 신랑 집으로 오는 음식보다는 좋아야 한다며 무엇이든지 최고급으로 장만했다. 이미 신부 집에서 오

68

는 예물비도 반 이상을 되돌려 보냈다. 딸을 키워 주는 것만으로 고마운 일인데 예물비까지 챙기기는 싫었다. 민석이 친구들은 준비한 음식을 몇 대의 차에 싣고 함은 별도로 준비하여 신부집으로 갔다. 돈을 요구하지 말라고 신신당부를 했으나 따라가지 못하니 더 이상 내가 할 수 있는 일이 아니었다.

결혼식 전날 고향에 계시던 어머니가 오시고 처남과 처남댁 그리고 친척들이 왔다. 잔치하는 집 분위기가 왁자지껄하게 살아났다. 큰집 형수와 조카들은 보이지 않았다. 아버지 돌아가시고 모든 재산은 큰 아들 것이라며 재산에 욕심을 내던 맏조카와 큰집 식구들이다. 내가 조상 위토로 조금 남기고 모두 이전을 해 주었지만 조상 위토를 하는데 반대를 하더니 토라져서 결혼식에 참석하지 않는다고 했다.

내가 가지고 있던 10년은 훨씬 넘은 자동차가 수명을 다했는지 몇 번을 고쳤으나 결국 길을 가다가 멈추고 말았다. 엔진이 고장 나서 고칠 수 없다는 말에 폐차를 시켰다. 돈이 없다 보니 그럴듯한 중고차를 헐값에 구입했다. 겉보기에는 새 차 같았다.

결혼식 날이다. 어제저녁은 오랜만에 만난 친척들과 밤 늦도록 노느라 신부 집에서 온 음식과 집에서 준비한 음식이 거덜이 났다. 아침은 되는 대로 밥만 하여 밑반찬 몇 가지로 먹었다. 아내와 여자들은 미장원에 간다며 집을 나갔다. 부조금을 받는 사람은 민태와 둘째 처남이 맡고, 식권은 큰생질조카에게 맡겼으며, 서울에서 대절버스를 타고 내려오는 손님들은 큰 처남이 대접을 하고, 버스가 서울로 돌아갈 때는 막내처남이 준비한 음식을 나누어 주는 책임을 맡기로 했다.

먼 거리에서 온 중요한 손님들의 차비는 큰 처남에게 미리 준비한 봉투를 주었다. 예식장에서 입을 옷과 와이셔츠를 꺼내고 구두를 손질하며 빠진 것이 없나 한 번 더 점검을 했다. 식권과 예식비용 등을 가방에 넣고 나니 결혼식 시간이 가까워졌다. 예식 시간보다 한 시간 반이나 일찍 호텔에 도착했다.

새로 구입한 내 차를 신행차로 하기 위해 풍선과 깡통을 달아 예식장 앞에 별도로 세워두었다. 결혼식에서 내가 준비한 특별 이벤트는 5층 케이크를 실은 수레가 음악이 흐르면서 수증기 속에서 나타나서 신랑신부와 양측 부모가 함께 케이크를 자르는 것이다.

결혼식이 시작되기 한 시간 전부터 손님들이 모이기 시작했다. 신부 측도 결혼 못한 아들이 있지만 나와 같이 개혼이었다. 우리 손님들은 줄을 서 있는데 신부 측 손님은 별로 없었다. 나는 오는 사람들을 한 사람 한 사람 따뜻하게 맞이했다. 되도록 많은 이야기를 나누려고 노력했다. 나를 위해서 먼 길을 오신 분들인데 누구 한 사람 소홀히 할 수 없었

다. 예식이 시작된다는 사회자의 목소리를 듣고도 한참을
서 있었다. 큰집 형수와 조카 질녀들은 끝내 오지 않았다.
늙으신 어머니 눈에서 눈물이 글썽거렸다.

민석이가 다니는 대학원의 지도 교수가 서울에서 내려와
주례를 맡아 주었다. 어제저녁에 서울에서 내려오는 시간에
맞추어 기차역까지 민석이와 마중을 갔었다. 예약한 호텔에
서 섭섭하지 않게 대접을 했다. 주례는 혼인 서약을 하고 선
서를 하면서 신랑 신부에게 직접 맹세를 하도록 했다. 먼저
민석이가 맹세하자 정숙이가 맹세를 했다.

"저 박정숙은 남편 김민석을 한평생 사랑하며 목숨이 다
할 때까지 함께 할 것을 맹세합니다."

민석이보다 더 큰 목소리로 씩씩하게 맹세를 하니 하객
들의 박수소리가 우렁차게 울러 퍼졌다. 준비한 케이크를
자르고 양가부모와 신랑신부가 나란히 서서 하객들에게 공
손히 절을 하자 모두 힘차게 박수를 쳐 주었다.

어머니를 모시고 폐백실로 갔다. 신부 집에서 준비한 오
합은 대추, 밤, 떡, 과자 등이 고운 보자기로 묶어서 가지고
왔다. 정종도 끈이 달린 천에 싸여 있었다. 먼저 어머니가
절을 받았다. 어머니는 얼굴 가득 웃음을 담았지만 큰집 식
구들이 보이지 않아 순간순간 얼굴에 그늘이 보였다. 나는
절값이라며 신혼여행 때 쓰라고 봉투 두둑이 돈을 넣어 주
고, 밤을 던져 주며 아들 딸 낳기를 기원했다.

폐백을 마치고 손님들이 식사를 하는 식당에 갔더니 이미 식사를 하고 돌아가신 분들이 많았다. 호텔 음식이라 예상한 손님 수에 맞게 음식을 준비했는데, 손님들 수가 예상보다 많아서 음식이 부족한 듯 했다. 손님들에게 인사를 하다가 호텔 주방에 가서 어떻게 하든지 음식을 더 준비하라고 야단을 치고 돌아와 보니 모두 식사를 했다며 자리에서 일어서고 있었다. 정작 나와 아내는 식사를 하지 못했다. 아마 민석이와 정숙이도 식사를 하지 못한 듯 했다.

물만 한 모금 마시고 호텔 마당에 나오니 민석이와 정숙이가 신혼여행을 떠날 시간이 촉박하다며 발을 동동 구르고 있었다. 신혼차 운전은 민석이 친구가 한다고 해서 이미 열쇠를 주었으나 젊은 사람이 운전을 한다니 미덥지 않아 생질조카가 몰고 가면 어떠냐고 했더니 민석이가 펄쩍 뛰었다. 형이 운전을 하면 불편하다는 것이다.

"잘 다녀올게요. 잘 다녀오겠습니다."

민석이와 정숙이가 합창을 했다. 신혼차가 캉통을 달고 달그락 거리며 호텔문을 나서자 어머니와 지켜보던 가족들은 손을 흔들어 주었다. 정숙이네 가족들은 벌써 헤어졌는지 사돈께 인사를 하려고 찾았으나 보이지 않았다. 어머니를 모시고 집에 오니 이미 도착한 먼 친척들의 신발이 현관문 앞에 두 겹 세 겹으로 쌓여 있었다. 이제 뒤풀이를 할 작정이다. 민태에게 모자라는 음식을 사오라고 했다. 아내와 처남댁, 생질부는 음식을 준비하느라 부엌과 다용도실을 들락거렸다.

　어머니를 작은 방에 모시고 친척들이 놀고 있는 거실에 나오니 진열장에 있던 담근 술을 꺼내어 시식을 하고 있는 중이었다. 깊게 감추어 두었던 양주를 꺼내 놓으니 모두 손뼉을 쳤다. 어머니에게 술을 한 잔 따라서 들고 문을 열고 들어갔더니 누워 있다가 눈물을 흘리며 돌아누웠다.

　"큰집 식구들이 오지 않는 것은 모두 내 잘못이니 일어나서 이 술 한잔 받고 기분 푸소. 내가 부모 재산을 탐을 낸 것도 아니고 조상님 잘 모시자고 위토를 조금 세우느라 맏조카와 연명으로 토지 몇 마지기 이전을 한 것이 뭐가 그리 토라질 일이라고? 그리고 그 많은 토지는 모두 조카와 형수 이름으로 이전을 했는데, 뭐가 그리 원수질 일인지 모르겠다. 내 이름으로 한 평이라도 이전을 했으면 이렇게 섭섭하지는 않을 것인데……."

　누워 있던 어머니도 일어나 앉으며,

　"글케 말이다. 니 이름으로 한 평이라도 이전을 했다면 내가 이리 섭섭하지는 않다. 그 많은 토지를 너 형이 살았을 때 너 형 이름으로 다 이전을 하고 남은 토지 중에 몇 마지기도 위토를 하지 않으려고 너한테 대드는 그놈이 사람이가? 그러고 이제 와서 원수 대하듯 하니, 내가 너무 오래 살아서 그렇다."

"어매가 우리 집에 와서 살 것도 아니면서 너무 큰집 식구 원망하지 마소. 어매가 계시는 동안, 형수가 어매를 모시니 나는 그저 좋은 게 좋다고 했는데, 조상 위토가 없으면 어쩌노. 싶어 위토를 하자고 한 것뿐인데 그놈이 나한테 대드니."

"그래. 니 마음 내 다 안다. 삼촌이 어디 보통 삼촌이라 고등학교 2학년까지 돈 한 푼 안 받고 큰조카라고 먹어주고, 입혀 주고, 학비까지 대 주며 키웠는데, 참 인간 구제는 못한다더니 그 말이 맞지."

어머니와 내가 한참 이야기 하다 보니 나를 찾던 친척들이 문을 열고 들어왔다. 방 안의 공기가 이상한지 모두 숙연하여 고개를 숙이고 있었다. 나는 이러면 안 되겠다 싶어 어머니 방을 나서며 거실에 있는 친척들을 보고 활짝 웃었다. 발리로 신혼여행을 가라고 했지만 민석이는 우리 형편에 맞추느라 제주도가 좋다며 제주도로 갔다. 참 기특한 일이나 한편으로 일생에 한번 뿐인 신혼여행을 다른 사람들이 다 가는 외국에 보내지 못한 것이 아쉬웠다. 민석이는 차분한 목소리로 전화를 했다.

"비행기가 정시에 도착하여 제주 공항에 막 도착 했어요."

"부족한 돈이지만 많은 추억 만들고 온나? 다음에 돈 생기면 발리로 보내 줄께."

"아부지! 그런 말씀 하지 마세요. 다음에는 우리가 벌어서 부모님과 같이 발리에 가야지요. 제주도에 오니 너무 좋아요. 잠깐만요. 정숙이 바꾸어 드릴께요."

"아버님! 힘드셨지요."

"힘은 무슨 힘, 그저 신이 나서 좋다. 너 시모 바꾸어 줄께."

나는 인사말만 듣고 아내에게 전화기를 넘겨주었다. 아내는 '사돈께 전화를 하라'고 부탁하는 것 같았으나 이미 전화를 했다는 정숙이의 음성이 전화기 너머로 들렸다. 왁자지껄하던 손님들이 하나 둘 떠나고 나자, 어머니는 민태가 친구 자동차를 빌려서 큰집까지 모셔 드렸다.

2박 3일 짧은 일정으로 신혼여행을 간 민석이는 정숙이와 함께 아침저녁으로 전화를 했다. 사돈댁에도 전화를 하라고 했더니 똑같이 전화를 한다며 웃었다.

신혼여행에서 돌아온다는 연락을 받고 직장에서 조금 일찍 퇴근을 했다. 며느리가 생겼다는 부푼 가슴은 운전을 하는 내내 흥분이 가라앉지 않았다. 아내는 저녁식사 준비를 한다며 부엌으로 들어간 사이 민석이와 정숙이가 함빡 웃음을 담고 현관에 들어섰다. 큰절을 하는 민석이는 더욱 어른스러워 보였다. 한복을 입은 채 부엌으로 들어가는 정숙이를 보니 며느리를 본 것이 실감이 났다. 민석이는 돈을 아껴서 선물을 사왔다. 제주도 영지버섯, 귤, 옥돔, 토속주 그리고 민태 선물이라며 별도로 사왔는데 서울 가서 민태에게 주겠다고 했다. 사돈께 드릴 선물은 차에 실어두었다며 내일 갖다 드리겠다고 했다.

며느리를 보고 처음 맞이하는 아침이 왔다. 다른 사람들의 말을 들으니 아침에는 며느리가 시어른들에게 인사를 한다고 하기에 날이 밝기가 무섭게 일어났다. 세수를 하고 옷을 갈아입고 며느리가 일어나기만 방에 앉아서 기다렸다. 아내가 부엌으로 간 사이 새 며느리 발자국 소리가 들렸다. 한참을 기다려도 새 며느리는 내 방으로 올 기미를 보이지 않았다. 머리에 들어오지도 않는 텔레비전을 보다가 이리저리 채널만 돌렸다. 많은 시간이 흐른 뒤 아내가 방문을 열며,

"아침 준비 다 되었는데 나오소."

나는 무엇을 잊은 사람처럼 방 안을 두리번거렸다. 꼭 무엇을 잊어버린 것 같았다. 거실에 나오니 정숙이가 부엌에서 나오다가 나와 눈이 마주치자 고개만 까닥했다. 그러다 '일어나셨어요' 라고 한다. 밥을 어떻게 먹었는지 허둥대다가 숟가락을 놓고 방으로 들어왔다. 참 허전한 일이다. 다른 사람들은 새 며느리에게 아침 문안 인사를 받는 다는데, 그것도 새 며느리와 아들이 한복을 입고, 차나 술을 준비하여 들고 들어와 큰절로 인사를 한다는데, 또는 물이라도 컵에 떠서 쟁반에 받쳐 들고 두 손으로 내밀며 반절이라도 한다는데, 참 아쉬웠다.

　내가 너무 젊어서, 아니면 며느리가 그런 교육을 받지 못해서 그런가 하고 없었던 일로 넘겨 버렸다. 아쉬운 마음을 지우려고 노력을 했다. 아침을 먹고 민석이와 정숙이가 처가에 간다며 인사를 했다.

　"나는 자동차를 쓸 일이 없으니 걱정하지 말고 하룻밤 자고 온나?"

　처가에 간다지만 엎어지면 코 닿는 곳에 있다. 자동차로 가면 5분 거리이다. 한 동네 혼사를 하니 좋은 점도 있었다.

　자고 오라고 보냈던 민석이와 정숙이가 점심과 저녁을 먹고 밤에 집에 왔다.

　"첫 처가에 갔는데, 하룻밤 자는 것이 예의라고 하던데……."

　"바로 옆인데, 집에 와서 자려고요."

　"민석 씨가 불편하다며 집에 가자고 하잖아요."

　"그래! 시대가 바뀌었는데, 서로 편한 대로 했으면 됐다."

　집에서 이틀 밤을 잔 민석이와 정숙이가 서울로 올라가는 날이다. 반지하로 된 방이지만 신혼살림을 하러 가는데 아이들만 보낼 수 있나 싶어 아내와 내가 같이 가겠다고 하니 민석이가,

　"괜히 시간 없는데 그럴 필요 없어요. 민태가 벌써 도배를 하고 자취하던 살림살이도 옮겨 놓았어요. 또 처갓집에서 장모가 와서 가구도 넣어 주었는걸요."

사돈댁에서 농과 침대, 경대, 냉장고를 사서 넣어주었다.

"부족한 것이 있으면 우리가 사서 쓸게요. 신경 쓰지 마세요."

그래도 필요한 것이 많을 텐데, 아직 어린 것들이 어떻게 살까 하고 걱정이 되었으나 나중에 한번 가보기로 하고 아들과 며느리만 보내기로 했다.

정숙이가 신혼여행에서 오던 날 과일을 먹으면서 내가 부탁을 했다.

"비록 보잘 것 없는 집이지만 아버지가 물려준 토지를 팔아 겨우 얻은 집이다. 지금까지 민태가 형과 함께 자취를 했는데 혼자 두려니 마음이 놓이지 않는다. (사실은 민태 자취방을 별도로 얻을 돈이 없었다.) 그래서 작은 집이지만 민태와 함께 살았으면 하는데 너 생각은 어떠냐?"

"민석 씨한테 얘기 들었는데요. 당연히 같이 살아야지요."

며느리의 입에서 다른 말이 나오면 어쩌나 걱정했는데 너무 고마웠다.

"형편이 되면 더 좋은 집을 얻어 줄 태니 불편하지만 어쩔 도리가 없다. 고맙다. 부엌 옆에 있는 작은방은 민태가 쓰도록 해라."

아들 형제와 며느리가 함께 서울에서 산다는 자부심으로 내 생활은 언제나 든든하고 즐거웠다. 가끔 민석이 전화가 올 때마다 세상을 다 얻은 것 같았다. 어머니는 아내가 시집 오자 새사람이라고 불렀다. 점잖은 사람들은 며느리를 '새애 기'라고 부른다지만 나는 며느리를 '새아' 라는 말이 저절로 나와 그렇게 불렀다. 아내도 나를 따라 '새아' 라고 불렀다.

어떤 사람들은 딸처럼 이름을 부른다지만 며느리가 딸일 수는 없다는 것이 평소의 내 생각이다. 나중에 손자가 생기 면 그때는 '애미' 라고 부르겠지만 며느리가 손자를 낳았는 데도 이름을 부르는 것이 습관이 되어 며느리 이름을 부르 는 사람을 본 적이 있다.

민석이 전화도 요즘은 바쁜지 조금 뜸해졌다. 며느리도 시어머니에게 형식적으로 몇 번 전화가 오더니 뜸해졌다.

한번은 직장에 출근을 하는데 며느리 전화가 왔다. 엉겁 결에 폴더를 열다가 저장된 번호에 며느리가 뜨자 괜히 가 슴이 다 울렁거렸다.

"그래, 나다."

"아버님, 전화 자주 못해 죄송해요."

"괜찮다. 너들은 잘 있나?"

"예, 잘 있어요."

"그래, 그래!"

나는 할 말은 많지만 '그래, 오냐?' 로 일관했다. 무엇이 든 긍정을 하느라 대화가 이어지지 않았다. 너무 반가운 나 머지 할 말을 잊은 것이다.

"아버님 메일을 아는데, 메일로 글 보내도 되지요."

"그래, 되고, 말고."

"운전 조심하시고요. 다음에 자주 전화 드릴게요."

며느리에게서 처음 걸려온 전화라 어떻게 받았는지 모르게 통화가 끝이 났다. 운전대를 잡은 손이 떨리기까지 했다. 어떻게 신호를 받고 어떻게 행인들을 피해서 직장에 왔는지 모를 정도였다. 집에 와서 아내에게 며느리 전화를 받았다며 자랑을 하니 아내는,

"새아가 예의는 발라요. 나한테는 가끔 오는데 어찌나 활발하게 전화를 받는지!"

출근을 하면 메일부터 열어보는 습관이 있던 나는 여느 때와 같이 메일을 점검하고 있었다. 그러다 낯선 메일 하나를 발견했다. 제목이 '아버님!' 이라 며느리라 짐작을 하면서 열었다.

비가 주룩주룩 오네요.

조용한 노래와 한 잔의 커피…….

한마디로 똥(?)폼 잡고 있어요.

마음은 벌써 추석 연휴를 맞아 오래 못 봤던 친구들 만날 생각에 붕 떴어요.

그리고 아버님 어머님 뵈러 가야죠.

요즘은 부쩍 남들처럼 애교나 붙임성이 있었으면 좋

겠다는 생각을 많이 해요.

그치만 처음부터 그렇게 안 생겨 먹은 건 어쩔 수가 없나 봐요.

키가 커서 그런지 곰살맞게 구는 것이 좀 싱겁다(?)는 생각이 먼저 들거든요.

그래도 집에서는 막내라 아빠께 나름대로 갖은 이쁜 짓을 한다고는 하는데…….

어렸을 때부터 제 생긴 것만 보시고 어른들이 맏며느리감이다 하시는 소리를 많이 들었어요.

근데 정말 맏며느리가 되네요.

엄마 말씀에 따르면 남 주면 욕 얻어먹기 딱 맞데요.

집에서 이미지 관리에 완전히 실패했거든요.

메일을 읽고 또 읽었다. 그러다 다른 이름 파일로 저장을 하고 답장을 썼다. 조금은 낭만적인 말을 섞어서 우리 집에 시집 와 줘서 고맙다는 말로 끝을 맺었다. 아내 말에 의하면 민석이가 출근하고 나면 며느리는 결혼하기 전부터 하던 컴퓨터 강의를 이곳저곳 다니며 한다는 말을 듣고 기특하게 생각했다. 조금이라도 살림에 보태려는 마음이 갸륵하여 안쓰럽기까지 했다. 며느리의 메일을 받고 며칠이 지나 또 메일이 왔다.

혹시나 하고 열어 봤는데⋯⋯.

저 여지껏 받아본 멜중에 젤로 기뻤습니다.

세상에, 이렇게 사이버 공간을 아버님과 함께 공유할 수 있다니.

너무 행복하네요.

그리고 모임에 갔다가 민석이가 친구와 다투었던 일들을 기록해 놓았다. 그러면서 민석이가 맏이라 민석이 친구보다 좀더 참고 친구를 챙겨주는 것이 좋다는 내용도 들어 있었다. 함께 살면서 남편인 민석이의 좋은 점을 발견했다니 다행이었다. 며칠 후 메일에는 시어머니에 대한 이야기가 있었다.

사실 저 처음에 어머님 뵙고 참 예쁘장하게 생기셨다는 생각을 했습니다.

그래서 흔히들 얘기하는 공주과 어머니가 아니실까 걱정했어요.

그런데 목소리를 들으니 그냥 동네 아줌마 같더라구요.

이외로 소탈하시고 뒤끝도 없어 보이시고, 첨엔 어려울까 걱정도 했지만 지금은 그런 것 없습니다. 말을 할수록 매력있는 분이라 생각도 들구요.

어쨌건 제겐 새엄마(?)신데…….

　메일은 횟수를 더할수록 일상사를 일기 형식으로 보내고 있었다. 미주알 고주알 민석이를 일러바치는 일도 있었으나 나는 그저 '오냐? 그래!' 하면서 딸을 어르듯 답장을 보냈다. 10월 말에 보낸 메일에는 이런 것도 있었다.

　참 시간이 빨리 흐른다는 생각이 듭니다.
　9월이 시작되었나 했더니 벌써 10월이 다 저물어 그 유명한 10월의 마지막 밤이 다가오네요.
　오늘도 안녕하시죠?

　그리고 지금까지처럼 일기 형식의 일상사를 장황하게 써서 보냈다. 보통 때 내 답장은 간단했으나 이번에는 조금 길게 써서 메일로 보냈다.

　10월은 또 가고

　내
　처음인
　딸!
　우리 집의 대들보

새애기

무척 바쁜 나날에
조금의 여유도 없었다.
마음이 더 바쁘니

직장의 초년병이니
아직은 어렵겠구나!

매일
출근하고 퇴근하다보면
언젠가
직장의 모습이 보이고
재미도 느껴지고

지금의 바쁜 생활이
짜증도 나겠지만
그것이 인생인 것을
그것이 삶인 것을

10월의 마지막 날이
금년에도 오고

아무것도 해 주지 못하는

이

시애비가

……

그래

너무

고맙고 미안하다.

옷은

무슨 옷을 입고 다니는지

마음 착한 너희들이기에

언제나 든든할 뿐이다.

-10. 31 못난 시애비가

메일을 보내자 며느리의 답장이 바로 왔다.

아버님! 역시 운치가 있으십니다. 민석 씨도 못 챙기는 시─월의 마지막 밤을 알아주시는군요.

아침마다 지나다니는 강변도로에 떨어진 낙엽들만 보아도 가슴이 다 설레입니다. 민석 씨는 간에 바람이 들어서 그렇다고 합니다. 저는 아직 사춘기 여고생이라고 속으로 대답을 했습니다.

그 후 여러 편의 메일이 왔다. 메일을 읽으면서 민태가 걱정이 되어 민태에 관한 내용이 있는가를 살피며 읽는 습관이 생겼다. 혹시 민태 때문에 신혼생활을 하는데 걸림돌이 되지나 않나 하는 염려 때문이었다.

방금 도련님은 학교엘 갔고…… 이젠 저만의 시간입니다. 청소하고, 시장보고, 옷 다리고, 빨래하고 하는 것이 이제 익숙해지려고 합니다. 음식을 시험 삼아 이것저것 만들어 보는데 도련님과 민석 씨가 맛있게 먹어 준답니다. 비위가 그렇게 좋을 줄 몰랐습니다. 걱정 하시는 것 보다 저희들 셋! 사이좋게 잘하고 있으니까 마음 놓으셔도 될 것 같아요. 저는 처음 같은 마음으로 착한 며느리, 현명한 아내, 누나 같은 형수로 지내려고 노력하고 있습니다.

민석 씨가 월급통장을 제게 넘겨주었습니다. 묘한 기분을 아시나요. 어제 도련님은 집에 들어오지도 못했습니다. 실습 수업이 있는데 항상 전날은 거의 밤을 새다시피 한답니다. 제가 2시까지 깨어 있었는데 새벽 5시에 들어왔다고 했습니다. 아침에 깨우는데 많이 안쓰럽더라구요. 어제 처음으로 강변에 운동을 했습니다. 민석 씨가 체중이 불어서요.

요즘 도련님과 부대끼면서 10번을 잘하다가 한번을 잘못하면 오해가기 쉬운 관계가 시동생과 형수 관계인 것 같습니다. 한 번씩 도련님이 '여기서 내가 왜 이렇게 서러움을 받고 살아야 하나?' 라고 농담삼아 얘기할 때 저는 굉장히 섭섭할 때가 많습니다. 도련님이 막내로 자란 탓도 있겠지만 저도 막내거든요.

그래도 서로 양보하며 살아요. 걱정하지 마세요. 참, 주택은행에 다녀왔습니다. 청약저축을 매월 10만 원씩 30개월을 부으면 아파트 청약할 때 1순위가 된다고 했습니다. 도련님한테 신경을 많이 못 썼습니다. 용돈이라도 주고 싶은데…… 지난달에는 프린터 잉크가 떨어져서 사줬어요.

-좁은 속 감추고 넓은척하며 살려고 노력하는
며느리 드림

며느리는 지금까지 '딸' 이라고 하더니 이제는 '며느리' 라고 쓰고 있었다. 아마 시부모와 친정부모, 시댁식구와 친정식구가 다르다는 것을 깨닫고 '며느리' 라는 것을 실감하는 것 같았다. 이제 딸이라고 우기던 철부지에서 며느리로 철이 드는 것 같았으나 그것은 내가 바라는 것이 아니었다. 딸 같은 며느리를 원하고 있는 것이 시부모들일 것이기 때문이다.

올켄만에 어머님께 전화를 드렸더니 민석 씨가 시골로 출장을 가는데 집에 들르겠다고 하시더라구요. 뭔 소린가 싶어 전화를 해 봤더니 마침 시골집 가까이 출장을 가게 되어 낼 쯤 시골에 같이 내려갔다가 목요일에 올라오자고 했습니다. 바쁠텐데 싶기도 하고요. 낮에 직장 다니고 밤에 대학원 다니며 신경을 많이 쓰는 것을 보니 안쓰럽기도 하구요.

추석 연휴에 왔다가 한 달이 지난 어느 날 민석이와 며느리가 왔다. 민태는 학교에 다니느라 오지 못했다. 혼자서 밥을 끓여 먹는지, 민태가 걱정이 되었다. 민석이는 피곤해 보였으나 많이 밝아졌다. 며느리도 부엌에 들어가 시어머니가 하는 일을 거드는 눈치였다. 전에는 손님처럼 구경만 했는데, 이제 좀 며느리의 자리를 찾은 것 같아 기분이 좋았다.

횟집에 회를 시켜 반주를 한잔 하면서 그동안 있었던 이야기를 하며 저녁을 먹었다. 과일을 깎아서 들고 오는 며느리가 이뻐서 보고만 있어도 배가 불렀다. 이런 것이 자식 낳아 기르며 사는 재미로구나! 웃음이 절로 나왔다.

민석이와 며느리가 늦잠을 자는지 일어나지 않았다. 아내는 부엌에서 아침을 준비하고 있는데 며느리는 자고 있었다. 아내가 조금 언짢은 기색을 했지만 며느리도 딸같이 생각하면 될 것이 아니냐며 아내를 달랬다. 아직 친정에서는

어린 아이에 불과한데, 객지에서 임시직이지만 직장생활을
하며 남편과 시동생 뒷바라지를 하느라 고생을 한다 싶어
안쓰러워 깨우지 못하고 일어나기만 바랐다.

아내는 민석이가 갈 때 준다며 김치와 반찬을 만드느라
정신이 없었다. 민석이가 먼저 일어나서 거실로 나오며 부
엌을 들여다보더니 상황 판단이 되었는지 며느리를 깨웠다.
나는 며느리가 미안해 하지나 않을까 싶어 내 방으로 들어
가 버렸다. 아침을 먹고 민석이는 며느리와 처가에 간다며
대문을 나섰다. 골목을 나서는 민석이를 보고 '빈손으로 가
면 안돼. 처가에는 몇 번을 가든지 빈손으로 가면 안 된다.
그것이 예의이다.'

민석이는 알았다며 무엇을 살 것인지 며느리와 상의를
하는 것 같았다. 아내는 아직도 밑반찬을 만드느라 정신이
없었다. 조금이라도 더 싸 보내려는 마음에 이것저것 보통
이에 싸는 것을 보고 고향에 계시는 어머니 생각이 났다. 자
리에 누웠다가도 내가 들어가면 집 안 곳곳을 다니며 무엇
이든 챙겨 주시기에 바빴다. 형님이 살았을 때는 형님 눈치
를 보더니 형님이 돌아가시자 이번에는 형수 눈치를 보면서
챙겨 주셨다.

저녁때가 다 되어 처가에서 돌아온 민석이 내외는 서울로
간다며 짐을 차에 실었다. 민석이는 회사 동료가 타던 헌 차
를 헐값에 구입했는데 연식이 너무 오래되어 폐차 직전이었

다. 돈이 모이면 새 차를 사라는 말을 하면서 당장 내 차라도 주고 싶었다. 아들 내외가 서울로 간다며 떠나고 나서 채 10분도 지나지 않아 집으로 돌아왔다. 민석이만 집에 들어오고 며느리는 들어오지 않았다. 무슨 영문인지 몰라 어리둥절해 하는데 민석이는 그저 말도 못하고 안절부절못했다.

서울 가다가 싸운 것이라 판단한 나는 며느리를 불러오라고 호통을 쳤다. 방에 들어온 민석이와 며느리는 서로 무엇인가 눈짓을 하며 먼저 말을 하라고 했다. 무슨 일이 있어도 크게 있을 것 같아 방에 앉으라하니 조용히 앉았다. 아내는 얼굴이 사색이 되어 앉지도 서지도 못했다.

"무슨 일인지 말을 해라! 말로 못할 게 뭐가 있노? 무슨 문제가 생겼나?"

무슨 영문인지 답답한 나는 누구라도 말을 하라며 재촉했다. 그러자 며느리가 눈을 바로 뜨더니 나를 똑바로 바라보며 당돌하게,

"저기 말에요. 민태 도련님 말에요."

그리고 또 말이 없었다. 내가 무슨 말을 하려 하자 눈치 빠른 아내가 거들고 나섰다.

"민태 말이다. 한 달만 더 데리고 있어라. 그러면 방을 얻어 다른 데 내보내 줄 테니까?"

아내는 벌써 눈치를 채고 있었던 게 분명했다. 나만 모르고 있었던 것이다. 민태와 함께 산다는 것이 걱정은 되었지

만 그동안 온 메일로 봐서 별 문제가 없을 것이라 판단했는데 그것이 아닌 것 같았다. 상황을 판단한 나는 참 난감했다. 함께 있으라고 토지를 팔아 전세를 얻어 주었는데, 민태가 다른 집을 얻는다면 그 돈은 또 어떻게 만들어야 할지 막막했다.

그리고 혼자 자취를 할 민태를 생각하니 형제도 결혼하면 멀어진다는 어른들의 말이 새삼 떠올랐다. 그러나 이렇게 된 마당에 그대로 있으라고 할 수는 없는 일이다.

"방학 때까지만 데리고 있어라!"

단호하게 잘라 말하는 내 태도가 더 이상 안 된다 싶었던지 아무 말이 없었다. 민석이는 무척 난처한 표정을 하며 내 눈치만 살폈다. 아내는 '진작 민태를 다른 데 방을 얻어 주자고 했을 때 내 말을 들었어야 했는데……' 라고 하며 나를 원망했다. 낸들 돈이 없으니 방법이 없다는 것을 알면서도 모든 책임을 나에게 떠맡기는 아내가 원망스러웠다. 그러나 가장인 것을…….

"너희들 뜻은 잘 알았으니 서울로 올라가거라."

민석이 내외가 서울로 다시 출발하자 아내는 '진작 민태와 함께 살게 한 것이 잘못이지, 신혼생활인데……' 또 나를 나무랐다. 살림을 하기 전에는 '시동생을 당연히 데리고 있겠다.' 던 며느리가 이제 와서 시동생을 내쫓겠다고 하는 심보를 알 수가 없었다. 그렇게 많은 메일을 보내며 일상사까지 미주알고주알 일러 바쳤는데, 정작 속내는 숨기고 있었다고 생각하니 괘씸했다.

며느리의 입장으로 바꾸어 보면 신혼생활인데 민태가 귀찮은 존재인 것은 분명했다. 모든 것이 내 위주로 생각한 결과이니 내 잘못이 분명했다. 아니 돈이 없는 것도 내 잘못이라면 할 말은 없다. 산 너머 산이라더니 서울에서 잘 사는가 싶었는데 때 아니게 민태 자취방을 구해야 하는 걱정거리가 생겨 잠이 오지 않았다. 민석이에게 전화를 했다.

"민석아! 민태 자취방 한번 알아봐라!"

"돈이 어디 있다고요. 정숙이 잘 설득해서 같이 살게요."

"아니다. 사글세방은 민태와 상의해서 보증금 5백정도 주고 월세 조금 주는 방을 구하는 것이 좋겠다."

민석이는 힘없이 전화기를 놓았다. 며칠이 지나자 민태에게서 전화가 왔다.

"학교 가까이에 보증금 500만 원에 월 20만 원하는 방이 있는데 계약할까요?"

"민석이도 알고 있나?"

"형은 같이 살자고 그러는데요."

"이왕 말이 나왔으니 어쩔 수 없다. 그 방을 계약해라 돈은 너 통장에 넣어 줄테니."

나는 마이너스 통장으로 대부를 받아 민태 통장에 넣어주었다. '민태가 자취를 할 수 있도록 민석이 부부가 도와

주겠지!' 하고 서울에 직접 가지는 않았다. 이사를 한 민태는 근황을 전화로 전해 왔다.

민태가 사글세방으로 이사를 하고부터 며느리도 양심에 가책을 느꼈는지 전화는 물론 그 많이 오던 메일도 오지 않았다. 다른 사람들은 휴가를 간다며 야단법석을 떨어도 우리 집 형편은 그렇지 못했다. 서울에는 민석이 집을 구하기 위해 올라 간 후로 시간이 없다는 핑계로 가지 못했다. 그러나 마음은 하루에도 몇 번 서울에 가 있었다. 모처럼 휴가를 얻어 아들과 며느리가 사는 서울에나 다녀오고 싶었다.

자식 걱정만 하는 아내도 함께 가기로 했다. 이제는 반찬을 준비해도 두 집 것을 따로 싸야했다. 가지고 갈 짐이 많아 버스보다는 기차가 편리할 것 같아 기차를 이용하기로 했다. 민석이와 민태에게 미리 연락을 했다. 서울 지리에 어두우니 시간을 내어 청량리역에 나왔으면 좋겠다고 했다.

청량리역에 도착하자 두리번거리던 아내가 민석이와 민태를 발견하고 좋아서 손을 흔들었다. 무거운 짐을 들고 계단을 오르느라 힘이 다 빠진 나는 기진맥진하여 대합실을 겨우 빠져 나왔다. 아들 둘을 앞세운 우리 내외는 시골 노인이 서울 온 것처럼 두리번거리며 따라갔다. 지하철은 무슨 계단이 그렇게 많은지 무거운 짐을 들고 내려가고 올라가는 것이 꼭 고문을 당하고 있는 기분이다.

민석이네 집에 도착하니 며느리는 어디 갔는지 없었다.

민석이는 머리를 끌쩍이며 민망한 듯 모기소리 만한 목소리로,

"컴퓨터 가르치던 거 그만 두고 공무원 시험 준비하느라 고시 학원에 갔어요."

"언제 나가서 언제 오는데?"

조급한 아내가 말을 거들자 민태가 말을 받았다.

"형수, 학원에 나간지 오래 됐어요. 저녁 늦게 올 때도 많아요. 전에도 형이 밥을 했는데, 어떨 때는 저도 하고……."

"반찬은?"

"되는 대로 먹지요 뭐."

하기야 약혼을 하고 여자의 직장 중에 공무원이 좋다는 말을 며느리에게 한 적이 있었다. 그때 며느리는 가타부타 하지 않고 듣고만 있었다.

"정숙이가 결혼 전부터 공무원 시험 공부를 한다며 책을 산 적은 있었어요."

"그래, 합격만 되면야 얼마나 좋겠나. 조금 고생되더라도 부부가 서로 도우면서 살아야지. 누구라도 먼저 집에 오면 집안일을 해야 하는 것이 맞벌이 부부 아니겠나? 옛날처럼 남자만 돈을 벌던 시대는 지나도 한참 지났다. 우리 시대 여자는 살림만 하면 되었지만, 지금은 살림하고, 애 낳고, 남편 뒷바라지 하고 너무 힘들지. 그래서 가사 일도, 아이 키우는 일도, 여자 남자 없이 같이 하는 것이 맞벌이 부부다."

민석이는 힘이 드는지 천장만 쳐다보다가 냉장고에 가서 캔 맥주를 꺼내어 왔다. 아내는 쌀을 찾아 밥을 했다. 가지고 온 반찬을 꺼내어 냉장고에 넣고 집 안 청소를 하느라 집에 있으나 아들집에 오나 바쁜 것은 아내뿐이었다.

저녁을 먹는데 며느리가 헐떡거리며 들어왔다. 들어오자마자 인사도 하는 둥 마는 둥 허둥댔다. 화장실로 방으로 부엌으로 여기저기 뛰어다녔다.

"아버님, 오신다는 것을 알고도 늦어서 죄송해요. 버스를 타려고 기다리다 안 되겠다 싶어 지하철을 타느라 늦었습니다."

허둥대는 며느리에게 먼저 저녁밥을 먹으라며 권했다.

"계약직으로 일을 하다 보니 욕심이 생기더라구요. 처녀 때 공무원 시험 공부를 잠시 했는데요. 서울에 오니 학원도 있고 해서 시작해 봤어요. 아버님께서 공무원이 여자 직업으로 좋다고 하셨잖아요."

"다시 공부를 시작한다는 것은 힘들텐데…… 시작한다는 자체가 대단하다. 그래, 바쁠 텐테! 아침부터 학원에 가나?"

"아침 먹고 민석 씨 출근할 때 같이 나가요. 학원에서 공부하는 사람들이 많이 있어서 서로 경쟁심이 생겨 정신 집중이 잘 되요. 어떨 때는 저녁 늦게 집에 오는 때도 있는데 민석 씨에게 미안하지요."

민석이는 싱글벙글 웃으며,

"참을 만해요. 퇴근해서 정숙이가 없으면 정숙이 밥해 놓고 저는 자요. 저는 회사 식당에서 먹으면 되요. 자다가 보면 와요."

"집안일은 서로 미루지 말고 같이 해야 돼? 남자라고 집안일 안하던 시대는 지나갔어."

"일요일은?"

"일요일에도 정숙이는 독서실에 가요. 저는 집에 자다가 점심 먹고 강변에 나가 놀고요. 그러다 정숙이 오면 영어 가르쳐 주고요."

정숙이는 영어가 조금 딸리는 모양이다. 며느리는 조금 민망해 하다가,

"민석 씨에게 영어 배울 때는 정말 더러워요. 선생님보다 더해요. 막 꾸중도 하고 어떨 때는 닭대가리라고 해요."

"부부 간에도 쓰지 말아야 할 말이 있다. 가깝다고 함부로 말을 하면 안 되지."

며느리는 또 민석이의 잘못을 고해바치기 시작했다.

"저녁에 술 먹고 들어오면 주사도 부려요. 제가 대꾸를 하지 않으면 안한다고 뭐라카고 대꾸 하면 한다고 뭐라카고, 아버님이 가까이 계시면 바로 일러바치는데, 그러다 아버님께 이른다 하면 가만있어요."

두 사람이 다투는 것을 보고 아내와 나는 그저 웃었다. 민태는 과제가 밀렸다며 집에 간다고 나갔다. 그러면서 며느

리는 민태에 대한 이야기는 한마디도 없었다. 민태도 형수
와 별다른 말이 오고가지 않았다. 조금은 어색해 보이는 눈
치였으나 '시간이 지나면 괜찮겠지' 하고 모른 체 했다.

　며느리가 오기 전에 민태의 말에 의하면 민석이가 거실
에서 잠을 잘 때도 많다고 했다. 정숙이가 공부를 한다며 책
상에 앉아 있으니 거실에서 새우잠을 자는 모양이었다. 참
기특한 일이다. 신혼인데 공부를 한다니, 민석이도 불편한
것을 참아내는 것을 보니 어릴 때도 맏이라 동생을 위해 참
는 일이 많았는데…… 거기다가 민태까지 함께 살았으니 얼
마나 불편했을까? 그 마음은 이해해도 민태를 내보낸 것에
대한 미안함 정도는 말을 했으면 좋았을 텐데…… 혹 민태
와 다투지는 않았는지 내심 걱정이 되었다.

　다음날은 민태가 자취하는 집에 민석이와 들렀다. 며느
리는 학원에 간다며 아침 숟가락을 놓기 바쁘게 나갔다. 민
태 자취방은 반지하지만 생각보다 나쁘지 않았다. 학교 주
변이라 자취하는 학생들이 많았다. 골목 깊숙이 자리한 민
태 자취방은 4층 건물로 반지하에는 방 1개 부엌 겸 거실,
화장실이 있었다. 반지하층은 두 집이 살도록 되어 있는데,
옆집을 보니 방 2개짜리인데 아기가 한 명 있는 젊은 사람
들이 살고 있었다. 2층과 3층에는 각각 층마다 2가구씩 전
세로 살고, 4층에는 주인이 살고 있었다.

　민태는 헌 침대를 헐값에 샀다며 책상과 함께 가지런히

놓여 있었다. 거실 겸 부엌에는 한 칸짜리 싱크대만 달랑 놓여 있었다. 부엌 가구를 보던 아내는 눈물을 흘리며 시장에 다녀온다며 나가더니 밥그릇 2벌과 두 사람이 먹을 수 있는 밥상, 숟가락, 젓가락, 바가지, 양재기 등과 채소를 사 들고 왔다. 아내는 한숨을 쉬며,

"하나 뿐인 시동생이 자취방을 얻어 나가는데 밥 그릇 하나 못 챙겨 주니 참 한심하다."

아내의 푸념이 길어질까봐 나는 피로하다며 방에 들어가 침대에 누워 버렸다. 서울에서 학교 다니면서 민석이와 언제나 함께 했던 민태가 혼자 자취하는 모습이 너무 안쓰러웠다. 아내는 집으로 오는 차 안에서 민태 때문에 우울해했다. 집에 돌아온 아내는 밑반찬을 만들어 택배로 부쳐준다며 분주했다. 또 청과 상회에 가서 과일을 박스로 사서 민석이와 민태에게 부쳐주었다.

비록 9급 공무원 시험이지만 경쟁률이 수백 대 일을 넘고 보니 공무원 고시라는 말이 생겼다. 시골에서는 9급 공무원 시험에 합격을 하면 잔치까지 벌이는 경사이다. 서울의 일류 대학을 졸업하고도 쉽게 붙을 수 없는 것이 9급 공무원 시험인데 지방 대학을 나온 며느리가 공무원에 도전한다니 그 정신이라도 높이 사고 싶었다.

행정직에 원서를 냈다는 연락이 왔다. 다른직보다 응시생이 많다며 민석이가 걱정을 했다. 나는 '조상님께서 돌보

아 줄 테니 걱정 말라'고 했다. 며느리가 공무원 시험을 치는 날 아침, 아내는 첫새벽에 일어나 정한수를 떠놓고 조상님께 빌었다.

"우리 민석이 색시가 공무원 시험을 친답니다. 조상님, 제발 합격하게 해 주소."

꿇어앉아 빌고 있는 아내의 모습은 시어머니의 모습이 아니라 딸을 가진 어머니의 모습이었다. 출근을 하는 차 안에서 며느리의 시험 시작 시각인 9시가 되자 나도 모르게 묵도를 했다. 결혼하기 전에 한번 응시한 경험이 있다는 며느리이다. 이번에는 돌봐주는 조상이 달라졌으니 실수 하지 말고 아는 대로 잘 쓰기를 바랐다.

민석이의 성격은 민태와 달라서 조금 소심하다. 어떤 일이든 이루고 싶으면 집착을 하고 무한히 참고 견딘다. 이번 정숙이의 공무원 시험도 민석이 본인이 치는 것 이상으로 관심을 보였다. 직접 원서를 내고, 시험 장소에 가서 주의사항을 확인을 하고, 미비한 과목을 체크해 주는 등 뒷바라지를 헌신적으로 해 주었다. 며느리가 시험을 무사히 치고 한참이 지난 어느 날 새벽에 전화벨이 울렸다. 잠결에 수화기를 든 아내가 갑자기 소리를 질렀다.

"아이고 반갑다! 잘됐다! 참 잘됐어! 조상님이 돌봐주신 모양이다. 야야! 새아한테 축하한다. 그래라."

아내의 전화기를 빼앗듯이 받아서 귀에 대었다. 민석이

의 음성은 가늘고 조심스러웠다. 나는 며느리에게 축하한다는 말을 하고 싶어 바꾸라고 했더니, 어제저녁 늦게까지 행정 안전부 홈페이지를 들락거리다 잠이 들었다고 했다. 자다가 일어난 민석이가 방금 떠오른 합격자 발표를 본 모양이었다. 정숙이가 깰까봐 조심조심 전화를 하는 것 같아 알았다며 그만 자라고 했다. 새벽잠을 깬 아내와 나는 잔치라도 해야 되는 것이 아니냐고 했다. 아직 2차 시험인 면접과 여러 관문이 있으니 최종 합격이 될 때까지 숨죽여 기다리기로 했다.

직장에 출근하여 행정안전부의 홈페이지에 접속하여 며느리의 이름을 찾고 성적을 인쇄하여 직장 동료와 친구, 지인들에게 자랑을 했다.

"우리 며느리가 그 어렵다는 9급 공무원 시험에 한 번에 합격했다."

모두 잔치를 벌여야 한다며 부러워했다. 면접시험에 입고 갈 옷이 없을 거라고 걱정하는 아내의 말에 나는 민석이의 통장으로 100만 원을 입금시켰다. 며느리는 고맙다며 전화를 했다.

"아버님, 고맙습니다. 면접 잘 볼게요."

"면접 시험은 순수해 보여야 하니 흰색이나 푸른색 등 단색 옷이 좋을 듯하다."

"안 그래도 민석 씨 하고 어제저녁에 시장가서 푸른색 계

통의 단색 투피스를 샀어요. 나중에 보여드릴게요. 어머님
도 그렇게 말씀 하셨어요."

며칠이 지난 어느 날 메일을 열어 봤더니 오랜만에 며느
리의 메일이 와 있었다.

시험이 끝나고부터 농땡이처럼 건들거리고 있습니
다. 다음 주부터는 컴퓨터 강의를 나가고 싶었는데 면
접을 보러 갔더니 올해는 11월 초에 대부분 발령을 낼
꺼라고 인사과장이 말하고……. 그래도 2달 정도 시간
이 있는데, 아버님 이러다가 면접에서 뚝 떨어지면 창
피해서 어떻게 살죠……. 최종 합격자 발표는 드뎌 낼
모레입니다. 떨어지리라고는 한 번도 의심해 보지 않았
는데……. 그래도 날짜가 다가오니 불안해요. 민석 씨
는 무척 바쁜 것 같습니다. 논문준비도 해야 하고 정기
고사도 쳐야 합니다.

매달 토익시험도 치고, 출장도 많이 다니고, 제대로
하는지는 모르겠지만, 지난 주말에는 도련님이랑 여자
친구와 같이 도봉산에 다녀왔습니다. 도련님 여자 친구
도 알게 되고, 도련님과도 더 가까워지고, 참 재미있었
습니다. 올켄만에 형수 노릇한 것 같아 뿌듯하기도 했
습니다. 여자 친구는 참 착하고 온순하고, 머리도 좋고,
여성스럽다고, 그런데 조금만 더 살이 찌면 좋을 텐데

하고 생각했습니다. 저 혼자 통통하게 살쪄서 미안하다
는 생각이 들 정도였습니다.

다행이었다. 특히 민태와 함께 산에 갔다니 민태 여자 친
구는 민태와 초등학교 동창으로 이미 알고 있는 아가씨이
다. 함께 도봉산에 올라갔다니 반가운 일이 아닐 수 없었다.
메일 마지막에 '딸이니, 며느리니' 하는 말이 생략되어 서
운했다. 저녁을 먹고 텔레비전을 보고 있는데 집 전화기의
벨이 울렸다. 아내가 받으니 며느리였다.
　"어머님! 잘 계셨어요. 저 최종합격했어요."
　"그래! 고맙다. 합격될 거라 믿었다. 언제 한번 집에 내려
온나! 너 시아버지가 잔치벌인다며 벼르고 있다."
　"이번 토요일에 다니러 가기로 했어요."
　"그래! 알았다."
　아내는 송수화기를 들고 내 눈치를 살폈다. 바꾸어 줄까?
하고 묻는 것이다. 나는 웃으며 통화내용을 다 들은 터라 그
만 두라며 손사래를 쳤다.
　민석이 부부가 금의환향을 했다. 할아버지 산소에 성묘
하러 온 민석이 내외가 너무 대견하여 춤이라도 추고 싶었
다. 버젓이 공무원 시험에 합격하여 다니러 온 것이다. 기쁠
때나 슬플 때나 할아버지 산소를 찾던 나를 닮았는지 민석
이도 그러했다. 며느리에게 들으니 '처음 사귀자고 하던 날

도 두 사람은 할아버지 산소를 찾아가서 맹세를 했다' 고 한
다. 좋은 인연으로 만났으니 무슨 일이 있어도 헤어지지 말
고 생명이 다할 때까지 함께 하기로 했다는 것이다.

할아버지 산소에 가기 위해 음식을 준비하는 아내는 전
에 없이 여러 가지 음식을 준비했다. 전에는 밤, 배, 감, 사
과, 오징어, 명태, 떡 정도였는데 이번에는 소고기, 돼지고
기, 산적까지 준비했다. 술도 여러 가지를 준비했다. 할아버
지는 소주를, 아버지는 막걸리를 좋아하셨기에 각각 준비하
고 큰집에 계시는 어머님은 맥주를 좋아하셔서 몇 병 샀다.

집에서 자동차로 20분 거리에 어머님이 계시는 큰집이
있고, 큰집 바로 뒤, 야산에 할아버지 산소가 있다. 돌아가
신 아버님 덕택으로 후손들이 편하게 조상님을 찾아뵙게 되
었다. 가장 높은 곳에 계시는 할아버지 산소에 먼저 절을 하
고 아버지 산소로 내려와서 절을 했다. 성묘를 마치고 음복
을 하면서 나는 며느리를 보고,

"시집 와서 공무원 시험에 합격을 했으니 시댁 조상이 돌
본 것이다. 언제라도 조상의 은덕을 잊지 말거라."

며느리는 피식 웃더니 고개를 끄덕였다. 아버님이 계시
지 않는 고향집은 허전하기만 했다. 어머님이 계시는 사랑
방 문 앞에 서니 신발은 있는데 사람 기척이 없다. 지팡이가
있는 것으로 봐서 분명 방에 계실 것 같은데 기침을 해도 아
무 소리도 나지 않았다. 방문을 열고 들여다보니 컴컴한 윗

묵에 어머님은 모로 누워 방문을 여는지도 몰랐다. ‘어메’ 하고 부르니 ‘누기로’ 하며 무거운 몸을 일으켰다. 갑자기 밝아진 햇볕 때문에 눈도 제대로 못 뜬 상태인데 아들의 목소리만 듣고 반겼다.

“새아도 오고 하여 아부지 산소에 왔다가 어메보로 왔네.”

어머님은 앉으라며 손으로 방바닥을 가리켰다. 어머님은 여든 다섯이다. 2년 전에 아버님이 돌아가시고 나니 더욱 늙어 보였다. 큰방에는 아무도 없는지 사람 기척이 없었다. ‘입이라도 다시고 가야지!’ 몸을 일으켜 뒷방에 감추어 둔 과자와 맥주를 꺼내주었다. 사랑방 문을 열고 나오려는데 점심이라도 먹고 가라며 소매를 잡아끌었다.

“민석이 내외가 오늘 서울로 가야 하기 때문에…….”

말끝을 흐리고 일어설 수밖에 없었다. 대문까지 어머님은 지팡이를 짚고 따라 나왔다. 민석이 내외가 앞서고 내가 어머니 손을 잡고 대문을 나서는데 밭에 갔다 오는지 큰조카가 나를 보자 얼굴을 하얗게 하고 언덕을 내려왔다. 내 옆을 지나며 인사도 없이 고개를 들고,

“이제 다시는 보지 마시더, 안 왔으면 좋을 시더.”

나는 생각할 겨를도 없이 오른손으로 조카의 왼쪽 뺨을 힘껏 갈겼다.

“뭐 이런 놈이 다 있노. 삼촌이 왔으면 인사라도 해야지?”

조카가 나에게 대들려고 하는 순간 민석이가 와서 조카의 손을 잡았다. 나는 어머니가 들고 있던 지팡이를 빼앗아 조카의 어깨를 내리쳤다. 그러다 나와 민석이가 서 있던 자리 뒤에 무릎 높이의 작은 논둑이 있었는데, 조카의 힘에 의해 물기에 젖은 논둑에 주저앉고 말았다. 대문을 도로 들어서게 된 나는 조카를 보고 그동안 쌓였던 말을 토해내기 시작했다. 민석이는 내가 그러는 것을 보고 사촌 형에게 대들고 있었다. 며느리는 마당 귀퉁이에 서서 내가 조카를 때릴 때마다 소리를 질렀다.

조카는 아버님이 돌아가시자 장손임을 내세워 그 많은 논밭을 내 허락도 없이 모두 이전했다. 나는 조상을 모실 땅(위토)이 있어야 한다며 꾸중하는 과정에서 이렇게 일이 벌어진 지가 수년이 되었다. 어머님은 어머님대로 아들과 손자 사이에서 마음고생을 하고 있었다. 비가 부슬부슬 오는데 마당에 조카를 앉혀 놓고 선과 후를 따졌다. 조카는 마당에 앉고 나는 처막에 앉았다가 내가 마당으로 내려앉자 조카는 고개를 숙이며 내 말을 듣기 시작했다.

"형님이 계실 때 아버지 토지를 거의 형님 앞으로 했는데, 그 토지는 너 앞으로 이전을 다 했잖아. 내가 무어라 하더냐? 동생도 있고 누나도 있는데…… . 너 앞으로 욕심을 내어 이전을 해도 너희들 남매가 합의를 했다기에 그대로 두었지. 그런데 이제 아버지 이름으로 조금 남아 있는 토지는 그동안 부모님을 모시던 형수 앞으로 서 마지기 하고, 또 너가 섭섭해 할까봐 너 앞으로 열 마지기 정도 하고, 그리고 위토로 다섯 마지기를 하자고 했는데 그것이 그렇게 못마땅하나? 어디 내가 아들이라고 한 마지기라도 내 앞으로 하겠다고 했나?

조상 위토는 이름만 너희 사촌 간에 하는 것뿐이지 제사를 지내는 너가 다 하는 것이나 같은 거 아니라? 그런데 너는 숙모에게 전화를 하여 입에 담지 못할 욕을 하고 삼촌에게 대들고 그게 어디 사람이 할 짓이라?"

조카가 내 말을 알아들었는지 고개를 푹 숙이고 있을 즈음 형수가 밭에 갔다가 들어왔다. 그때는 이미 혼돈의 시간이 끝난 뒤였다. 내가 형수에게 인사를 하자 민석이와 며느리도 따라서 인사를 했다. 형수는 인사도 받지 않고 본체만체 했다. 그러면서 마당에 앉아 있는 자기 아들을 보고 '왜 비를 맞고 앉아 있노. 무슨 일로, 일라그라?'

결혼식에 참석하지 않았던 형수와 조카지만 신혼여행을 다녀오고 선산에 왔을 때 정중하게 인사를 드렸었다. 그것은 어머님이 시키기도 했지만 나도 그렇게 하고 싶었다. 그런데 오늘 형수의 태도를 보니 새 아기에게 볼 낯이 없었다. 비를 피해 동마루에 앉아 있는 어머님 곁에 서 있는 며느리를 보자 나는 문득 이상한 생각이 스쳐 갔다. '저놈도 조카와 같이 나를 배신한다면?' 가슴이 오싹하고 하늘이 누런

빛으로 변한 것 같았다.

젖은 옷으로 차에 오르니 시트가 걱정이 되어 수건을 깔고 앉았다.

"많이 놀랐지! 보이지 말았어야 할 것을 보여서 미안하다."

며느리는 웃으며 '괜찮아요. 보통이에요' 라고 대답할 뿐이었다. 그리 놀라지 않는 것으로 보이지만 얼마나 놀랐을까 싶어 집에 오면서 약국에 들러 청심환을 사 주었다. 얼마나 놀랐겠는가? 시집온 지 며칠 되지도 않았는데, 큰집 시숙과 시아버지가 다투는 것을 봤으니.

며느리는 놀라지 않았다며 태연한 모습을 보였다. 나는 오히려 며느리의 태연함에 몸서리를 치며 또 '배신하면 어쩌나' 하는 불길한 생각이 스쳐갔다.

사돈과 점심을 함께 하고 싶었다. 며느리에게 전화를 하라고 하려다가 예의가 아닌 것 같아 내가 직접 전화를 했다.

"며느리가 공무원 시험에 합격을 한 것은 우리 두 집의 경사인데 아이들 하고 점심이나 함께 했으면 합니다."

사돈은 기다렸다는 듯,

"좋지요. 어디로 몇 시에 갈까요?"

"12시에 얼마 전에 함께 갔던 그 횟집에서 만났으면 합니다."

"좋지요."

여섯 명이 큰 회를 2개 시켜서 먹는데 안사돈은 역시 딸 자랑을 하느라 정신이 없었다. 오늘은 정숙이를 위한 날이니 자랑을 해도 싫지 않았다. 가끔 사돈도 안사돈의 딸 자랑을 거들고 나섰다. 아내와 나는 그렇다고 민석이 자랑을 할 수도 없어 그저 맞장구를 쳤다.

평소에도 자식자랑을 좀처럼 하지 않는 아내지만 오늘은 나대신에 민석이 자랑을 좀 해도 될 것 같은데 하지 않았다. 식사가 끝나 갈 즈음 화장실에 가는 척 하고 카운터로 가서 카드로 계산을 했다. 민석이가 눈치를 채고 달려 나와 내 카드를 빼앗아 자기 카드로 계산을 한다며 난리를 피웠다.

"이놈아, 내가 기분이 좋아 그런다. 그냥 둬라."

사돈은 의례히 내가 계산을 하는 것으로 알고 왔는지 이를 쑤시며 신발장으로 갔다. 잘 먹었다는 인사조차 하지 않았지만 나는 그저 시간을 내 줘서, 함께 해 준 것에 감사를 드렸다.

어머님이 아픈 곳은 없는데 힘이 없어 링거나 맞으러 병원에 왔다는 연락을 받고 병원에 갔다. 혹시나 싶어 병실에 가기 전에 의사부터 만나 보니 어머니는 가슴에 큰 병을 안고 있었다. 조카의 재산 욕심이 어머니를 병들게 했나 싶어 가슴이 철렁했다.

담당 의사는 '폐가 많이 나빠서 기운이 없는 것인데 치료를 하면서 지켜봐야 한다' 고 했다. 전에도 그런 일이 있었기에 귀 너머 듣고 병실에 갔다. 병실에는 형수가 어머니를 지켜보고 있었다. 어머니는 내가 들어가자 일어나며,

"괜찮은데 뭐할라꼬 왔노. 내일은 너 집에 가서 쉬었다가 집에 갈란다. 바쁜데 그만 집에 가그라. 그라고 병원비는 내 가방에 통장이 있는데 찾아서 내거라."

도장과 통장이 들었다는 가방을 가리키는 어머니는 무슨 말이라도 하고 싶어 했다. 젊어서 고생한 이야기를 또 했지만 지루하지 않게 들었다. 이야기를 하는 동안 숨이 가쁜지 한참을 쉬었다. 그러다 12시가 넘어서 집에 왔다.

그런데 다음날 아침, 조카가 급하게 전화가 했다.

"할매가 많이 아파서…… 이상한데, 빨리 와보소!"

어머니의 병세는 아는 처지라 '이놈이 급하니까? 이제 나를 찾는구나' 하면서 병원으로 갔다. MRI 촬영을 하기 위해 미는 침대에 어머니를 태우고 밀고 나오는 형수와 복도에서 마주쳤다. 어머니의 침대를 내가 받아서 밀고 촬영실로 들어갔다. 어머니는 혼미한 상태로 아무 말도 하지 못했다. 어제저녁까지만 해도 곧 털고 일어나리라 했는데 갑자기 악화되다니 병원도 믿을 수가 없었다.

응급실로 옮긴 어머니는 산소 호흡기에 의지한 체 작은 숨을 몰아쉬었다. 나와 아내는 그 옆에서 맥박기의 숫자와 산소 호흡기의 숫자를 바라보며 어머니가 회복되기를 기다렸다. 옆 침대에 있던 환자가 운명을 했는지 의사가 급하게

뛰어왔다. 조금 있으니 커튼이 쳐지고 가족들의 울음소리가 들려왔다. 옆 환자의 죽음이 남의 일 같지 않았다. 그러나 어머니는 괜찮을 거라고 굳게 믿으며 물수건을 머리에 얹어 주고, 입이 마를까봐 물도 숟가락으로 떠서 입에 흘러 넣어 주었다.

오후가 되자 아내가 민석이에게 연락을 했는지 민석이 부부가 왔다. 눈을 감고 숨만 쉬는 어머니를 한참 내려다보던 민석이는 아내를 따라 다른 곳으로 가버렸다. 조금 후 아침에 잠시 왔던 조카가 어디서 무엇을 하다가 왔는지 오자마자 귀찮다는 듯 어머니 옆 침대에 누워버렸다. 잠시 밖에 나와 살펴보니 아내와 민석이 부부는 옆방 휴게실에 앉아 있었다. 내가 들어가자 아내는,

"새아가 내일까지 서류를 넣어야 하는데 급하게 오느라고 못 넣었다니더."

"그러면 안 되지 너희들은 지금 서울 올라 가거라 어메는 괜찮을 것 같다."

아내는 무슨 생각을 하는지 '민석이는 여기에 남고 며느리만 서울 가서 볼일을 보라'고 했다. 나는 '민석이도 같이 가라!'는 말만 하고 어머니가 있는 병실로 왔다. 조금 전까지만 해도 맥박이 정상이었는데 수치가 떨어지기 시작했다. '곧 회복되겠지'하고 간호사 부를 생각도 하지 않고 있는데 간호사가 달려왔다. 간호사가 오자 맥박기의 숫자는 긴

줄을 그으며 삐 소리를 내었다. 조금 있으니 의사가 달려와서 모두 비키라고 하더니 두 손으로 어머니의 가슴을 누르며 인공호흡을 시작했다. 우리 가족들은 빙 둘러서서 그냥 구경을 했다. 나는 태연히 기다렸다. 저러다 회복되겠지. 그런데 그것이 아니었다. 해가 서쪽으로 기울어 갈 무렵 의사는 나를 보고 돌아서더니 아주 겸손하게,

"모든 조치를 다 했지만 운명하셨습니다."

하고는 밖으로 나가버렸다. 그러자 간호사들도 나가버렸다. 정말 황당한 일이다. 힘이 없어 링거나 맞으려고 병원에 왔다가 이틀을 못 넘기고 돌아가시다니, 의사가 옆에 있다면 멱살이라도 잡고 살려내라 소리를 지르고 싶었다. 소리 내어 울던 나는 어머니를 영안실로 모셨다. 입관을 하고 방에 들어오니 큰조카와 형수가 앉아 있었다.

"모두 지나간 일이다. 모든 재산을 너가 하자는 대로 너한테 해줬으면 집안이 조용했을 텐데, 위토를 하자는 것이 내 불찰이다."

조카는 내 무릎 앞에 다가와서 머리를 조아리더니,

"제가 잘못 했니더! 인제는 삼촌 하자는 대로 함시더!"

어머니가 돌아가셨는데 무엇이 필요하다는 말인가? 이제는 위토도 싫었다.

"아무도 없는 외로운 집안 어떻게 하든지……."

큰집 식구들을 달래어 어머니 장례를 무사히 치러야 된

다는 생각 뿐 아무 것도 떠오르지 않았다. 어머니 장례식을 준비하느라 정신이 없는데 며느리는 서류 관계로 서울에 가야 한다며 아내가 귀뜸을 했다. 하루 정도 다녀오면 되는 일이니 다녀오라고 했다. 병원에서 장례를 치루니 새 며느리가 할 일은 별로 없었다. 장례식보다 기다리던 공무원이 되는 일인데 서류를 못 내어 탈락할 수는 없다 싶어 허락을 한 것이다.

어머니 장례는 친척과 친구, 직장 동료들이 도와주어서 무사히 끝이 났다. 큰집에 형님이 없으니 돌볼 사람이 없어 삼일 만에 탈상을 하는 불효를 저질렀다. 직장에 돌아와 정신을 차려 보니 갑자기 돌아가신 어머니라 돌아가셨다는 것이 믿어지지 않았다. 지금도 큰집에 가면 사랑방에 누웠다가 나를 반갑게 맞아줄 것 같은 착각에 일이 손에 잡히지 않았다. 민석이네도 민태도 모두 일상으로 돌아갔다. 아내는 과로를 했는지 아니면 충격을 받았는지 앓아누웠다가 일어났다. 몸무게가 빠져 얼굴이 반쪽이 되었다. 몇 주일이 지나도 일이 손에 잡히지 않아 인터넷을 뒤지다 며느리의 메일을 발견했다.

오늘은 11월의 마지막 날, 두껍던 달력도 달랑 한 장만 남았습니다. 왠일로 멜을 다 쓰나 하시겠지요. 그것은 아버님께 일러바칠 일이 좀 있어서요. 민석 씨 지난

밤 늦도록 술 마시고 정신 못 차리고 자고 있습니다. 출근을 해야 하는데 너무 걱정입니다. 친구놈 하고 같이 집에 와서 말려도 계속 마셨어요. '진짜 갈아버릴까? 봅니다.'

너무 과격한 표현이라 놀라시겠어요. 그치만 저는 상당히 미화해서 말씀드리는 거랍니다. 부처지원 희망이 월요일 끝나고 이번 주 내에 결과가 공고될 거라더니…… 하여간 공무원들 느린 거는 알아줘야 합니다. 1지망이 중요하다고 했습니다. 2지망은 거의 희박하고, 그런데 너무 센 곳에 지원한 것 같아 걱정이 이만저만이 아닙니다.

얼마 전 어머님과 통화를 하니 아버님과 바다에 바람 쐬러 갔다고 하셔서 무척 부러웠습니다. 민석 씨도 아버님 반만 닮았으면 좋겠습니다. 아니에요. 지금같이만 해 주어도 좋아요.

아버님께 멜을 쓰다 보니 화가 다 풀렸습니다. 지금 북어국이라도 끓여 주어야 겠어요.

공무원 임용에 희망 부서를 선택하는 것은 여러 가지 요소가 작용했다. 합격자 중 성적에 따라 부서를 희망하는데, 성적이 낮으면서 좋은 부서를 선택하면 발령이 늦다. 그렇다고 발전성이 없는 부서를 발령이 조금 빠르다고 택할 수는 없는 일이다. 또 본인의 취미와 특기에 맞지 않으면 곤란하니 신중히 선택을 해야 했다. 행정자치부 시행 공무원 시험에 일반 행정직으로 합격은 했지만 건설부, 농림부, 체신부 등의 부서는 본인이 선택을 해야 했다.

희망 부서에 대해 고민하던 며느리는 1희망을 건설부로 했는데 발령은 농림부로 나고 말았다. 조건을 보면 반드시 희망 부서가 아닐 수도 있다는 단서가 있었다고 한다. 그리고 서울을 희망했는데 성적 때문인지 수원으로 발령이 났다. 그것도 다른 합격자들이 모두 발령이 난 뒤에 난 것이다. 어쨌든 발령이 났으니 다행이다. 마치 민석이 회사가 수원에 가까이 있어 출근할 때 좋은 점도 있었다. 여의도 가까이 집이 있어서 민석이 회사까지는 민석이 차를 타고 가고, 그 다음부터는 지하철을 타고 다녔다.

뉴스에 지하철이 복잡하다든가 차가 고장으로 멈추었다는 소리만 들어도 가슴이 철렁했다. 시골에서 살던 며느리가 인간 전시장이라는 낯선 서울에서 얼마나 고생을 할까? 새로운 직장에 잘 적응 할까? 노심초사하며 아무 탈 없기를 빌었다. 친구와 사돈이 된 사람의 이야기를 들었다. 아주 젊은 시절에 어느 책에서 읽은 기억이 났다. 친구이자 사돈인 사람끼리 술집에서 술을 취하도록 먹고 또 사돈집(딸이 사는 집)에 가서 술상을 새로 봐와서 술을 먹었다.

사돈이 술에 취해 잠이 들자 놀러 온 친구 사돈은 베개를 안고 사돈인 줄 알고 술을 권했다. '사돈 어서 먹게!' 그러다 '친구야 술 먹어라!' 라고 주사를 하던 그도 사돈 옆에서 잠이 들었다. 딸이 와서 친부와 시부께 이불을 덮어 주었다는 정다운 이야기이다. 나도 사돈이 생기고 보니 문득 그 이야기가 떠올랐다. 사돈과 친하게 지내리라. 자주 식사도 하고 자식 걱정도 함께하며 친형제처럼 지내리라 다짐했다.

마침 안사돈과 집사람이 예전부터 잘 알던 사이이고 또 사돈댁이 우리 집과 얼마 떨어지지 않아 마음만 먹으면 언제든지 만날 수 있었다. 비록 며느리와 함께 살지는 않지만 내가 먼저 아내에게 슬쩍 이야기를 했다.

"자식을 나누고 사는 것이 사돈인데, 만나서 식사라도 같이 하면 어떨까?"

했더니 아내는,

"다른 사람들도 사돈과 만나서 식사하고 노래방도 같이 간다던데, 만나면 좋지요."

"저녁이나 함께 하게 안사돈에게 연락을 해서 시간 한번 맞추어 봐라."

사돈도 퇴직을 하여 별다른 일이 없어서 인지 쉽게 약속이 이루어졌다. 며느리가 9급이지만 공무원으로 발령이 났는데, 자식 키우던 이야기도 하고 앞으로 일을 걱정도 하고 사돈과 만나면 할 수 있는 이야기가 많을 듯 했다.

약속 장소에 조금 일찍 갔다. 만나자고 한 것은 우리들이기에 카운터에 현금 카드를 맡기며 단단히 일러두었다.

"음식값이 얼마가 나오든지 이 카드로 결제를 하소. 절대로 다른 사람이 결제해서는 안 됩니다."

식당 주인은 알았다며 카드를 받아서 계산서가 쌓인 곳에 두었다. 사돈 내외가 들어왔다. 나는 일어서서 정중하게 인사를 했다. 식사를 하면서 화제는 아이들이었다. 어릴 때 크던 이야기, 두 사람이 만나던 이야기, 공부하던 이야기 등으로 시간 가는 줄 몰랐다. 정숙이가 공무원 시험에 합격하고 마주 앉아 술 한잔 하고 처음이었다. 아내는 안사돈과 몇 번 전화로 안부를 묻는 것 같았으나 사돈과 나는 전화 한번 없었다.

"이번에 새애기가 공무원으로 발령을 받아서 얼마나 좋은지 모르겠습니다."

"시집가기 전에도 공무원 시험을 쳤는데 떨어졌지요. 전에는 1차에도 붙지 못했는데 시집가더니 정신이 드는지 한번에 붙어 쉽게 발령이 날 줄 몰랐십니더."

듣고 있던 안사돈이,

"우리 정숙이는 학교 다닐 때부터 늘 1등 해서 그래요. 운이 없어서 그렇지 컴퓨터도 잘 하고 친구도 잘 사귀고, 내 딸이지만 못하는 게 없어요."

안사돈의 딸 자랑은 또 시작되었다. 아내와 나는 듣기만 했다. 사돈 간에 앉아서 서로 자기 자식 잘났다고 한다면,

모양새가 이상해질 것이기에 아내도 나도 민석이 자랑은 조금도 하지 않았다. 서로 사위와 며느리 자랑을 해야 좋은 사이로 발전한다는 것을 아내와 나는 알고 있기에 며느리 자랑을 조금 하다가 자리에서 일어섰다.

계산을 하려고 카운터로 가니 사돈은 언제 갔는지 신발장 앞에서 신을 꺼내고 있었다. 식당주인은 내 카드를 꺼내 들고 '계산 할까요?' 라고 한다. 참 머쓱한 일이다. 서로 계산을 하려고 난리를 피울 줄 알고 카드를 먼저 맡겼는데, 식당 주인이 어떻게 생각할 지 민망하여 계산이 얼마인지 금액도 확인하지 않고 결제를 하고 도망치듯 나왔다.

집으로 오는 길에 아내는 '안사돈이 원래 말은 많았는데, 오늘 딸 자랑은 너무 심했지요' 하며 나를 쳐다보았다. 나는 늘 그랬는데 이제는 적응 할 때도 되었다 싶어서 안사돈에 대한 대답은 하지 않았다. 그러면서 '사돈이 마음은 순수해. 그런 점이 나는 좋아. 거짓 없이 있는 그대로 사는 모습이 보기 좋지. 사돈 간에 과장을 하고 허풍을 떨면 믿음이 없지.' 사돈 칭찬을 하다 보니 안사돈의 흉을 보던 아내에게 미안하여 그만 두었다.

오랜만에 며느리 메일이 왔다. 이번에는 내가 먼저 메일을 보냈는데 답장이 온 것이다.

아버님, 답장이 되어버려서 정말 죄송스러워요. 아버

님께서 궁금해 하실 것이 많으실 텐데, 오늘은 운 좋게 바깥바람 쐴 기회가 있었어요. 여직원 차를 타고 송도 바닷가에 출장을 갔어요. 돌아와서 메일을 열었더니 아버님 편지가 와 있네요. 옆에 있던 여직원 둘이서 읽어 보고는 부럽다고 호들갑을 떱니다. 그래서 아버님 자랑을 했지요.

저의 업무는 보고 공문 등 문서를 맡고 있어요. 첨엔 정신이 없었는데. 이젠 좀 여유도 있어지고, 제게는 꼬물 컴터가 돌아왔습니다. 인터넷도 되었다 안 되다가 합니다.

출퇴근은 민석 씨가 시간을 맞춰 데려다 주고 뛰어서 가면 1시간 30분 정도 걸립니다. 요즘엔 퇴근해서 집에 가면 9시가 됩니다. 수원에 집값이 싸다며 옮기려고 하지만 주인집 아줌마가 내년 3월까지는 그냥 살라고 하십니다. 또 주소가 변경되면 서울로 들어가기 힘들다고도 하고, 이런저런 생각들로 민석 씨가 체중이 빠졌어요. 잘 못 챙겨 먹여 그런가 싶기도 하고, 좀 안쓰럽기도 합니다. 남자들 참 불쌍하다는 생각도 들지만 아버님 어깨에 놓인 짐(?)을 조금이라도 덜어드릴 수 있다고 생각하니 마음은 좀 가벼워집니다. 너무 건방진 생각인가요……

─수원에서 며느리가

며느리가 직장 생활에 잘 적응을 하는 것같아 마음이 놓였다. 친정에도 자주 안부 전화를 드려야 한다는 훈계와 부탁 일변도의 메일을 보냈다. 며느리에게 메일을 쓰면 처음에는 감성적으로 써야지 하다가도 쓰다가 보면 훈계가 되어 놀랄 때가 있다. 아마 자식이어서 그런 것 같았다.

지난번에 만나고 난 후 보름 정도 지나자 이번에는 사돈댁에서 연락이 왔다. 선약이 있었지만 사돈이 말하는 날짜를 바꿀 수가 없어 선약을 취소했다. 가깝고도 먼 사이가 사돈인데 내가 할 수 있는 예의는 지키고 싶었다. 사돈과 약속한 장소는 우리 동네에 있는 고깃집이었다.

안사돈은 이번에도 자리에 앉자마자 딸 자랑을 늘어놓기 시작했다. 나는 또 시작이다 싶어 듣는 둥 마는 둥 했는데 속으로 너무 심하다 싶었다. 어떤 음식을 어떻게 먹었는지 모를 정도였다. 이유는 안사돈의 자랑과 며느리가 시집와서 한 행동이 일치하지 않는다는 것이다. 막내로 자란 며느리라 이해는 하지만 자랑할 정도는 아니었다. 식사를 마치고 이번에는 어쩌나 보려고 나는 천천히 옷걸이에 옷을 내려 입고 카운터로 다가갔다. 곁눈으로 보니 안사돈이 사돈의 소매를 잡고 카운터로 가고 있었다. 나는 저고리에서 카드를 꺼내 들었다.

사돈은 나보다 한 발 정도 앞서가더니 카운터 아가씨에게 얼마냐고 물었다. 아가씨와 사돈이 이야기를 하는 사이

나는 카드를 아가씨 손에 쥐어 주었다. 사돈이 머뭇거리는 사이 안사돈이 내 앞에 서더니 '우리 아바이가 내기로 했니더'라고 했다. 어느새 안사돈은 아가씨 손에 들려 있던 내 카드를 뺏고 있었다. 나는 점잔을 뺐다.

"괜찮습니다. 제가 낼게요."

이번에는 아내가 내 옆에 섰다가 손으로 내 옆구리를 쿡! 쿡! 찔렀다. 나는 곧 후회했다. 얼마 되지 않는 돈(사실은 큰 돈이지만 딸을 준 사돈에 대한 예의로 보면)을 진작 주었으면 이런 일은 없었을 것을, 사돈이 어쩌나 보려고 하던 내 생각이 잘못되었음을 알았을 때는 이미 안사돈이 계산을 한 뒤였다. 억지로 내 카드로 계산을 하자고 하면 되겠지만 아내가 쿡! 쿡! 찌른 것도 있고 하여 개운치 못하게 식당을 나왔다. 따지고 보면 사돈도 돈이 우리보다 없는 것은 아니라는 것을 나와 아내는 알고 있다. 고향에 논과 밭도 있고, 집도 있고, 연금도 나오고, 무엇보다 안사돈이 아직까지 직장에 나가고 있다. 집으로 돌아오면서 아내는 며느리에 대한 불만을 토로했다.

"시댁은 시댁인데 언제나 집에 오면 손님 같은 행동을 하니 참 딱해. 빨래를 하는 일도 없고, 집 안 청소를 하는 것도 본 일이 없고, 밥을 스스로 하는 일도 없고, 내가 하면 그냥 부엌에 서서 구경을 하니 정말 난감해. 언제나 손님처럼 왔다가 친정에 가기 바쁘고, 그러다 서울로 가니, 나는 저들

반찬 준비하고, 무엇이라도 챙겨주느라 바쁘고 식모도 이런 식모는 없지.”

아내의 말을 듣고 보니 모두 맞는 말이었으나 나는 “아직은 정이 들지 않아 서먹서먹해서 그러겠지, 조금 적응하면 자기 집처럼 행동을 하겠지! 뭐! 우리가 적응 할 수 있도록 정을 준다면 곧 좋아지겠지!”

아내도 고개를 끄덕이며 동의를 했다. 그리고 사돈과 친하게 지내자는 것이 나와 아내의 기본 생각이다 보니 안사돈의 딸 자랑도, 며느리가 시댁에 딱 붙어서 행동하지 않는 것도 크게 문제가 되지는 않았다. 제철 과일이 나오면 청과 상회로 달려가서 몇 박스 사서 민석이네, 민태, 사돈집으로 보내 주었다. 추석과 설 명절에는 특별히 선물을 준비하여 미리 보냈다. 사돈도 답례를 했다. 남이 보면 사돈 간에 자주 만나니 시기와 질투를 할 정도이다.

며느리가 공무원에 임용되고 몇 달이 지나자 공무원 아파트에 들어갈 수 있는 기회가 생겼다. 그것도 민석이와 며느리 직장 가까운 곳에 있는 공무원아파트에 살던 사람이 지방으로 발령이 난 것이다. 몇 사람이 경쟁을 하게 되었는데, 반지하에 살고 있는 며느리의 딱한 사정을 감안 했는지 다행히 아파트가 돌아왔다. 무척 기뻤다. 30평가량 되는 아파트인데 임대료만 내면 2년은 살 수 있었다. 그리고 한 번 더 연장할 수 있어 4년 동안 큰 아파트에서 내 집처럼 살 수 있는 좋은 기회이다. 그런데 임대료가 6천 3백만 원이었다.

돈은 반지하 전세 3천 3백만 원과 민석이 내외가 그동안 번 돈 1천만 원을 합해도 2천만 원이 부족했다. 집에 있던 돈과 마이너스 통장으로 2천만 원을 만들어 며느리 통장에 넣어 주었다. 지하 전세방이 빨리 나가지 않아 오래도록 기다린 끝에 드디어 입주하는 날이 다가왔다. 이사가 바쁘니 좋은 이삿날 받을 시간적 여유가 없어 주말에 이삿짐센터를 불러 포장이사를 하게 했다. 이사 하는 날, 아내와 나는 서둘러 민석이네 집에 올라갔다. 이삿짐센터에서 하는 이사라 힘들 것은 없지만 그래도 준비 할 것이 많았다.

시장에 가서 모자라는 부엌살림을 더 사주고, 쌀도 받고, 김치냉장고와 커튼도 주문을 해 주었다. 지하에 살다가 큰 아파트에 오니 대궐 같았다. 이사를 마치고 식사를 하면서 부디 싸우지 말고 잘 살라고 당부를 했다. 며느리의 웃는 모습과 만족해 하는 민석이를 보며 기분 좋게 시골로 내려왔다. 민석이네가 공무원 아파트에 이사를 하고 며칠 지나지 않아 며느리가 메일을 보내왔다.

뵈온 것은 며칠이 안 되지만 글 올린 것은 한참된 것 같습니다. 별일 없으시죠? 저희도 별 탈 없이, 집은 그럭저럭 정리가 되었고…… 그리고…… 어제저녁에는 베란다의 블라인드도 설치했고…… 또 아버님, 어머님이 사주신 김치냉장고도 왔습니다. 집이 가득찬 느낌…… 아주 많이 부자가 된 기분입니다. 아직도 막 잠에서 깼을 때는 주변을 다시 한 번 둘러봅니다.

그리고 민석 씨는 방방마다 문을 열어봅니다. 이것이 꿈인가 생시인가 하면서…… 저는 며칠 사이 빨래만 몇 번을 했는지 모릅니다. 그냥 빨아도 될 걸레를 자꾸 삶고 싶어지고…… 방도 닦고 싶어집니다. 많이 걱정하셨던 아침도 꼭 챙겨먹고 있습니다. 상 차려서…… 국 끓여서…… 그리고 민석 씨를 먼저 출근시켜 보내고…… 20분 뒤 저도 따라 출근합니다. 뭔가 많이 틀려지고 있는 저희가 느껴집니다. 이렇게 우리들만 많이 행복해 해도 되는 건지 미안하기도 합니다. 우리 시동생은 아직도 고생하고 있을 텐데…… 늘 맘에 걸립니다.

어제는 민석 씨가 평택으로 출장을 다녀왔습니다. 중간에 갔다가 오면서 차가 몇 번 섰다면서 흥분을……. 수리를 해서 다시 쓸 것인지 새 차를 살 것인지 고민을 하고 있습니다. 아직 능력도 없는데 할부로 차를 살려니 어른들이 혼내실까 걱정이 되나봅니다. 늘 장거리 출장을 다니니 저는 걱정이 됩니다. 특히 비오거나 눈 올 때는……. 저는 새 차가 사고 싶으면 사라고 했습니다. 조금 더 아끼고 살면 되니 미안해 하지 말라고……. 위험하게 다니는 것보다 안전하게 다녀야 부모님도 마음 놓으시지 않겠냐고 얘기해 주었습니다.

아직은 어떻게 해야 할지 결정을 못했지만……. 둘이서 심사숙고해 보겠습니다. 어제저녁…… 그리고…… 오늘 아침…… 거리마다 팔려고 내어놓은 카네이션이 눈에 많이 뜨입니다. 사지도 않고…… 구경만 했습니다. 지난주에 뵈었다 핑계대고 안 내려간다 해서 서운해 하실까 걱정입니다. 그리고 죄송스럽습니다. 5월은 가정의 달이라는데……. 주변에서 어버이날이라고……. 뭘 해드리고…… 뭘 해드렸고…… 하는 소리들을 들으니 똑바로 자식 노릇 못하나 싶어 부끄럽습니다.

그치만 아직은 두 분이 젊으시니 우리들 자리 잡을 때까지 기다려주시려니…… 허전한 맘에 나중에는 잘 해야지 다짐만 해봅니다. 언제나 민석 씨, 도련님, 저…… 걱정하시느라 마음 졸이며 지내시는 거 알고 있습니다. 걱정 끼쳐 드리는 일 없도록 열심히 노력하며 살겠습니다. 한결같이 바라봐주시는 든든한 빽이 있으니 저희는 밥 먹지 않아도 배가 부릅니다. 내내 건강하시고…… 아버님, 약 잘 드시고…… 건강도 좀 챙기시고 자주 전화 드리겠습니다. 그리고 곧 찾아뵙겠습니다.

-화창한 날씨만큼이나 기분 좋은 봄날 아침에

많이 모자란 며느리가 글 올립니다

며느리의 기분 좋은 장황한 메일은 읽고 또 읽어도 지루하지 않았다. 나는 답장 메일을 다음과 같이 써서 보냈다.

여기는 어제부터 비가 내리고 있다. 비 때문에 하루 종일 꼼짝 못하고 집에서 책만 보았다.

오늘 아침에도 비는 여전히 내리고, 지금 사무실에서 어제 열어본 메일을 또 열어서 읽고 있다. 나이가 드니 일이 하기 싫었는데, 너의 메일을 받고 나니 힘이 난다. 요즘은 하루하루가 재미있어 사는 것에 보람을 느낀다는 것을 실감하고 있다.

차가 고장이 나서 어떻게 하면 좋으냐? 할부라도 살 수만 있다면 사는 것이 좋겠지. 전번에 갔을 때 민석이하고 할부 차이야기도 했는데 너희들이 알아서 하기 바란다. 민태는 토요일 왔다가 어제 갔다. 우리는 외가에 가고 민태는 친구 만나려갔다 와서 잠만 자고 갔다. 지하에서 지상 상륙을 한 번 더 축하한다. 우리 걱정은 하지 말고 열심히 살기 바란다. 직장까지 거리가 가까워졌다지만 차로 움직이는 일이라 항상 차 조심하기 바란다.

ㅡ시골에서 시애비가

민석이는 너무 좋아 잠을 이루지 못하다가 새벽에 일어

나 이방 저방 문을 열어보고 꿈이 아닌가? 확인을 한다고 하니 가슴이 아파왔다. 대학교에 다닐 때부터 사글세방을 전전하며 고생을 많이 했던 민석이다. 아들 둘을 서울에 있는 대학교에 보내다 보니 시골 월급쟁이 봉급으로 힘이 들었다. 거기다가 민석이와 민태가 3년 터울이라 공부하는 기간이 길어 집에 돈이 고일 날이 없었다. 공무원 아파트에 사는 민석이를 자랑하고 싶어서 공무원 아파트에 대해 박사가 된 듯 친구와 친지에게 자랑을 했다. 마침 족보를 다시 한다는 연락이 왔다.

족보는 10년 단위로 다시 하는데 금년이 9년이 되는 해이다. 족보를 만드는 일을 수단이라고 하여 지역마다 수단 책임자를 두고 책임자 회의를 하게 되었다. 어쩌다 나도 책임자가 되었다. 이번 족보에는 학력과 직업도 소개를 하기로 했다. 학력은 대학졸업 이상 기록하고, 직업은 공무원이나 회사 경영자 등 다른 성씨에 자랑이 될 정도의 직업을 엄선하여 소개하기로 했다. 제일 먼저 우리 집 수단을 했다.

시조 할아버지와 중시조 할아버지 그리고 아래로 내려와서 할아버지와 아버지를 기록했다. 돌아가신 조상과 친척은 산소의 위치와 묘의 좌향까지 기록했다. 아버지 아래에 형님네 가족을 넣고 다음으로 내 이름을 기록한다. 내 아래로 민석이와 민태를 기록하는데 나는 신이 났다. 아들도 며느리도 모두 대학을 졸업했기 때문에 기록이 가능했다. 직업

난에도 나는 물론 민석이와 며느리의 직업까지 기록할 수 있었다. 며느리는 사돈의 성씨와 이름을 먼저 기록하는 원칙이 있어 그렇게 했다.

민석이에게 전화를 했다.

저녁을 먹다가 받는지 쩝쩝 소리가 들렸다.

"지금 저녁 먹는데 전화 한 거 아니라."

"아니요. 다 먹었어요. 잘 계시지요."

민석이에게 직접 전화를 한 것은 오랜만이다. 아내가 전화하다가 바꾸어주거나 전화가 오면 받았는데 내가 전화를 하니 놀라는 눈치였다.

"요즘 나는 족보 수단하느라 바쁘다. 정숙이도 이제는 우리 김 씨 가문의 며느리로 당당히 족보에 오르게 되었다."

혼인 신고를 한다고 며느리가 되는 것이 아니라 족보에 올라야 며느리가 되는 것이란 의미로 말을 하고 싶었다. 민석이는 덤덤하게 듣다가 아파트가 생겨 하루하루가 행복하다고 했다. 며느리도 전화를 바꾸더니 안부 인사를 하며 족보에 올려 주어서 고맙다고 했다. 나는 지상상륙을 한 번 더 축하해 주었다.

민석이가 휴가를 얻어 며느리와 같이 집에 왔다. 콘도를 예약했다며 함께 휴가를 떠나자고 했다. 내일 간다고 하니 나와 아내는 휴일이라 영문도 모른 채 같이 가기로 했다.

자연휴양림에 있는 콘도를 회사에서 부모님이 계시는 사

원에게 특별히 주는 것이라고 했다. 몇 달 전부터 콘도를 빌려 휴가를 같이 가자고 해도 나는 그저 코대답만 했는데 실제로 말만 듣던 휴가를 떠나자고 하니 아들 둔 보람이 있어 마냥 즐거웠다. 어디를 가나 아내는 가족들 음식 준비에 정신이 없다.

며느리도 아내를 거들다가 친정에 다녀온다며 민석이와 갔다. 저녁때가 되었는데 저녁을 먹지 않는 채 민석이와 며느리가 왔다. 아마 아내 혼자 부엌일 하는 것이 걱정 되어서 서둘러 온 모양이었다.

휴가를 가는 아침이다. 내 자동차의 열쇠를 민석이에게 주면서 운전을 하라고 했다. 며느리가 조수석에 앉고 나와 아내는 뒷좌석에 앉았다. 지나가는 차창의 풍경이 더욱 아름답게 보였다. 같은 풍경이라도 즐거운 마음으로 보니 아름답게 보였다. 늦은 아침을 먹고 10시 넘어 출발을 해서 바다를 보려고 울진으로 돌아서오니 벌써 12시가 넘었다. 약수탕에서 잠시 쉬기로 했다. 참외를 팔고 있었다. 몇 개를 사서 톡 쏘는 약수와 먹으니 궁합이 맞았다. 꼬치비재에 오르니 지나가는 자동차들이 휴게소에서 쉬고 있었다.

바쁠 것은 없지만 예약한 콘도에 빨리 가고 싶었다. 회고개를 지나 노루재에 오르니 조금 가면 현동이라고 했다. 현동은 몇 번 와본 곳이다. 시골 면 소재지 풍경이 눈에 들어왔다. 농협 마트, 면사무소, 초등학교, 중학교, 고등학교, 파출소, 구멍가게가 한 줄로 늘어 서 있었다. 이정표를 보니 태백이라고 쓰인 곳으로 자동차는 방향을 잡고 있었다. 작은 재를 올라 커브 길을 돌아 내려가니 길옆에 돌멩이를 쌓아 만든 큰 정문 같은 것이 보였다.

언뜻 보니 무슨 자연휴양림이라고 쓰여 있는 글씨가 스쳐 지나갔다. 아스팔트길이지만 나뭇잎들이 깔려 있어 비포장도로를 연상케 했다. 소나무와 잡목들 사이를 한참 가니 저쪽 산 밑에 콘도가 보였다. 야영을 할 수 있는 공터에는 시멘트로 만든 거대한 음료수대가 있고 화장실이 보였다. 한두 채의 텐트가 늦잠을 자는지 고요 속에 묻혀 있었다. 풀장이 보이고 물놀이 시설이 보이는가 싶더니 단독주택 같은 집들이 숲 속 곳곳에 숨어 있었다. 이곳은 국가에서 지원하는 휴양림이라 그런지 규모가 무척 컸다.

콘도 건물은 5층으로 무척 컸다. 3층에 들어가니 우리 집보다 더 넓었다. 거실 겸 부엌이 있고 큰 방, 작은 방, 욕실 겸 화장실이 있었다. 창문의 커튼을 열어젖히니 먼 산 풍경이 한눈에 들어왔다. 민태도 함께 왔더라면 좋았을텐데, 어머님은 살아생전에 이런 곳 구경 한번 못하셨는데, 새삼 사는 것에 골몰하느라 불효했던 지난날이 생각났다. 민석이는 나보다 더 훌륭한 효자이다. 아내가 준비한 삼겹살을 꺼내놓고 굽는데 쌈을 잊어버렸다.

민석이가 급하게 나가더니 상추와 마늘, 고추를 사가지

고 왔다. 슈퍼에 가니 없는 게 없더라며 숨을 헐떡거리며 자랑을 했다. 민석이가 사가지고 온 양주를 꺼내 놓으니 푸짐한 점심이 되었다. 늦은 점심이라 정신없이 먹고 나니 풀장에 가자고 했다. 나와 아내는 며느리와 풀장에 들어간다는 것이 좀 꺼려져서 너희들끼리 다녀오라 하고 뒷산을 산책하고 오겠다고 했다.

산책로는 큰 나무 사이로 난 오솔길로 만들어져 있었다. 그렇다고 자연을 해친 것이 아니라 자연 그대로 숲 속에 사람이 다닐 수 있도록 길만 만들어 놓았다. 곳곳에 야생화가 피어 있었다.

"참 좋지요. 이렇게 호강할 줄 몰랐어요. 아이들 키우느라 당신이나 나나 이런 곳 한 번 구경한 적이 없었잖아요."

아내는 감회가 새로운 것 같았다. 나는 멋쩍어서 아내가 잡은 손을 살며시 풀면서 '다 그렇게 사는 거지 뭐, 고생 끝에 영화라고 돌아가신 아버님이 늘 말씀하셨지…….'

좋은 일이 생기면, 좋은 풍경을 보면, 좋은 음식과 마주하면, 왜 부모님이 생각나는지 모르겠다. 아내는 감상에 젖어 있는데 나는 고생만 하시다 돌아가신 부모님을 생각하고 있었다. 시무룩해 있는 나를 보던 아내는 뜻밖의 말을 했다.

"민석이가 그러는데 얼마 전에 정숙이가 친정 오빠 사업 자금이 필요하다며 마이너스 통장으로 천만 원을 내 주었데요. 민석이도 돈을 주고 난 뒤에 알았다나 봐요."

"잘 한다. 시아비는 마이너스 통장을 만들어 저희들 뒷바라지를 하는데 지는 공무원이 된지 얼마 되었다고 친정집에 빚을 내어 주노, 사돈은 도대체 무슨 생각을 하고 딸에게 그런 부탁을 하지?"

아마 나서기 좋아하는 며느리가 보란 듯이 빚을 얻어 주었을 것이 뻔했다. 친정 빚을 갚느라 봉급을 차압당하다시피해야 하는 며느리도 딱하지만 민석이가 더 불쌍했다. 두 사람이 벌어서 공무원 임대 아파트를 나갈 때는 새 아파트를 분양 받을 수 있을 것이라며 주택 부금을 넣는다던 민석이의 꿈은 어디 가서 찾아야 하는지 걱정이 되었다.

민석이와 며느리가 풀장에 갔다가 현관문을 열고 들어왔다. 무슨 일인지 민석이는 시무룩한 것이 표정이 어두워 보였으나 며느리는 활기에 차 있었다. 민석이는 식당에 가서 저녁을 먹자고 했으나 아내는 준비한 음식이 있다며 방에서 먹자고 했다. 모처럼 휴가를 나왔는데 밖에서 저녁을 먹으면 새로운 기분이 들 것 같아 나도 민석이 의견에 동의했다.

"내일 아침까지 여기에 있어야 되니 준비한 것은 아침에 먹고 저녁은 식당에 가서 먹지."

아내도 못이기는 척 고개를 끄덕였다. 식당은 콘도에서 운영하는 집으로 메뉴는 제한이 되어 있었다. 양식을 시켜 먹는데 나와 아내는 돈이 걱정되어 함박 스테이크를 시켰다. 민석이와 며느리는 우리보다 비싼 것을 시키고 싶어 했으나 우리와 같이 함박스테이크를 시켰다. 포도주를 한 잔씩 잔에 부어 들고 가족의 건강을 기원하며 잔을 부딪쳤다.

산책을 하면서 아내는 손자가 없는 것을 걱정했다. 이제 손자를 볼 나이가 되었다는 것이다. 친구 누구는 손자가 둘이라며 부러워했으나 나는 아직 할아버지가 된다고 생각하니 어째 좀 어색하여 남의 일 같았다. 민석이와 며느리는 아내의 손자 타령에 웃기만 했다. 민석이는 오솔길로 들어가 산책을 더 하자고 했으나 나는 피곤하다며 방으로 들어가자고 했다.

콘도 거실에 앉아서 과일을 먹고 나니 마땅히 할 일이 없어 텔레비전의 채널을 돌렸다. 아내는 가지고 온 윷을 꺼내 놓으며 오늘 내기를 하자고 했다.

“남자는 남자끼리, 여자는 여자끼리 편을 가르고, 윷을 놀아서 지는 편은 내일 아침 하기로 하자.”

참 오랜만에 하는 윷놀이이다. 아내는 친구들과 계모임에서 한두 번 하는 눈치였으나 나는 구정 무렵, 모임에서 휴지나 세제를 걸어놓고 편윷을 놀아본 것이 전부였다. 아내는 윷을 놀면서 며느리가 윷가락을 던질 때마다 또 민석이가 모를 하고 윷을 할 때마다 ‘모는 아들이고 윷은 딸이다. 모를 해라 모를……’ 하며 손뼉을 쳤다. 나도 덩달아 모를 외쳤다. 몇 판을 놀고 나니 신나던 윷놀이도 시들해졌다. 점심 때 먹던 양주가 남아서 꺼내 오라고 했다. 민석이와 한잔을 할 작정이다.

옆에 있는 며느리는 술을 먹는 것을 보지 못했으나 잔이라도 받으라며 조금 따라 주었다.

"아부지, 저 사람 술! 잘 먹어요."

며느리는 민망해서 민석이를 보고 눈을 흘겼다.

"괜찮다. 요즘은 여자도 한잔 해야 된다. 직장에서 회식을 해도 술 한잔 못하면 따돌림 당하기 일쑤지!"

며느리는 어름서름 없이 잔을 받았다. 발렌타인 21년 산 큰 병은 점심 먹을 때에 조금 먹고 3분의 2가 남아 있었다. 아내는 술을 못 먹으니 우리 셋이서 한 잔, 한 잔 따르다 보니 다 먹어 버렸다. 나는 술이 취해서 큰방에 들어가 누웠으나 거실에서는 아직까지 이야기하는 소리가 들렸다.

화장실에 가고 싶어 일어나 보니 해는 중천에 떠 있었다. 아내는 아침 준비를 끝내고 가족들이 일어나기를 기다리고 있었다. 어제저녁에 술이 과했는지 민석이 입에서는 아직도 술 냄새가 났다. 내가 운전을 하다가 피로하면 민석이가 정신을 차려서 하도록 하고 출발을 했다.

노루재를 넘고 있는데 뒷자리에 앉아있는 며느리의 핸드폰이 울렸다. 룸밀러로 보니 며느리는 망설이다가 전화기 폴더를 열었다. 좁은 공간이라 전화기에서 들려오는 소리가 선명하게 들렸다.

"여보세요. 책상 열쇠 어디 있어?"

“으 응, 내 의자 방석 밑에 있어.”

“오늘, 어디야?”

“으 응, 그-으-저-어.”

“서랍에 과자가 그대로 있네.”

“으 응.”

“월요일 출장 같이 가는데 뭐, 준비해!”

“으 응, 다시 전화할게.”

전화 내용으로 봐서 직장 동료 같은데, 민석이 또래의 남자 목소리였다. 아무도 아는 사람이 없는 직장인데, 출근 한 지 한 달이 조금 지났을 뿐인데, 저렇게 가까운 사람이 있다니, 누구냐고 물어볼 수도 없고 민석이가 묻지 않는데, 내가 점잖지 못하게 며느리 전화 내용을 엿듣고 누구냐고 할 수는 더욱 없는 일이나 궁금했다. 민석이를 슬쩍 보니 눈을 감고 있었다. '비슷한 나이 끼리 말을 트고 지내는 동료가 있겠지' 하고 잊어버렸다.

중국 다녀오던 날

남들이 해외에 간다고 하니 중국이라도 다녀오자는 사람들이 있었다. 모임을 같이하던 친구들이 그동안 모은 돈으로 중국이나 다녀오자고 했다. 나는 아직은 해외에 갈 형편이 못된다고 하니 친구들은 곗돈으로 가는데 무슨 돈이 필요하냐며 같이 가자고 했다. 남들처럼 잡비를 많이 쓰지는 못하지만 그래도 돈이 들 터인데 싶어 망설였다. 친구들은 남의 형편도 모르면서 지금 가지 않으면 영원히 못갈 것이라며 부추겼다. 부부 동반이라 하는 수 없이 아내도 여권을 내었다.

8월, 무더운 여름날. 요금이 헐한 계절이라며 중국 장 가계를 3박 4일 일정으로 가게 되었다. 민석이와 민태에게 전화를 했더니 민석이는 잘했다며 쌍수를 들어 환영을 했다. 출발하는 날 인천공항에 나오겠다던 민석이가 전화를 했다.

"아부지, 출발 하는 날이 친구들과 부산 해운대로 피서가기로 한 날인 것을 잊어버렸어요. 공항에 나가려고 했는데 어쩌지요."

민석이는 무척 미안해했다. 그러나 민석이가 먼저 약속을 한 일이라 조금은 서운했지만 어쩔 수 없었다. 친구들은 나를 보고 '아들들이 서울 있으니 하루 먼저 서울 가서 기다리면 되겠다' 라고 했다. 그러나 나는 친구들과 함께 버스를 타고 인천공항에 가기로 했다. 민석이네가 없다고 해도 민태가 있으니 하루 먼저 서울에 가도 되겠지만 어쩐지 민태를 번거롭게 하는 것 같아 그만 두었다.

말로만 듣던 인천공항은 상상을 초월했다. 규모는 물론 사람의 손으로 만들었다는 것이 믿어지지 않았다. 한 눈에 끝이 보이지 않는 넓은 공간은 마치 평야를 보는 듯 했다. 어디서 몰려 온 사람들인지 모두 커다란 가방을 끌고 바삐 움직였다. 어디가 어딘지 모르고 가이드를 따라 걷고 혹은 서 있다가 기계의 힘으로 다니다 보니 비행기에 오르게 되었다.

낮에는 장가계와 원가계, 이강 그리고 배가 다니는 천연동굴 등을 케이블카와 엘리베이터를 타고 다니며 별천지를 구경하고, 밤에는 한글로 된 간판이 붙은 집에서 저녁식사를 하고, 습관처럼 기행문을 쓰느라 밤을 새웠다. 우리나라 산들과 다른 모양의 산, 산속에 사방으로 숭숭 뚫린 길을 다니기도 하고, 기차로 밤을 새워 이동하기도 했다. 월계수 나무가 가로수인 도시에서는 나뭇잎을 따서 수첩에 끼워 넣기도 했다. 중국은 인구도 많지만 모든 것들이 상상을 초월하는 규모를 자랑했다.

꿈을 꾼 듯 중국을 다녀오는 날, 인천공항에 도착하니 민석이와 민태가 마중을 나왔다. 며느리는 이번에도 보이지 않았다. 함께 있던 계원들에게 민석이와 민태를 소개시키면서 며느리도 함께 왔더라면 얼마나 좋았을까? 며느리 자랑만 했는데, 내 체면이 말이 아니었다. 민석이네 집에서 하룻밤을 묵고 시골로 내려가기로 했다. 친구들과 인사를 하고 민석이네 집에 가면서 민석이에게 '새아는?' 했더니 옆에 있던 민태가 '형수 요즘 무지 바빠요' 라고 한다. 민석이는 앞만 보고 운전을 했다.

민석이네 아파트에 가니 며느리가 시장에 다녀온다며 반찬거리를 준비했는지 두 손 가득 물건을 들고 엘리베이터 앞에 서 있었다. 중국에서 여비를 아껴서 사온 선물 가방을 풀었다. 민석이와 며느리에게는 진주 목걸이와 크리스탈 주전자를, 민태와 여자 친구에게는 진주 목걸이와 술을 선물로 주었다. 중국에서 가져온 죽순주를 한 잔씩 나누면서 중국 여행에서 있었던 이야기를 했다. 찍어온 사진을 보여주며 신나게 설명을 하면서 저녁밥을 기다렸다. 며느리는 부산 해운대 다녀온 이야기를 했다.

"해수욕장에서 민석 씨는 어린 아이 마냥 장난을 치며 물에 들어갔다가 나왔다가 혼자 신이 났어요."

화장실에 가면서 열려있는 큰방을 보니 더블 침대 위에 이불이 가지런히 펴져 있고 이불장과 옷장이 가지런히 정돈되어 있었다. 침대 옆 벽에는 결혼 때 찍은 대형 사진이 걸려 있었다.

10시가 조금 넘었는데 피곤하여 잠이 오기 시작했다. 거실에 이불을 펴고 나와 아내, 그리고 민태가 눕자 민석이 부부는 잘 자라며 큰방으로 들어갔다. 아침을 먹고 나니 아내는 민태가 자취하는 집에 가자고 했다.

"혼자 자취하느라 청소도 하지 않았을 것이 뻔하니 엉망일 테고, 반찬도 없을 텐데."

민태가 자취하는 집은 민석이네 집에서 50분 정도는 가야 하는 거리에 있다. 며느리는 바쁘다며 따라나서지 않았다. 우리는 민석이 차를 타고 갔다. 도로에 넘쳐나는 자동차와 행인들을 보니, 저 복잡하고 화려함 속에 우리 자식들도 함께 숨을 쉬고 있다고 생각하니 나도 서울 사람이 된 듯 괜히 우쭐했다.

민태네 집에 가니 언제 왔는지 민태 여자 친구가 와서 청소까지 말끔히 하고 기다렸다. 민태 여자 친구는 민태가 사는 집에서 얼마 떨어지지 않는 곳에 살고 있다고 했다. 생글생글 웃으며 민태와 다정하게 이야기하는 모습을 보니 집

구석구석에 정이 넘치는 듯 했다. 민석이네 집안 분위기와 달라도 너무 달랐다. 민태 여자 친구는 얌전하고 싹싹했다. 아내는 반찬을 만들고 민태 여자 친구는 설거지를 했다.

"나중에 결혼하면 이 집에서 살 거니까? 그릇도 그대로 쓸 거예요. 이 컵은 너무 예뻐요."

민태는 민석이와 달라서 다정하지 못하여 깊은 속내를 잘 들어내지 않는 성격이다. 그런 민태가 여자 친구 자랑을 한다.

"제는 한 번씩 왔다 가면 방이나 부엌이 깨끗한 것은 물론 옷 속에 돈도 숨겨놓고 가요."

겉으로 보기에 예쁘장하고 참하다 생각했는데 속내까지 깊다니 듣던 중 반가웠다. 아가씨의 고향은 우리와 한 고향이지만 대학교는 서울에서 소위 말하는 일류 대학을 나왔다. 고등학교 때는 전교 수석을 할 정도로 모범생이었으며 가문과 집안 형편도 우리보다는 월등히 좋았다.

시골로 내려가는 버스 안에서 아내와 나는 민석이네와 민태를 이야기했다. '민석이 부부는 어쩐지 말이 없고 분위기가 어색했는데, 민태는 여자 친구와 서로 정답게 이야기하는 것이 보기에 좋았다' 는 것이 공통된 소감이었다.

민석이 부부가 결혼한 지 햇수로 2년이 되어 가는데 아기가 없어 아내는 무척 걱정을 했다. 나도 처음에는 무덤덤했는데 시간이 갈수록 함께 걱정을 했다. 아내는 병원에 가서 검사를 하든지 해야겠다며 민석이와 자주 통화를 했다. 중국에 다녀온 몇 주일 후 아내는 민석이에게 병원에 가서 검사를 해 보라고 했다. 누가 문제가 있는지 우선 한 사람이라도 해 보는 것이 좋겠다며 아침저녁으로 전화를 했다. 손자가 몹시 보고 싶은 모양이었다. 아내는 어디서 들었는지 평소 그 답지 않게 호들갑을 떨었다.

"여보, 정상적인 사람도 원인불명으로 임신이 안 되는 부부들이 있데요. 남편의 정자 숫자가 적거나 기형 정자가 많아 임신이 안 되는 경우가 요즘 많아졌데요. 여자는 자궁경부점액이 부족한 경우와 자궁이 정자를 받아들이기 부적합한 경우에도 임신이 잘 되지 않은데요. 그래서 인공 수정을 선택하는 사람들이 많데요."

입에 거품을 물고 한참 설명하던 아내는 제풀에 지쳤는지 관심을 별로 보이지 않는 나를 보더니 방으로 들어가 버렸다. 민석이는 어머니의 성화에 못 이겨 종합병원에 가서 검사를 해 봤는데 '몸에 피로가 쌓여 건강이 많이 약해진 것 외에는 이상이 없다' 라고 했다. 나는 적극성을 보이며 며느리도 검사를 해 보는 것이 좋겠다고 아내에게 일러 주었다. 며느리는 '정상적으로 있어야 할 달거리가 없는 달이 있는 것 외에 이상이 없다고 했다. 민석이도 아이를 기다렸는지 이제는 적극적으로 어머니가 하라는 대로 했다.

머칠 후 아내는 여기 저기 수소문을 하더니 경기도 어디에 유명한 박사가 있다며 서울로 갔다. 박사를 만나 상담을 하고, 수십만 원을 주고 처방을 받아 약을 사서 며느리에게 주었다며 벌써 손자를 본 것처럼 흐뭇해했다. 며느리도 처방대로 음식과 약을 먹겠다는 다짐을 받았다고 했다. 그 박사가 말하던 처방과 약을 먹은 뒤 약속한 기간이 지나도 아기 소식이 없자 이번에는 용하다는 점쟁이를 찾아다녔다. 그러더니 인공 수정 이야기가 슬슬 나왔다. 나는 덜컥 겁이 났다. 돈이 어디 있다는 말인가? 지금까지도 기다렸는데 건강에 아무런 이상이 없다는데 수천만 원이 든다는데, 어디서 어떻게 돈을 구하지? 꼭 한다면 집을 파는 방법 외에 다른 방법은 없었다. 내가 할 수 있는 일은 돈을 구하는 일이었다. 고심 끝에 농협에 가서 집을 담보로 천만 원을 빌렸다. 돈은 내 봉급에서 매달 얼마씩 갚아나가기로 했다. 민태도 마지막 등록금을 낸 상태이니 곧 취직만 된다면 봉급이 줄어도 별로 걱정되지는 않았다. 그러나 생각보다 돈이 많이 드는 것은 아니라는 말을 듣고 일단 안심을 했다.

민석이 부부는 인공 수정을 결심했다는 연락이 왔다. 병원을 알아보고 있는 중이라고 했다. 여러 가지 걱정이 몰려왔다. 여러 번 시술을 해도 실패할 수 있고, 통증도 심하고 쌍둥이를 낳을 가능성이 높다고 하였다. 대부분의 시험관 아기들은 조절을 할 수 있지만 인공 수정을 할 경우 조절이 안 되어서 과배란이 된다면 쌍둥이가 태어날 가능성이 높다는 말을 들었기 때문이다. 인공 수정은 정자를 인공적으로 넣어 주는 거라서 시험관 아기를 시도할 때보다 성공할 가능성이 높다는 경험자들의 말도 들었다.

민석이가 인공 수정을 한다는 말을 듣자 인공 수정과 시험관 아기 관련 분야에 관심이 쏠렸다. 미국에서는 매년 17만 2천 명의 부인들이 인공 수정을 하는데 출산율은 약 38% 정도라고 했다. 38%라면 매년 6만 5천 명의 아기가 인공 수정으로 태어나는 셈이다. 시험관 아기는 체외수정 시술을 하는데 난자를 채취하여 시험관 안에서 수정시킨 다음에 배아(embryo)를 자궁 안으로 이식하는 생식 기술이다.

난세포가 수정된 후 처음 두 달 동안의 개체를 배아라고 하며, 그 후부터 출생 시까지는 태아(fetus)라 한다. 그런데 우려 했던 쌍둥이는 시험관 아기가 인공 수정보다 많다는 것이다. 시험관 아기는 여러 개의 배아를 이식하는데 그 까닭은 착상 가능성을 높여 임신의 확률을 높이기 때문이다. 시험관 아기 중에 쌍둥이가 많은 것은 여러 개의 배아가 착상된 결과이다. 민석이가 예약했다는 병원의 원장을 만났다. 병원 원장님은 인공 수정의 시술 과정을 쉽게 설명해 주었다.

"배란일 측정이라 하여 기초 체온과 초음파 검사를 통해 아내의 배란일을 예측하는 것이 첫 번째 단계입니다. 정자 부유액 만들기라 하여 배란일에 남편의 정액을 받아 배양액

으로 여러 번 세척하는데, 세척하는 이유는 정액 안의 불순
물과 염증 세포를 제거하고 운동성이 좋은 부유액을 만들기
위함이 그 두 번째 단계입니다.

또 정자 부유액을 아내 생식기에 주입하는 단계인데 정
자 부유액을 주사기를 통해 아내의 자궁 저부까지 주입하게
됩니다. 시술이 끝나면 아내는 10분 간 휴식을 취한 뒤 귀가
하면 되는데, 인공 수정은 30% 정도의 성공률을 보이나 부
부 건강 상태에 따라 여러 번 시도할 수도 있습니다.”

어려운 말은 나름대로 해석하면서 들었지만 대강 어떤
것인지는 짐작이 갔다. 민석이와 며느리가 어련히 알아서
하겠지만 아직 신혼이니 무엇을 알까 싶어 걱정이 되었다.
드디어 민석이네가 인공 수정을 한다는 소식을 아내가 전해
주었다. 수술은 한 번에 끝나는 줄 알았는데 그것이 아니었
다. 아내와 통화하는 것을 들으니 무슨 검사다 무슨 주사다
하며 병원을 자주 들락거리는 눈치였다.

무슨 일을 하다가도 인공 수정 이야기가 나오면 솔깃하여
귀를 기울였다. 그러던 어느 날 퇴근을 하여 집에 오니 아내
는 시장에 갔는지 없었다. 현관문을 열고 들어서는데 집 전
화의 벨이 시끄럽게 울렸다. 전화를 받으니 민석이었다.

“여보세요?”

“민석이가? 일은 잘 되어 가나? 집 전화를 다하고.”

전화기 너머 민석이의 얼굴이 떠올랐다. 잠시 머뭇거리

더니 결심을 한 듯하였다.

"착상이 잘 되었데요."

"반갑다. 다른 사람들은 여러 번 한다는데……."

민석이는 여유를 찾은 듯 활짝 웃었다. 웃는 모습이 또 떠올랐다.

"단 한 번에 성공했데요."

"알았다. 새아 보고 조심해라 그래라. 돈은 안 모자리더나?"

"많이 남았어요. 아버지 통장에 넣어 드릴게요."

"괜찮다 니가 써라. 나중에 아이 낳으면 돈 쓸 일이 많다."

"빌린 돈이잖아요. 통장에 넣어 드릴게요."

다른 사람들은 몇 번을 해도 성공하기 힘든다는데, 한 번에 성공했다니 다행이었다. 무엇보다 아내가 기뻐했다. 아들이든 딸이든 그것은 문제가 되지 않았다. 비용도 천만 원을 생각했는데 여러 가지 비용을 제하고도 돈이 반 이상 남았다. 정부 지원도 있다는 소식은 들었지만 '민석이가 알아봤겠지' 하고 그만 두었다.

계산서를 살펴보니 병원에 10회나 갔던 모양이었다. 진료는 날짜별로 정확히 열 번 기록되어 있었다. 생리 유도 주사, 진찰료, 초음파, 폴리트롭 75IU 2대 주사, 페마라 5일분, 폴리트롭 150IU 2대 주사, 착상주사, 질정 14일치, 인공 수정 등이 기록되어 있었다. 몇 번씩 읽어 보아도 정확히 알기 어려운 말들이 나열되어 있었다.

며느리의 배가 불러오기 시작하자 아내는 출산 준비를 해야 한다며 자주 서울에 올라갔다. 민태에게 갔다 오는 날은 하루를 묵고 오곤 하였다. 아내는 민석이네 집에 갔다 오면 민석이가 고생한다며 한숨을 쉬었다. 왜 고생을 하는지 묻지 않았으나 추측컨데 맞벌이 부부가 겪어야 하는 일들인 것 같았다.

며느리가 산기가 있어 병원에 갔다는 연락을 받은 것은 오전 11시경이었다. 우선 아내가 먼저 서울로 출발을 했다. 나는 직장 일을 마무리하고 조금 일찍 퇴근을 하여 곧 따라가기로 했다. 일이 손에 잡히지 않았다. 내가 벌써 손자를 보다니…… 내 아이를 낳을 때는 어떻게 낳았는지 어떻게 키웠는지 몰랐는데 마음이 조급해지고, 조마조마하고, 그저 눈물이 나오려고 했다. 돌아가신 어머님이 아신다면 얼마나 좋아하실까? 며느리가 병원에 갔다는 연락을 받은 후로 이유 없이 실성한 사람처럼 실실 웃고 다녔다. 손녀라고 했으니 손녀겠지만 손자였으면 하는…….

인공 수정으로 태어나는 아기이니 다음에 또 인공 수정을 하여 성공한다는 보장이 없었다. 인공 수정을 또 할 수 있을지도 모르는 일이었고, 민석이가 자식을 또 낳으려고 할지도 의문이니 손자였으면 하는 간절함이 다가왔다. 임신이 안 된다 할 때는 '손녀면 어떠냐?' 하는마음이 들다가도 어찌된 일인지 인간의 욕심은 끝이 없었다. 오후 4시 10분에 서울로 가는 버스표를 사서 대합실에 앉아서 텔레비전을 보며 출발시간을 기다리는데 아내의 전화가 왔다.

"어예됐노?"

"순산을 했니더. 애도 건강하고 새 아도 건강하다니더."

"딸이라?"

"그럼, 딸이지요. 아들일까봐."

"내 지금 버스 타려고 하는데 곧 갈게?"

"내일 출근해야 하는데, 무리하지 말고 토요일 날 오소."

오늘이 수요일이라 2일만 기다리면 느긋하게 다녀올 텐데 출근 때문에 밤에 내려와야 한다. 아내의 말을 듣는 것이 좋을 듯 했다. 위급한 상황도 아니고 순산을 했다니 반가웠다.

"알았다. 버스표 도로 물리고 집으로 갈게? 조리 잘해라."

집에 오니 아내가 급하게 서울로 가느라 거실에는 아침에 놓아둔 물컵과 약봉지가 그대로 있었다. 큰방 문을 열어보니 아내의 옷이 널브러져 있었다. 아내는 평소에 아무리 바빠도 이렇게 어질러놓고 어디 가지는 않았는데, 자식이 뭔지? 그래도 현관문과 대문을 잠근 것만 해도 다행이었다. 부엌에 들어가니 설거지도 하지 않는 채 싱크대 가득 그릇이 물에 담겨 있었다. 이제 할아버지가 되었으니 모든 것이

용서되었다. 설거지를 하고 쌀을 씻어 전기밥솥에 안치면서 나도 모르게 웃음이 나왔다.

며느리가 입원해 있는 병실에 꽃을 보냈다. 꽃이 아기에 게 좋지 않다는 말도 있었으나 내가 할 수 있는 일은 꽃을 보내는 것 외에 아무 것도 없었다.

기다리던 토요일이다. 서울로 가는 버스에서 아내와 몇 번이나 통화를 했다. 병원에 들어서면서 산실을 확인하느라 며느리에게 전화를 했더니 명랑하게 받았다. 산실 앞에 가 니 내가 보낸 화분이 '축! 순산! 시부모!' 라는 꼬리표를 달 고 나를 기다리고 있었다. 그 옆에 놓인 화분은 직장 이름 뒤에 '친목회' 라는 꼬리표가 붙어 있었다. 옆 산실을 보니 꽃이 여러 개 놓인 곳도 있고 없는 곳도 있었다.

노크를 하니 아무 대답이 없었다. 손잡이를 잡으니 문이 열려 있었다. 누워서 아기에게 젖을 먹이고 있을 줄 알았는 데, 며느리는 서서 창밖을 내다보고 있었다.

"어머! 아버님! 병원 앞이라기에 한참 걸린다 생각하고, 간호사인줄 알았어요."

"아기는? 다른 사람들은?"

"애기는 영아실에 있어요. 어머님은 어제저녁에 도련님 과 집에 가셨다가 아침에 오셨는데 지금 뭘 사신다며 나가 셨어요. 민석 씨는 출근을 했고요."

"너는 괜찮나? 밥은 잘 먹고?"

"괜찮아요. 전 씩씩하잖아요."

영아실은 면회 시간이 정해져 있었다. 함부로 보고 싶다고 가는 것이 아니라 시간에 맞추어서 가야 한다고 했다. 3일 정도 되면 아기를 안고 산실로 올 수도 있는데, 조리원으로 옮기면 그때는 아기와 함께 있을 수 있다는 말도 했다. 조금 있으니 아내와 민태가 같이 들어왔다. 아내는 내가 도착한다는 말을 듣고 슈퍼마켓에 가서 빵과 우유를 사들고 오다가 강의가 없어서 늦잠을 자고 병원으로 들어오던 민태를 만난 것이다.

며느리는 눕지도 않고 앉아 있었다. 내가 있어 그런가 하고 몇 번 누우라고 하니 마지못해 누웠다. 아기를 보러 가는 시간이 된 모양이다. 산실 이곳저곳에서 사람들이 나왔다. 산실은 8층인데 영아실은 6층에 있었다. 엘리베이터 앞에 가니 신혼부부로 보이는 사람, 내 나이 보다 많은 늙은이, 중년 남녀 등 가족으로 보이는 사람들이 줄을 서 있었다. 영아실로 가는 길은 별도의 출입문이 있었다. 출입문을 통과하니 작은 문이 또 나왔다. 그리고 복도 옆으로 큰 유리창이 있었는데 유리창 안으로 커튼이 드리워져 있었다.

잠시 기다리니 커튼이 열렸다. 들여다보니 영아들이 속싸개에 싸여 여러 줄로 있었다. 간호사들은 부지런히 젖병을 들고 돌아다녔다. 며느리가 아기 번호가 적힌 신청서를 넣었다. 잠시 후 먼저 신청서를 넣은 사람의 아기를 간호사가 안고 유리창 가까이 왔다. 아기 보호자들이 몰려와서 사진을 찍는가 하면 유리창에 손을 대고 흔들기고 했다. 아기는 눈을 감고 자고 있거나 꼬물거렸다. 며느리는 작은 소리로 내 귀에 대고 '우리 애기 저기 있어요' 라고 손으로 가리켰다. 손끝을 보니 다른 아기와 달리 유리박스 속에 누워 있었다.

유리박스에 누운 아기는 여러 명이 있었는데 미숙아이거나 황달이 있어 치료중인 아기라고 했다. 나는 가슴이 철렁했다.

"우리 애기가 왜?"

"어제부터 황달이 조금 있어서요."

별 것 아닌 것처럼 말을 했으나 걱정이 되었다. 조금 있으니 간호사가 우리 아기를 안고 유리창 가까이 왔다. 눈은 감고 있었지만 민석이 모습이 뚜렷했다.

민석이도 어릴 때 머리 숱이 까맣게 많았는데, 아기도 다른 아기들 보다 머리 숱이 많았다. 눈을 감고 있어 알 수는 없지만 이목구비가 뚜렷한 것이 참 예쁜 아기였다. 민태는 핸드폰으로 동영상을 촬영하는지 아기에게 연신 핸드폰을 들이대어 돌렸다. 시간이 지나자 간호사가 아기를 있던 자리에 안고 가서 유리박스 속에 눕혔다. 황달이 빨리 나았으면 하고 빌었다.

아이 이름을 짓기 위해 여러 가지로 궁리를 했다. 작명소에 가서 지으라는 사람들도 있지만 그러고 싶지 않았다. 좋던 나쁘던 내가 짓고 싶었다. 손자 같으면 항렬자로 지으면 되는데 손녀이니 항렬자로 지으면 예쁜 이름이 되지 않았다. 요즘은 이름도 유행이라 시대에 따라 선호하는 이름이 있었다. 나는 밤을 새워서 이름 짓는 책을 보고 옥편을 뒤져서 수빈이라는 이름을 지었다.

요즘 시대감각에 맞게 지어 놓고 불러보다가 아내에게 '손녀이름을 '수빈' 이라고 지었는데 어떤노?' 라고 하자 '수빈이가 좋기는 한데 수빈이라는 이름을 쓰는 아이를 데리고 다니는 사람을 본 일이 있어요. 조금 흔한 이름인 것 같은데…….' 힘들여 지었는데 흔하다니 할 말이 없었다. 아내의 의견을 무시하고 민석이에게 한자까지 적어서 메일로 보냈다. 무엇이 그리 바쁜지 며칠 동안 메일이 열리지 않았다. 핸드폰 문자로 메일을 열어보라고 했더니 곧 답이 왔다.

민석이는 '애기 이름 지었는데요. 수빈이는 이제 많은 사람들이 지어서 부르니 새롭지도 않고 의미가 별로 잖아요' 역시 아내 말이 맞았다. 그러면서 민석이는,

"제 이름과 정숙이 이름을 반반씩 따서 지었어요. 제 '민' 자와 정숙이의 '정' 자를 따서 민정이 '김민정' 이로 할게요."

"그래! 알았다. 출생신고나 해라! 출생신고도 늦으면 벌금을 낸다더라."

'김민정' 내가 불러 봐도 괜찮은 이름이었다. 수빈이보다 더 흔한 이름이지만 그래도 의미가 들어 있어 좋았다.

조리원에 있던 며느리는 안사돈과 아내가 번갈아 가며 간호를 한 덕에 산후 조리를 마치고 퇴원을 했다. 아직 출산 휴가 기간이라 집에서 조리를 하며 아이를 보다가 출근을 했다. 체격이 크고 뼈고 튼튼해서 그런지 아무 탈 없이 출근을 하는 며느리가 그저 든든했다. 며느리 말과 같이 씩씩해서 좋았다.

당장 손녀를 볼 사람이 없었다. 우선 시어미인 아내가 민석이 집에 머물기로 했다. 부지런한 아내는 민석이 집에서 아기를 보는 것은 물론 식사 준비까지 했다. 아침을 먹지 않고 출근을 하던 민석이네 부부는 아내가 아침을 준비하자 식사를 하고 출근을 했다. 하루 종일 집 안 청소하고, 식사 준비하고, 손녀를 키웠다. 가끔 시간이 날 때마다 전화로 푸념하는 것을 들어보면 아기를 보는 식모라고 본인을 칭했다.

아기 때문에 잠을 설치는 것은 물론 아침 일찍 일어나서 아침 준비를 다 할 때까지 며느리는 일어나지 않는다고 했다. 민석이 부부가 세수를 겨우 하고 아침을 먹고 출근을 한다는 것이다. 그래도 민석이는 일찍 퇴근하여 집에 잠시 들러 저녁 식사를 하고 야간 대학원에 갔다가 밤 11시가 넘어서 집에 오는데, 며느리는 보통 아홉 시나 열 시가 넘어 퇴근을 하면 씻고 잠자기 바쁘다고 했다.

　며느리는 퇴근을 해도 아기를 잠시 어르다가 잠을 잘 때
는 아내에게 아기를 맡긴다고 했다. 며느리가 아기를 데리
고 잤으면 싶은데, 며느리는 피곤하다는 이유로 아기를 시
어머니에게 맡기고 잔다는 것이다. 나도 아내가 없으니 좀
불편했지만 그 정도의 불편은 손녀를 위해서 참을만 했다.
아내도 민석이네 부부에게 한마디 불평 없이 잘 버티다가
안사돈과 상의하여 안사돈이 손녀를 볼 때는 집에 잠시 내
려오기도 했다. 그러던 어느 날 민석이가 아기를 안고 집으
로 내려왔다. 집사람이 잠시 내려와 있을 때이다.

　민석이는 장모와 함께 있으니 불편해서 못 있겠다는 것
이다. 며느리야 시어미보다 친정 어미가 낫겠지만 민석이는
그 반대인 모양이다. 민석이는 어렵게 부탁을 했다.

　"서울에서 아이를 키운다 해도 아이 자는 모습만 잠깐씩
보는데, 차라리 서로 편리하게 어머니가 키워주시면……."

　며느리도 민석이와 같은 생각으로 아이를 데리고 온 모
양이었다. 아이를 키울 줄 모르니, 저녁에 잘 때도 모유로
키우는 것이 아니어서 엄마의 역할이 거의 없다는 것이다.
어쩌다 며느리가 아기를 데리고 잠을 자도 잠이 많은 며느
리는 아이에 관심이 없는지 우유를 제 때에 먹이지 않고 기
저귀를 갈지 않아 아이가 울어도 모른다고 했다.

　한참을 생각하던 아내가 내 눈치를 보더니,

　"데리고 왔으니 두고 가거라! 생각이 바뀌면 언제든지 데

리러 온나."

아내가 좋다는데 내가 반대할 이유가 없었다. 나야 손녀를 매일 봐서 좋고, 아내가 집에 있으니 밥 짓는 걱정 안 해서 좋은 것이다. 사돈이 가까이 있으니 집사람이 바쁘면 안사돈에게 아이를 부탁해도 될 것 같았다. 민석이와 며느리는 홀가분한지 아이를 한번 안아 보고는 서울로 간다며 가 버렸다. 아내는 민석이 부부가 떠나자 '내 아이 키운다고 고생하고, 좀 편하려나 했는데, 이제 와서 손녀를 또 키워야 하나?' 한숨을 쉬며 푸념하는 아내의 얼굴을 정면으로 보지 못하고 외면해 버렸다.

저녁에 잠을 자도 보채는 아기 때문에 아침에 일어나면 잠을 잤는지 안 잤는지 머리가 아팠다. 며칠은 아무 탈 없이 잘 잤는데, 무슨 일인지 자다가 일어나 우는 때가 많았다. 아내는 분유를 데워 먹이고 기저귀를 갈아 주느라 나보다 잠을 더 못자는 것 같았다. 그러나 방긋방긋 웃을 때는 세상을 다 얻은 것 같았다. 간혹 민석이가 전화를 해서 안부를 물을 뿐 며느리는 건성으로 몇 번 전화를 하고는 감감 무소식이다.

내 아이를 키울 때는 모유로 키워서 별로 귀찮지 않았는데, 손녀는 분유로 키우니 손이 더 필요했다. 좋은 점은 아내가 없어도 내가 대충 분유를 데워 먹여도 되는 것이다. 내 아이를 키울 때는 몰랐는데, 손녀를 안고 어르니 정이 더 드는 것 같았다. 출근하여 퇴근하기까지 아기가 궁금하여 하루에도 몇 번씩 집에 전화를 하는 버릇이 생겼다. 아내는 나를 보고 손녀 키우는 재미를 들인 모양이라며 놀렸다.

손녀는 이제 옹알이를 하며 천장에 매달아 놓은 모빌을 잡으려는지 팔을 들고 손가락을 꼬물락꼬물락거렸다. 며느리는 손님처럼 가끔 다녀갔다. 아이에 대한 모정이 부족한 것이 아닌가? 걱정이 되었으나 시부모를 너무 믿어서 그럴 것이라고 생각했다. 직장 일 때문에 시골에 내려오지 못하는 민석이 부부가 아이를 보고 싶어 할까? 큰 맘 먹고 민석이네 집에 아이를 데리고 갔다.

밥은 먹고 다니는지? 부엌에는 음식을 한 흔적이 별로 없었다. 아침도 안 먹고 출근을 하여 각자 식사를 해결하고 집에 들어와 잠만 자고 나가는 눈치였다. 화장실에 들어가니 정숙이 사진을 바탕으로 만든 벽시계가 먼지를 덮어 쓰고 매달려 있었다. 시침도 분침도 초침도 멈춘 상태이다. 손을 씻고 수건을 찾으니 수건에 쉰 냄새가 나서 닦을 수가 없었다. 아마 삶지 않고 물에 헹구어 낸 듯 했다.

민석이 옷이 거실 구석에 처박혀 있는 것을 보고 아내가 냄새를 맡더니 코를 감싸며 베란다에 있는 세탁기에 넣었다. 이방 저방 다니며 빨랫감을 찾더니 애벌빨래는 세탁기로 하고 두벌빨래는 양동이에 넣어 삶았다. 아내는 또 푸념을 했다.

"아도 안 키우는 것들이 빨래라도 좀 삶아서 하지, 집안에 쉰 냄새가 등산을 치는데 코도 없나!"

민석이가 먼저 퇴근을 했다. 보통 때보다 일찍 왔다며 허겁지겁 밥을 먹었다. 9시가 가까워지자 며느리가 현관문을 열었다.

며느리는 건성으로 '그동안 잘 계셨어요' 하고는 아이도 보지 않고 방으로 들어갔다. '저녁은 먹었느냐? 오느라 고생했다. 아이를 보느라 고생한다.' 라는 말이라도 하는 것이 예의인데 그렇지 않았다. 평소에도 내 옆에 앉아서 다정하게 이야기 하는 일은 거의 없었다. 그저 낯선 곳에서 '고생한다' 라고 하면 '예' 하는 대답이 전부였다.

전화를 해도 몇 마디로 끝이 난다. 가끔 전화가 오면 나는 그저 고마워서 '그래! 그래!' 라는 대답으로 일관한다. 그도 그럴 것이 무슨 화제가 있어야 긴 통화가 이루어질 텐데 그저 의무적으로 하는 인사 전화이니 그럴 수밖에 없었다. 처음에는 메일을 주고받았는데 이제는 그것도 시들한지 전혀 하지 않았다.

방에 들어갔던 며느리가 옷을 갈아입고 거실에 나와 아기를 바라보았다. 민석이가 아기를 안고 어르는 사이 며느리는 텔레비전을 보는가 싶더니 볼일이 있다며 현관문을 나갔다. 민석이는 '집에서 밥 먹은 지 오랜만이네!' 라고 혼잣말을 했다. 아내와 나는 서로 얼굴을 바라보며 아무 말도 하지 못했다.

추석연휴가 시작되었다. 민석이가 고물차라도 구입하기 전에는 기차표를 예매하느라 명절만 되면 걱정이었다. 그러다 표를 구하지 못하면 여러 통로를 통하여 왕복표를 구하다가 안 되면 오는 표라도 구했다. 이번 추석에는 민석이가 새 차를 구입했기 때문에 길이 막히는 것을 걱정하는 일만 남았다. 민석이가 서울에서 출발을 했다는 연락이 왔다. 톨게이트를 벗어나자 길이 막히기 시작한다는 것이다.

중앙고속도로는 이미 막혀서 중부내륙고속도로를 이용한다고 했다. 중부내륙고속도로면 중앙고속도로보다 집과는 먼 도로이다. 그러나 돌아오더라도 막히지 않는 도로를 이용할 수밖에 없다. 나는 지도를 펴 놓고 민석이가 오는 길을 살펴보았다. 고속도로가 막히면 일반국도라도 길이 있는가? 해서 찾아보았다. 수안보 쪽으로 국도를 이용한다는 연락을 받고 무사히 오기를 기다렸다.

민석이가 무사히 도착했다. 서울에서 출발한 지 5시간 만이다. 평소 같으면 3시간이면 충분한데 2시간을 지체한 셈이다. 고속도로를 내려 국도로 오는 과정과 돌아서 오는 것을 계산하면 그렇게 많이 걸린 시간이 아니다. 다행이었다. 그런데 차에서 내리는 것을 보니 민태와 단 두 사람만 왔다.

"새아는?"

민석이는 머리를 긁적이며 난감한 표정을 지었다. 민태

가 대문에 들어서며 '오기 싫은가 보죠 뭐!' 라고만 할 뿐이었다.

민석이는 할 말을 잊은 듯 멍하니 앉아 있었다. 세상에 추석인데 며느리가 시부모를 찾아보지 않는다니 말이 되는 소린가? 시부모보다 아기가 궁금해도 시골에 오는 것이 상식 아닌가? 나는 당장 전화기를 들었다. 버릇을 고쳐놓아도 단단히 고쳐 놓아야지, 안 그래도 안부 전화도 자주 하지 않던 며느리가 괘씸했는데, 전화기의 벨이 여러 번 울리고 난 뒤 며느리가 받았다.

"여보세요."

"응, 나다."

"아버님이세요?"

"그래. 너 왜 안 내려 오노?"

"그저, 내려가기 싫어서요."

"너 당장 내려온나. 안 내려오면 내가 올라간다. 이유 없이, 애기 어미가 사전에 연락도 없이 명절에 안 내려오는 것은 아무리 생각해도 이해가 안 된다."

전화를 끊고 오랜 시간이 지나도 격한 감정을 주체하지 못해 숨을 몰아쉬었다. 민석이는 한참 앉았다가 말없이 방으로 들어가고 말았다. 시집 온 지 3년이 겨우 지난 며느리가 이유도 없이 오지 않았는데 무슨 기분이 나겠는가? 아무리 생각해도 괘씸하기만 했다. 무슨 문제가 있어도 단단히 생겼다는 짐작만 하고 가슴을 끓였다.

음식을 준비하던 아내와 나는 무엇을 잊어버린 듯 손에 일이 잡히지 않았다. 방에서 아무것도 모르고 새근새근 자는 민정이만 내려다보고 한숨을 쉬었다. 그래도 민석이는 아기가 귀여운지 연신 아기 옆을 맴돌았다. 민석이는 며느리가 내려오지 않는데 대한 이유는 설명하지 않았다. 민태도 마찬가지다. 그저 짐작만 할 뿐, 억지로 말을 하라고 다그칠 수도 없는 노릇이다.

저녁에도 웃음소리가 나야 할 명절인데 웃는 사람이 없었다. 민태는 친구 만나려 간다며 저녁밥 숟가락을 놓기 바쁘게 나가고 민석이는 방에 누웠다가, 아기를 안다가, 안절부절못했다. 추석날 아침이 되었다. 민석이와 민태를 큰집에 제사 지내러 보내고 우리 내외는 서로 얼굴만 쳐다보며 쓸쓸한 명절 아침을 보냈다. 며느리에게는 아무런 연락도 없었다.

점심때가 될 무렵 사돈댁에서 전화가 왔다. 집사람이 받았는데, 무슨 이야기를 몇 마디 주고받더니 '아바이가 화가 많이 났는데, 빨리 집으로 보내주소. 빨리 집에 오는 것만이 해결책이시더' 하고 수화기를 놓았다. 며느리가 친정에 와 있다는 것이다. 어제저녁에 왔는지 오늘 왔는지를 알 수 없으나 서울에서 내려오기는 내려 왔다는 말에 한편으론 내 명령을 거역하지는 않았구나! 싶어 고맙기까지 했다.

민석이와 민태가 큰집에서 제사를 올리고 대문을 들어섬과 동시에 며느리가 들어왔다. 잔뜩 겁을 집어 먹은 인상이었다.

"늦었구나. 진작 오지 그랬나?"

"죄송해요. 아버님."

얼굴이 새침해서 거실에 앉지도 않고 서 있었다. 아기가 있는 방에 들어가서 아무 일 없었다는 듯 안고 어르고 그러다 부엌으로 들어가서 시어미를 도와주면 될 텐데……. 부처마냥 서 있었다. 보다 못한 내가 억지로 성질을 누그러뜨렸다.

"야야, 집에 왔으면 앉거라. 서있지 말고. 남의 집에 온 손님이라."

집사람은 부엌에서 음식을 준비하여 상에 차려 들고 나왔다. 며느리는 그대로 앉아 상이 들어와도 받지 않았다. 민석이가 일어나서 상을 받는 동안 민태는 못마땅하여 방으로 들어가 버렸다. 민석이는 회사를 그만 두게 되었다는 말을 쉽게 꺼내었다.

"한마디 상의도 없이 그만 두는 게 어딨어?"

며느리의 볼멘소리에 나는 한숨이 또 나왔다. 직장 때문에 싸운 것이라면 안심이 되었다. 사태를 파악한 나는 민석이를 나무랐다.

"큰일이든 작은 일이든 부부간에 상의를 하고 결정을 해야지. 더군다나 직장을 그만 두는 일인데 혼자 결정하는 것은 경우에 없는 일이지. 그럼.”

민석이는 작정한 듯 나를 바라보았다.

“그동안 회사에서 푸대접을 받아도 참았어요. 대학원 마칠 때까지라도 참자. 이를 꽉 물었지요. 입사할 때 계약직이라도 빨리 구해야 해서 들어갔더니……”

계약직이라니? 계약직에 대해서 무슨 말을 하려다가 참았다. 그러면 민석이가 이야기를 하지 않을 것 같아서이다.

“맨날 남이 하기 싫은 일만 시키고, 정식 사원 중에는 지방 대학 나온 놈도 많아요. 내 동기도 한 놈 있고, 학교 다닐 때 형편없던 놈이, 국회의원 빽으로 들어왔데요. 출장을 가도 저들은 가까운 곳에 가고, 나는 맨날 지방 아니면 경기도 산속에 보내고, 하루 출장비는 똑같은데, 심지어 회사에서 물건 나르는 일도 시켜요. 체육 대회를 하면 지들은 술 판 벌여 놓고 희희덕거리고, 나는 선수라며 땀 흘리며 운동장 뛰고……”

참으로 놀랄 일이다. 정식으로 입사한 줄 알았는데, 계약직이라니! 결혼을 앞두고 급하게 구한 직장이라 이해는 하면서 민석이에게 소홀했던 내가 원망스러웠다. 직장과 대학원을 동시에 다니라고 했던 것이 잘못한 것이다. 얼마나 힘들었을까? 먼 길 출장 갔다가 밤에 대학원가고, 밥은 한 끼도 집에서 못 먹고, 나는 천장을 보며 한숨을 쉬었다. 그래도 민석이에게 약한 모습은 보이기 싫었다. 아들 둘을 강하게 키우려고 고생을 시킨 것은 아니지만 강하게 키우고 싶었다. 내게 돈만 있었다면 남들 같이 편안하게 공부를 할 수 있었을 게다.

"그래도 참아야지! 돈 버는 것이 그렇게 쉬운 일인 줄 아나? 어느 직장이든 힘들기는 마찬가지다. 내가 열심히 하면 남이 알아주는 법인데……."

며느리를 바라보니 무슨 할 말이 있는지 입에 말이 나올 듯 나올 듯 했다. 어떻게 하든 민석이를 꾸중해서 며느리 마음을 풀어주고 싶었다. 나는 민석이를 보며,

"그래서 욱하고 앞 뒤 생각 없이 사표 썼나? 어째 그리 생각이 부족하노."

"한두 번 생각하고 사표 쓴 거 아닙니다. 이미 다른 직장에 들어가기로 하고 서류를 준비하는 중이고요."

민석이는 그동안 회사에서 있었던 일을 이야기 하면서 눈물을 흘렸다. 나는 더 이상 책망하고 싶지 않았다. 다른 회사로 옮기기로 했다니 다행이었다. 함부로 생각 없이 행동하는 민석이가 아님을 잘 알기에 든든했다. 그러면 되었다며 말을 마무리 하려는데 민석이는 느닷없이 며느리가 외박한 사실을 일러 바쳤다.

"지난 주 금요일 저녁에 자가 외박 했어요."

의아해서 말을 못하고 있는데, 옆에 있던 며느리가 못마

땅한 듯 얼굴을 찌푸리며 큰소리로,

"그건 토요일이 휴무라 찜질방에 갔다고 했잖아. 아이씨."

참 난감했다. 아들 부부 싸움에 끼어들어야 하나? 말아야하나? 며느리가 어떤 이유로든 남편 허락 없이 외박을 한다는 것은 있을 수 없는 일이다. 그러나 민석이 말을 감싸면 이상한 방향으로 말이 흘러 며느리가 피해나갈 구멍이 없다. 닭을 쫓아도 피할 곳을 두고 쫓으라 했다.

"야야, 찜질방에 갔다가 잠이 들었겠지? 아무 일 없었으면 됐다."

며느리는 안도의 숨을 내쉬었으나 민석이는 말이 나온 김에 더 해야겠다고 작정을 한 것 같았다.

"찜질방에 가면 전화도 못하나? 전화를 해도 전화기가 꺼져 있고?"

"빠떼리가 없어서 그렇다고 했잖아!"

며느리는 무척 신경질 적이었으나 민석이는 담담했다.

"아침에 충전한 빠떼리가 없다고? 내가 전화할 때마다 꺼져 있는데, 그건 뭐로 설명할 건데?"

이야기가 심상치 않았다. 화제를 다른 것으로 돌렸으면 좋겠다 싶어 며느리에게,

"너는 큰방에 가서 민정이 봐라. 아까부터 깨어서 엄마 왔다고 놀고 있다."

며느리는 큰방으로 들어가서 민정이를 어르는 것 같았
다.

"부부 간에도 지켜야 할 도리가 있다. 그 도리는 아내에
게만 있는 것이 아니고 남편에게도 있지. 서로가 지킬 것은
지켜야 가정이 편하다. 어지간한 것은 참고 넘기는 것도 지
혜라 생각하는데!"

"그래도 열 받잖아요. 저녁에 늦으면 늦는다고 연락을 하
든지? 어디 가면 간다고 하는 것이 도리지요."

며느리가 열린 문 사이로 민석이 이야기를 듣고 와락 거
실로 나오며 버럭 소리를 질렀다.

"너는 지킬 거 지켰나? 출장 갔다 술 먹고 늦게 오고, 그
러면서 밥 달라고 주사 부리고, 아버님, 민석 씨 술 먹으면
주사 있어요. 미치겠어요."

참, 못할 짓이다. 어쩌다 아이들 부부 싸움에 내가 끼어들
었는지. 난감했다. 아내도 부엌에서 이야기를 들었는지 민
석이와 나를 싸잡아 나무랐다.

"저놈, 술 먹고 주정 부리는 것은 애비하고 똑같다. 너 애
비 젊을 때 술 먹고 늦게 오면 꼭 밥 달라고 시비 걸고, 밥이
조금 늦으면 난리를 피웠다."

민석이는 며느리를 한참 보았다.

"내가 주사를 부리기는 뭐를 부려. 하도 집에서 밥을 하
지 않기에 밥 달라고 해본 거지! 또 너는 보통 때도 열두 시

가 넘어 퇴근하는 것이 한두 번이랴. 그러면서 전화도 없고……."

며느리는 이제 큰방 문 앞에 앉아서 고개를 뻣뻣이 들고 있었다.

"오늘 아버님 앞이라고 말 함부로 하는데, 저녁에 늦는 것은 업무가 경리라 야근을 하는 일이 얼마나 많은 줄 아나? 어디 해 봤어야 알지?"

며느리는 이제 민석이를 완전히 무시하고 있었다. 뚜렷한 일자리가 없는 민석이에게는 정말 자존심을 건드리는 말이었다. 그러나 며느리 편을 들어야 했다.

"경리 일을 하다보면 야근을 하는 수도 있다."

나는 민망하여 몸들 바를 몰랐다. 민석이의 주사가 내 탓이 되는 상황을 어떻게 벗어나야 한단 말인가? 그러다가 불쑥 나온 말이,

"새아, 너도 말이 나왔으니 말이지 외박을 하면 무슨 일인지 연락을 해야지. 그래야 집에서 기다리는 사람이 걱정을 하지 않지? 나는 이 나이가 되어도 늦으면 늦는다고 꼭 연락은 한다. 사람이 어디서 무엇을 하는지 알고는 있어야지."

아내도 내가 연락을 한다는 것에 대해서는 맞장구를 쳤다.

"그거는 맞다. 저녁에 조금 늦어도 전화는 꼭 한다. 너무 늦어서 탈이지만……."

"찜질방이라니, 가정이 있는 사람이! 찜질방에 가서 잠을
자다니……."

만약에 아내가 그랬다면? 나는 어떤 행동을 취했을까?
집안을 박살내고 난리를 피웠을 것이다. 다행히 민석이는
침착한 성격이라 차분히 말로 따지고 넘어 가는 것이 신통
했다. 경리를 본다고, 야근을 한다고, 한두 번도 아니고, 자
주 12시가 넘어 귀가 하는 것은 직장에 무슨 문제가 있든
지? 아니면 며느리에게 무슨 문제가 있는 듯 했다.

아이들이 오면 구워 주려고 준비한 고기를 가져오라고
했다. 아내는 부엌에서 음식을 준비하느라 정신이 없었다.
며느리는 그대로 자리에 앉아 있었다. 내가 보다 못해 부엌
에 가서 시어미를 도우라고 하자 겨우 일어났다.

"곪은 것은 터뜨려야 해. 그냥 둔다고 살이 되는 것은 아
니지."

고민이 풀린 듯 나를 보며 민석이는 미소를 지었다. 며느
리는 무엇이 못마땅한지 민석이에게 눈을 흘기며 불만 섞인
말을 몇 마디 했다.

"지가 뭐 잘했다고, 이따 집에 가서 보자."

나는 못 들은 척 하며 텔레비전을 켰다. 고기가 들어오자
불판에 고기를 얹어 젓가락으로 뒤적이던 아내가,

"싸우지 말고 살아라. 살다 보면 좋은 날도 있고 나쁜 날
도 있다. 그저 참고 살면 된다. 요즘은 맞벌이를 하니 부부

가 직장에 나가느라 집에서 밥을 먹는 일도 많지 않지만, 아
침은 집에서 먹어야지. 그래야 하루가 든든하고, 부부간에
이야기도 하고 그러지! 너 집에 가니 언제 밥을 했는지 밥솥
이 말라 있고 된장도 굳어서 못 먹겠더라. 갈 때 된장 좀 가
지고 가라고 싸 놓았다.”

　뉘엿뉘엿 해는 서산으로 기울어 저녁때가 다 되었다. 추
석이라 이집저집에서 손님이 들어오고 나가는 것이 보였다.
며느리는 서울로 가겠다고 했다. 추석 연휴가 아직 남았는
데 하룻밤 자고 가도 될 듯한데 억지로 가겠다고 했다. 민석
이도 가겠다며 일어섰다. 민태는 하루 더 있다가 간다며 텔
레비전 채널을 돌렸다.

　대문을 나서니 이웃집에도 자식들이 왔다가 가는지 무엇
인가 차에 싣고 있었다. 차에 오르며 인사하는 민석이를 보
고 ‘싸우지 말고 잘 살아라’ 하며 들고 있던 돈을 주었다.

　“피로할 텐데 무리해서 운전하지 말고 휴게소에 들러 간
식이라고 사 먹고 가거라.”

　며느리도 헌차를 구입한다더니 차를 몰고 왔으므로 며느
리에게도 돈을 주었다. 부부가 각각 차를 몰고 서울로 출발
했다. 각자 차를 타고 가는 뒷모습이 어쩐지 허전해 보였다.
거실에 들어오니 자고 있던 민정이가 무엇이 못마땅한지 울
고 있었다. 민태가 안고 달래느라 땀을 흘렸다. 아내는 우유
를 데워서 젖병에 넣어 흔들며 푸념을 했다.

"애 가진 어미가 지 새끼 젖 한번 물려 보지 않고 가다니, 애는 저들이 낳아 놓고 고생은 내가 하고, 내 팔자가 왜 이러노. 싸우지나 말고 살지……."

아내의 푸념을 듣던 나는 화가 치밀어 민태를 보고 먹다 남은 술을 가져 오라고 했다. 민태와 술을 마시며 텔레비전을 보는데 우유를 먹이고 나오던 아내가 옆 자리에 앉았다.

"참 걱정이다. 외박을 하다니 그것도 연락도 없이."

나는 '이제 그 말은 그만 했으면……' 하고 아내에게 면박을 주었다.

"이제 그만 하자. 잘 살겠지 뭐."

지금까지 아무 말이 없던 민태가 한 마디 거들었다.

"우리 형, 고생 많이 해요. 마음은 약하지. 여자는 말을 안 듣지. 어떨 때 보면 남편을 동생 다루 듯 해요."

그러고 보니 12시가 넘어 늦게 귀가하는 일이 한두 번이 아니라는 말이 새삼 떠올랐다. 무슨 이유일까? 분명 다른 이유가 있을 거라는 쪽으로 생각이 흐트러지기 시작했다. 아이를 직접 키우지 않아 가정에 재미를 못 붙인 것은 아닐까? 부부간에 무슨 문제가 있는 것이 아닐까? 그러나 대학 나온 아이들이니 무슨 큰 문제야 있겠냐며 스스로 위로를 했다.

시어머니 교통사고

추석에 다녀간 후로 한 달이 지났지만 민석이도 며느리도 연락이 없었다. 아내가 궁금하여 한 번 전화를 한 모양인데 민석이는 다른 회사로 직장을 옮기느라 바빠서 전화를 못했는데 이제는 안정이 되어 잘 다니고 있다고 했다. 며느리도 별 문제 없이 직장에 잘 다닌다고 하는데, 왠지 민석이 목소리가 힘이 없더라는 말을 덧붙였다. '직장을 옮기고, 야간에 대학원 다니느라 힘이 들어서 그렇겠지…….'

아내가 아침 산책을 가다가 교통사고를 당했다. 집 근처 인도에 서서 같이 산책 할 사람을 기다리며 서 있었는데 그곳이 바로 주택의 주차장 앞이었다. 주차장에서 도로로 나오려고 후진하는 자동차가 사람이 서 있는 줄 몰랐던 것이다. 자동차 뒤 범퍼에 슬쩍 받히어 앞으로 넘어졌는데 자동차는 계속 후진을 하고 있었다.

아내는 일어나지도 못하고 소리를 지르다 다행히 후진하던 자동차가 멈추어 섰다. 얼굴과 팔 다리에 찰과상을 입고 허리를 다쳐 병원 응급실에 실려 갔다. 마침 민태가 집에 와 있어서 다행이었다. 민태의 다급한 전화를 받고 달려가 보니 병원으로 옮겨진 아내는 얼굴에 붕대를 감고 있었다. 아내는 허리에 통증을 호소하며 검사를 받는 중이었다. '이 무슨 일인가? 무엇을 잘못 했기에 내게 이런 형벌을 내린단 말인가?' 침대에 누워 검사실을 옮겨 다니는 아내를 보니 사는 것이 허무했다.

아침에 아무 일 없이 밝게 웃던 사람이 환자가 되어 병원의 침대에 누워 있다니…… 나는 정신없이 아내가 검사하는 것을 돕고 있었다. 민태는 가해자와 보험 회사에서 나온 사람과 이야기를 하고 있었다.

"형에게 연락을 해야지요. 검사가 어떻게 나올지는 모르지만……."

나는 아무 말도 못하고 민태가 하는 대로 내버려 두었다. 민태는 민석이에게 전화를 거는지 검사실 밖으로 나갔다.

검사 결과는 아직 나오지 않았지만 담당의사는 안심해도 될 것 같다고 했다. 병실로 옮겨진 아내는 점심도 먹지 못했는데, 어떤 음식을 주어도 눈물만 흘릴 뿐 먹으려 하지 않았다. 아내를 병원에 입원시키고 집이 병원 가까이에 있어 식당에 가지 않고 집에서 저녁을 먹기로 했다. 민태는 저녁을 먹으면서 며느리 이야기를 소상하게 해 주었다.

"형이 그러는데 형수가 집에 일찍 들어오는 날이 드물데요. 12시가 넘어서 오는 날이 많은데 금요일은 아예 외박을 하고 일요일 오후에 집에 들어 온데요. 그러다 보니 집에서 밥을 먹는 일은 거의 없겠지요. 어쩌다 제가 형 집에 가면 형 혼자 있어요. 형은 대학원에 가지 않는 날은 일찍 들어와서 집 안 청소와 빨래를 하고 밥도 하는데요. 형수가 집에 들어오지 않으니 어쩌면 좋으냐고 했어요."

민태는 더 충격적인 이야기도 했다.

"형수에게 남자가 생겼데요. 집에서 전화를 할 때는 화장실이나 다른 방에 가서 하는데 그것도 여의치 않으면 문자를 보낸대요. 그러다 우연히 형이 형수 핸드폰에 보낸 문자를 봤는데, 집에 남편이 있어 오늘은 못 만난다고 쓰여 있더래요. 받는 사람 전화번호를 추적했더니 지난 달까지 같이 근무하다 다른 곳으로 전근을 간 남자라고 했어요.

형은 형수 자동차에 녹음 장치를 해 두었는데, 낮에 통화한 내용이 고스란히 녹음되었데요. 그 내용은 '어제저녁에 먹은 술이 아직도 취한다, 밤에 잠을 자는데 코를 골드라. 아침에 점심까지 같이 했는데 저녁까지 먹어도 됩니다' 라고 했데요. 말로 표현할 수 없는 가까운 남녀가 지껄이는 대화가 계속 이어졌다며 저에게도 들려주었어요."

여기까지 듣고 나는 돌아버릴 것 같았다. 처음에는 민태의 말을 믿어야 하나? 말아야 하나? 하다가 그동안 며느리의 행동을 곰곰이 생각해 보니 틀린 말은 아니라는 확신이섰다.

"형수는 집에 들어오면 울면서 형에게 헤어져 달라고 애원을 한데요. 형이 이유를 물었더니 그저 살기가 싫어서라고 했데요. 형수는 아무런 불만도 없으며 그저 함께 살기 싫다는 것이 이유라고 했어요. 또 '제발 헤어져 주면 모든 것을 다 주겠다' 라고 한데요.

민태의 말을 듣다가 나는 그만하라고 했다. '시어머니가 교통사고가 나서 위독하다는데 설마 오겠지. 오면 모든 것이 밝혀지겠지. 이것들이 오기만 해 봐라. 오면 자초지종을 알아봐도 단단히 알아봐야겠다' 라고 벼르고 또 별렀다.

며느리에게 남자가 생겼다니 믿어지지가 않았다. 시골에서 자란 며느리가 세상 물정을 몰라 실수를 한 것이라고 위안을 하려 해도 너무 분했다. 그래도 가정을 지키려고 아무말도 하지 않고 가슴만 태웠을 민석이가 너무 불쌍했다. 우리 내외가 아기 때문에 다니러 갔을 때, 민석이 내외가 이상하게 대화가 없던 것을 생각하니 이제야 모든 것이 짐작되었다. 추석 때 민석이가 무언가 말을 더 하려다 그만 두는 눈치였는데 그것조차 의심이 되었다.

민태는 아버지도 알아야 한다며 작심을 한 것인지, 어제 저녁 늦게 집에 와서 아침에 출근하는 나를 얼핏 보고 말을 할 기회를 잡지 못했음인지…… 하던 이야기를 계속했다.

"형은 이혼을 대비하여 여러 가지 법률적인 문제도 상당히 알아 본 것 같아요. 간통죄는 없앤다고 하지만 아직은 있기 때문에 지금까지 정황으로도 충분히 간통죄가 성립 된데요. 저도 형과 같이 형수의 남자를 잡기 위해 밤을 새운 적이 있어요."

민석이와 민태는 그동안 마음고생이 무척 심했던 것 같았다. 나는 그것도 모르고 '잘 살겠지……' 하고 있었는데, 분함을 참지 못하여 술을 찾다가 아내가 걱정이 되어 병원으로 갔다. 입원실로 들어가려는데 안사돈이 서 있었다. 어색하게 인사를 주고받았지만 예전과는 너무 달랐다. 이전 같으면 반갑게 인사를 한다든지 아니면 교통사고가 나서 어떻게 하냐며 걱정을 하든지 했었을 텐데 그저 덤덤하게 남보듯이 고개만 까딱했다.

민태에게 들은 며느리 이야기들이 맞는지 안사돈의 행동들이 무척 어설프게 보였다. 그리고 병문안을 온다는 사람이 그것도 사돈 병문안을 온다는 사람이 음료수 한 병도 없이 빈손으로 서 있다는 것이 더욱 그러했다. 안사돈을 병실로 안내하고 아내는 안사돈 때문에 얼굴도 보지 못하고 집으로 와 버렸다. 집에 와 보니 민태가 민석이와 통화한 내용들을 전해 주었다.

며느리가 내려오지 않겠다며 실랑이를 하고 있다는 것이

었다. 난감한 일이었다. 아무리 바빠도 시어머니가 교통사고를 당했다는데, 민태가 이야기한 것을 뒷받침하고 있다는 증거였다. 민석이가 억지로 데리고 내려오는 중이라는 전화를 받고 조금은 안심을 하고 기다렸다. 민석이는 마음은 급하고 같이 가야 할 여자는 안 간다고 하고, 그래서 민태에게 수시로 전화를 하는 모양이었다.

여주 휴게소까지 와서 다투고 있다는 전갈이었다. 아내가 없으니 당장 아기 볼 사람이 없다는데…… 더구나 시어머니가 위독하다는 소식을 듣고도 내려오지 않겠다고 버티는 며느리를 두고 볼 수가 없었다. 어미도 아니라는 결론에 이르자 나도 모르게 얼굴이 화끈거리고 가슴이 답답해 왔다. 그러고 있는데 병원에 있는 아내가 흥분한 목소리로 전화를 했다.

"뭐, 이런 일이! 이런 일이 다 있지요. 참! 참! 참!"

"왜? 무슨 일인데 떨지 말고, 떨지 말고 말을 해라, 말을! 많이 아프나?"

한참 숨을 몰아쉬던 아내는 진정이 되었는지, 다시 한 번 숨을 크게 쉬었다.

"세상에, 사돈이라는 사람이…… 사돈이라는 사람이?"

아내는 또 흥분을 했는지 말이 이어지지 않았다. 나는 진정을 하고 차근차근 말을 하라고 했다. 많이 아프면 간호사를 부르라고 했다. 아내는 진정이 되었는지 말을 하기 시작했다.

"그게 아니라. 안사돈이 왔다가 삐끔 들어다 보고 간 뒤에 전화가 와서 '여보세요'라고 했더니 갑자기 '야 이 씹팔년아!' 그러잖아요. 어디 잘못 걸린 전환가 싶어 확인하니 사돈이었어요. 다시 정신을 차려 '사돈이십니까?'라고 했더니, '사돈이고 지랄이고, 이 씹팔년아!' 하고 입에 담지 못할 욕을 한참 하더니 전화를 끊었어요. 나는 아무 말도 못하고 듣다가 끊었어요. 집에 무슨 일 있어요? 아까 안사돈도 와서 그냥 보고 가는 것이 전과 다르던데."

"일은 무슨 일, 아무 일도 없다. 아무래도 사돈이 술이 과해서 전화를 잘못한 모양이다."

아내는 또 다시 바깥 사돈의 목소리가 떠올랐는지 흥분하기 시작했다.

"하이고 참, 세상에…… 마침 친구가 병문안을 와서 옆에 있었는데 친구 듣기에 민망해서 죽을 뿐 했니더. 욕을 해도 무슨 욕을 그렇게 해요? 그 사람 무식하다 생각은 했는데 그렇게 무식할 줄 몰랐니더."

"아무 생각하지 말고 치료나 잘 해라. 집에 민태와 이야기하고 있다. 조금 있다 병원에 갈 건데……."

아내는 아무것도 모르고 병원에 있는 것이다. 나도 오늘 민태에게 들어서 민석이 부부 사정을 알지만 아내가 알리는 없었다. 그런데 바깥 사돈이 집사람 전화기에 대고 욕을 하니 무슨 영문인지? 아마 며느리가 민석이와 실랑이를 하면서 친정 부모에게 전화를 한 것이라고 짐작이 되었다. 그렇지 않으면 진작부터 사돈은 모든 사태를 알고 있었음이 분명했다.

며느리가 할 말이 없으니 시어머니 때문에 이혼하겠다고 핑계를 댔을 것이고, 단순한 사돈은 딸 말만 듣고 분해서 술의 힘을 빌러 아내에게 전화질을 한 것이라 짐작이 되었다.

해는 저물어 어둠살이 끼는데 대문 소리가 났다. 민석이 내외가 도착했다. 민석이를 보자 민태가 현관문으로 가더니 들어오는 형수를 보고 소리를 질렀다.

"나가, 나가란 말이야. 무슨 낯으로 여기 와!"

나는 민태에게 형수한테 무슨 버릇이냐며 야단을 치고 며느리를 들어오라고 했다. 며느리는 인사도 하지 않고 뻘쭉하게 서 있었다.

"들어오너라."

며느리가 주춤주춤 거실로 들어오자 나는 내 서재로 들어오라며 방문을 열었다. 며느리가 내 뒤를 따라 방에 들어오자 방문을 잠갔다. 민태가 무슨 일을 저지를지 염려하는 것이 아니라 며느리에게 자초지종을 조용히 듣고 싶어서였다. 민석이는 잠긴 문을 두드리며 열라고 소리를 질렀다. 내가 문을 다시 열고 '며느리에게 할 말이 있으니 조용히 거실에서 기다려라' 하고 다시 문을 닫아 걸었다.

민석이는 내 성격을 아는 지라 방 안에서 무슨 일이라도 날지 모른다고 생각했는지 안절부절못하는 것 같았다. 그러다 내가 차분하게 조용히 하라고 하니 안심을 했는지 민태와 거실에서 우리 방에서 무슨 말이 오고 가는지 귀를 세우고 듣는 것 같았다. 민태는 사전에 나의 계획을 알기에 가만히 있었다. 며느리는 꿇어앉아 고개를 숙이고 있었다. 나는 단도직입적으로,

"민태에게 이야기 다 들었다. 다른 남자가 있어 외박을 한다는 말이 맞나?"

절대로 아니라는 말을 기대하며 한 말인데 며느리는 부정도 긍정도 하지 않았다. 그러다 한참 후에 '죄송합니다. 죄송합니다' 라는 말만 되풀이 했다. 그것은 스스로 남자가 있다는 것을 인정하는 셈이었다. '잘못을 했기 때문에 죄송한 것이고, 잘못을 한 죄는 남편이 아닌 다른 남자가 있다는 것이 아닌가?' 라는 생각에 할 말이 없었다. 그러나 다그치더라도 정말인지를 확인하고 싶었다.

"그럼 남자가 있다는 말이 맞단 말이가?"

며느리는 대답을 하지 않고 한참 앉았다가 결심을 한 듯했다.

"언젠가 한번은 뵈어야 될 것 같아서 왔습니다."

"왜? 무슨 일로?"

"……."

몇 번을 물어도 입을 굳게 다물고 열지 않았다.

"그럼, 니가 대답하지 않는 것은 남자가 있다고 인정하는 것으로 봐도 되나?"

역시 대답이 없었다. 남자가 있다는 것을 스스로 말을 하지 않으므로 인정한 것이다. 민태에게 들은 이야기가 모두 사실로 들어났다. 울화통이 치밀어 당장 물고를 내고 싶지만 억지로 참기로 했다. 법은 멀리 있고 주먹은 가까이 있는 것이다. 나중에야 어떻게 되든 성질대로 하고 싶었다. 그러나 민정이도 있는데, 잘못하여 헤어지게 해서는 안 된다는 생각이 문득 들었다. 좀 더 차분해지려고 노력했다.

"무엇이 문제로? 뭐가 잘못되어 다른 남자를 보노? 민석이에게 잘못이 있나 아니면 우리 가족에게 잘못이 있나?"

며느리는 고개를 숙이고 아무 말도 하지 않았다.

"민석이와 민정이, 우리 가족을 배신할만한 일이 도대체 뭐로? 이 모든 것이 그 남자보다 못한 이유가 뭐냐 말이다. 니 앞으로 어떻게 할 작정이로!"

며느리는 담담하게 고개를 들어 나를 보는가 싶더니 다시 고개를 숙이며 모기만한 소리로,

"헤어지고 싶어요."

참 기가 막혀 할 말이 나오지 않았다. 텔레비전 연속극에나 있을 법한 사태가 내 앞에 벌어지고 있는 것이었다.

"그래 헤어지고 싶은 이유가 뭔지 이유나 들어보자."

"그저 싫어서요. 이유는 없어요. 민석 씨 바르게 컸어요."

"그저 싫은 것이 말이 되나! 좋다고 하여 집안, 친지, 이웃들을 불러 놓고 결혼식을 할 때는 언제고 이제 와서 싫다고? 단지 싫다고 헤어진다는 말이 쉽게 나와! 내가 그렇게 편하게 생각하는 사람밖에 안 되는 사람이가? 옛날 성인들도 과부가 된 며느리를 시집보냈다는 말은 들었어도 싫어서 이혼한다는데 이혼을 시켰다는 소리는 듣지 못했다."

며느리는 조금 훌쩍 거리더니 이미 결심이 서 있는 듯, 작정을 하고 온 것 같았다. 며느리는 서재에 처음 들어와 앉으면서 '언젠가 한번은 뵈어야 하기에 왔습니다' 하고 온 이유를 분명히 밝혔다. 많은 시간이 흘러도 내가 이야기를 하고 며느리는 그저 듣기만 했다. 남자가 없다는 말을 끝까지 듣고 싶었다. 그것은 민석이는 물론 우리 가족 모두를 배신하는 것이기 때문이다. 다른 이유라면 용서가 되지만 바람을 피웠다면 용서가 될 수 없었다.

나는 너무 답답하여,

"그러면 확실하게 하자. 내가 열을 헤아릴 때까지 남자가 없다고 말을 해라. 말을 하지 않으면 남자가 있어 바람을 피웠다는 것을 인정하는 것으로 보고 방을 나가겠다."

천천히 열을 헤아렸지만 며느리는 입을 열지 않았다. 나는 방문을 박차고 나왔다. 거실에 나오니 앉아 있던 민석이가 펄떡 일어섰다. 일어서는 민석이의 뺨을 때리면서 '저것

도 계집이라고 데리고 살았나?'

얼떨결에 뺨을 맞은 민석이는 내 앞에 꿇어앉으며 머리를 조아렸다. 그러자 방에 있던 며느리가 거실로 나와 현관문 쪽으로 가고 있었다. 민태가 현관문을 막아서며 소리를 질렀다.

"뭐하는 짓이고! 도대체 뭐하는 짓인데?"

현관에 나가려는 며느리의 뒷모습을 보자 마지막일지 모른다는 예감이 들었다. 며느리의 뺨이라도 때리며 '어디 가더라도 잘 살아라!' 라고 말하고 싶었지만 당사자인 민석이에게 맡겨야 한다는 생각이 뇌리를 스쳐갔다.

며느리가 현관문을 나서자 민석이는 방으로 들어가며 소리 내어 울기 시작했다. 그렇게 가정을 지키려고 노력했는데 이렇게 되고 보니 참았던 울분을 터뜨린 것 같기도 하였다. 나와 같이 마지막이라고 생각하니 분하고 억울해서인지 알 수 없었다. 민태를 밀치고 나가는 며느리의 옆모습은 입이 더 나와 보였다. 뒤도 돌아보지 않고 신을 찾아 신더니 아무 말 없이 현관문을 나갔다. 아래층 계단으로 내려가는 발소리가 들리더니 대문 소리가 났다. 해는 지고 어둠이 짙게 깔려 사람의 얼굴을 분간할 수 없는 그믐밤이다.

민태는 큰방에 있는 나에게 와서 다리를 끌어안더니 엎드려 울었다.

"형이 불쌍해서 어째요. 가정을 지키려고 갖은 고생 다

했는데, 그런 여자는 진작 헤어져야 되요. 나와 같이 살 때 형이 부엌일까지 다 했어요. 공무원 시험공부 한다고 있는 정성 없는 정성 다 하고 밤이 늦도록 영어도 가르치고, 아빠! 우리 형 이제 어쩌지요.”

민태의 울음 섞인 푸념은 내 눈에서 눈물이 나오게 했다. 지난날을 생각하니 닭 쫓던 개 신세가 되어 더 서글펐다. 아무것도 모르고 자고 있는 민정이를 보니 더욱 눈물이 났다. 민석이는 혼자 거실에 나와 앉아 있었다. 아내가 병원에 있으니 저녁 걱정이 되었으나 우리는 밥 먹는 것도 잊어버리고 민석이의 이야기를 들었다.

“교통사고 소식을 듣고 부랴부랴 조퇴를 하고 정숙이에게 전화를 하니 신호는 가는데 받아야 말이지요. 예상은 했지만 그래도 시어머니가 교통사고가 나서 병원에 입원을 했다는데, 또 저 혼자 내려가면 아부지께서 걱정하실까 싶어 정숙이 사무실로 갔지요. 사무실에 앉아서 여직원과 노닥거리고 있었어요. 그러면서 내 전화라는 것을 알고 받지 않았던 거지요. 다짜고짜 다른 직원이 있거나 말거나 정숙이 자리로 갔지요. 나를 보더니 밖으로 나가자며 밀어내는 거예요.

지난 일은 어떻든 어머니가 교통사고를 당해서 병원에 입원 했다고 하니, 놀라기는커녕 대답도 없었어요. 그러더니 바빠서 사무실에 들어가야 한다며 돌아서는 거예요. 내가 팔을 잡고 사무실 밖으로 끌다시피 나왔지요. 그러다 병원에 같이 가자고 해도 안 간다는 말만 되풀이 하는 거예요. 다른 직원들이 창가에 서서 우리가 다투는 것을 내다보고 있어서 내 차 안으로 데리고 들어갔지요. 잠시 사무실에 가서 책상을 잠그고, 조퇴하고, 나온다며 들어간 사람이 나와야 말이지요.

1시간이 지나도 나오지 않기에 다시 사무실로 들어갔지요. 자리에 앉았다가 그제야 슬며시 일어서서 나오는 거예요. 차를 타고 오면서 지금 사귀고 있는 사람이 누구냐고 하니 이름은 밝힐 수 없다는 거예요. 그러면서 여주 휴게소까지 왔지요. 휴게소에 들어가자고 하더니 차에서 내려 다시 돌아가겠다고 하기에 또 실랑이가 벌어졌지요. 그것은 민태하고 여러 번 통화를 하던 중에 아버지도 아신다는 말을 듣고 모든 것을 포기했는지 차를 타야 말이지요. 그냥 두고 출발하려고 문을 닫으니 차 옆으로 와서 가겠다는 거예요. 아마 아부지께 무슨 할 말이 있는 듯 했어요. 그러면서 장인 장모하고 계속 통화를 하면서 울다가 웃다가 하느라 저하고는 몇 마디 못하고 집에 도착했어요.”

민석이는 무척 차분했다. 성격이 차분해서 그런지 큰일을 당하고도 그저 담담하게 이야기를 했다.

“형, 이야기해. 아빠도 아셨으니 말을 해야 돼.”

“오늘 민태 이야기를 듣고 무척 놀랐다. 짐작은 하겠는데 그동안 무슨 일이 어떻게 벌어졌기에 헤어진다는 말까지 나오는지 궁금하다."

　"아부지께서 중국 다녀오시기 전부터 정숙이는 외박을
했어요. 그러니까 공무원 발령을 받고 한 달이 채 덜 되었지
요. 부산에 부부 동반 친구 모임에도 나 혼자 갔어요. 정숙
이는 사무실 일이 바쁘다며 못 간다고 하기에 혼자 갔지요.
그 전에 저는 조금 이상하다는 것을 감지해도 '무슨 일이야
있겠나?' 하고 의심을 하지 않았는데 외박을 하고부터 의심
이 되더라고요. 공무원이 되고부터 안면 몰수 한 사람처럼
변해갔어요.

　'그러다 말겠지. 새로운 직장에서 받는 스트레스겠
지……' 라고만 생각했지요. 그런데 이상한 것은 어느 날부
터 핸드폰에 비밀번호를 걸어놓기 시작하는 거였어요. 사무
실에 비밀 때문이라고는 하는데, 남편에게까지 비밀로 할
일은 아니잖아요. 그러다 핸드폰에서 남자에게 보낸 이상한
문자들을 보게 되었지요. 의심이 가서 정숙이 차에 녹음기
를 설치했는데…… 그 때부터 민태도 알게 된 거고요."

　민태는 형의 불행을 자기의 불행으로 알고 아르바이트도
그만두고 형을 위하여 동분서주했다. 그동안 형수에게 조금
의 불만은 있었지만 형수가 다른 남자를 사귀는 나쁜 사람
이라는 것이 처음에는 믿어지지 않았다고 한다. 민석이는
민태와 상의하여 친구와 함께 정숙이의 뒤를 밟았다. 평소
정숙이와 가깝게 지내던 직장 동료를 어렵게 만나는데 성공

했다. 직장 동료는 주변 사람들을 의식하고 직장과 멀리 떨어진 곳에서 만나는 것이 좋겠다고 하여 일식집에서 만났다. 민석이는 만나는 장소에 가면서 화장품 세트를 선물로 사서 가지고 갔다. 정숙이 직장 동료는 쉽게 정숙이에 대해서 이야기해 주었다.

"정숙이가 남자를 만나는 것은 확실해요. 옆에 앉아 있기 때문에 전화하는 내용을 들어보면 무척 가까운 사이 같아요. 처음에는 남편인 줄 알았는데 전화 내용에 '남편이 알면 어때?' 하는 말을 듣고 남자 친구인줄 알았어요. 가끔 사무실 앞에 와서 기다리는 것도 봤어요. 알고 보니 그 사람은 전에 함께 근무했던 사람으로 지금은 구청에 근무해요."

민석이는 정숙이의 직장 동료가 이야기 하는 것을 MP3로 몰래 녹음을 했다.

"그 남자 이름과 나이를 알 수 있을까요?"

"곤란해요. 혹시 정숙이가 알면 고자질했다고 복수를 할지 모르잖아요. 정숙이는 알고 보면 무서운 여자예요. 겉으로는 허허실실 해도 안으로는 이를 갈고 있는 여자 같아요."

직장 동료는 정숙이와 가까우면서 조금은 껄끄러운 그런 사이인 것 같았다.

"이왕 말이 나왔으니 할 말은 다하도록 하지요. 나중에 나를 원망하면 안돼요. 정숙이가 사귀는 남자, 아이가 둘 있는 유부남이에요. 아마 정숙이가 매달리는 것 같더라고요. 원래 고향은 전라도 어디 시골인데 서울에서 대학을 졸업했다고 해요. 전에 같이 근무할 때 이야기하는 것을 보면 첫 번째 부인과 5년 정도 살다가 합의 이혼을 하고 아이들은 시골 부모님이 키우는 것으로 알고 있어요. 그 사람 여자 직원들에게도 싹싹하고 말을 잘하여 아무에게나 스스럼없이 대하곤 했어요. 이혼한 것이 무슨 자랑인양 떠들고 다녔어요."

"혹시 어디 사는지?"

"사무실에 가서 조회를 해보면 알 수 있을 것 같은데, 함부로 남의 신원을 조회하면 안돼요. 조회하면 조회했다는 기록이 남거든요. 정숙이가 전화하는 내용을 들어 보니 은평구 어디에 있는 아파트 같더라구요."

정숙이의 직장 동료인 이 여자는 평소 정숙이의 말을 들어 보면 결혼을 하여 아이가 있는 아주머니였다. 서울에서 자라긴 했지만 집이 가난하여 야간으로 다니는 실업계 고등학교를 졸업했고 임시직으로 사무실에서 일을 하다 기능직으로 전환한 여직원이다. 이야기를 해보니 무척 순수해 보여서 자존심을 건드리지 않고 높여 준다면 알고 있는 이야기는 숨김없이 해 줄 것 같았다. 지금까지 얻은 정보들이 정확할지는 나중의 문제였다. 그것은 상세히 알아보면 밝혀질 일들이기 때문이다. 되도록 정중하게 있는 성의를 다하여 극진히 대접을 했다. 그리고 고맙다고 고개 숙여 인사를 했다.

이제 남은 일은 그 남자가 사는 아파트를 찾는 일이다. 은평구에 있는 수많은 아파트들 중 구청에서 가까운 아파트부터 우편함을 뒤지기로 했다. 남자의 이름을 알고 직장을 아는데 찾는 것은 시간 문제였다. 민태는 대담하게 구청에 전화를 해서 그 남자를 찾았다. 여자가 바꾸어 주는 남자의 음성은 무게가 없는 출랑대는 목소리였다. 목소리를 들으면 그 사람의 성격을 조금은 알 수 있다. 민석이가 말하던 대로 전라도 사투리가 섞여 있었다.

"구청 주차장에서 접촉 사고를 냈는데 자동차에 적혀 있는 전화번호를 보고 전화를 했습니다. 자동차 뒷번호가 3575 맞지요?"

"아닌데요. 저 자동차는 8461인데요."

"그러면 차 종류가 쏘나타 아닌가요?"

"아반떼인데요."

"아 죄송합니다. 제가 잘못 알았습니다."

민태의 계획은 맞아 떨어졌다. 주차장을 살펴보니 부속 건물 뒤에 세워진 아반떼 8461을 발견할 수 있었다. 자동차 번호를 수첩에 적어 놓고 사진기를 꺼내어 사진을 찍었다. 옆에서 자동차를 주차시키던 사람이 이상하다는 듯 고개를 갸우뚱거려 재빨리 건물을 빠져 나왔다.

민석이는 민태가 그 남자의 차종과 번호를 알아냈다는

연락을 받고 퇴근하는 즉시 친구와 함께 구청 정문으로 갔다. 민석이 자동차에는 MP3와 사진기가 핸드브레이크 옆 수납장에 들어 있었다. 퇴근 시간은 아직 40분이나 남아 있었다. 조퇴나 출장이 아니면 사무실에 있을 것이다. 야근을 하지 않는다면 6시 전후에 정문을 통과할 것이고 그렇게 되면 그 남자 자동차를 따라가는 일만 남아 있는 것이다. 그런데 6시가 지나고 7시가 되어도 그런 자동차는 나타나지 않았다. 민태가 말해주던 자동차 번호를 한 번 더 확인해 봐도 8461이 맞았다. 8시가 가까워지자 민석이는 친구에게 주차장을 둘러보라고 했다.

"니가 주차장에 간 사이라도 그 자동차가 나타나면 나는 따라 가야 되니까 그리 알아라."

한참 후에 주차장을 살피러 갔던 친구가 힘없이 걸어오는 것이 보였다.

"지하 주차장까지 찾아봤는데 없어. 벌써 나간 것 같아. 오늘은 그만 가자."

"우리가 오기 전에 나간 것이 분명해. 민태하고 통화하고 바로 나간 것이 아닐까?"

"오늘은 일단 포기하고 다음에 오자."

며느리는 일주일에 한 번 아니면 두 번 정도 집에 와서 잤다. 보통 때는 집에 들어와서 옷만 갈아입고 나가는데, 어디서 누구와 자는 지 알 수 없었다. 찜질방에서 잔다고 했는데 거짓말이라고 했다. 신혼부부인데 집에 들어오지 않는다는 것은 다른 무엇으로도 이해가 되지 않았다. 직장에서 퇴근을 하고 어디로 가는지 뒤를 밟아 보려고 해도 민석이 자동차를 알고 있으니 그러지도 못하고 있었다.

다음날은 민석이가 대학원 수업이 있어 구청 주차장에 가지 못하고 민태가 민석이 친구를 데리고 일찌감치 가서 기다렸다. 주차장을 둘러보니 차가 주차되어 있었다. 퇴근 시간까지 2시간이나 남아 있었지만 정문에서 한시도 눈을 뗄 수 없었다. 정문이 보이는 곳에는 자동차를 세울 만한 곳이 없어 가게 앞에 세웠더니 가게 주인이 차를 치워 달라고 하여 몇 번 옆으로 비켰다 그 자리에 다시 와서 주차하는 것 외에는 정문을 바라보며 차에서 기다렸다. 퇴근 시간이 조금 지나자 민태가 그 남자 차를 먼저 발견했다.

"형, 그 차 나온다. 따라가자."

민태는 민석이보다 운전을 잘 했다. 아반떼는 바로 8차선 큰 도로로 나와서 쏜살같이 달렸다. 저 멀리서 자동차 꼬리가 보여 힘껏 밟았다. 여러 개의 신호등을 지나자 또 신호등이 나왔다. 앞서 가던 그 남자는 신호에 걸리지 않고 통과했는데 민태 차는 걸리고 만 것이다. 앞서 가던 차는 브레이크 불빛만 남긴 체 자취도 없이 사라져 버렸다. 서쪽으로 난 도로를 가던 중이라 저녁 햇빛이 앞 유리창에 직선으로 비쳐 눈을 뜰 수가 없었다.

　며칠 후 민석이는 아예 날을 잡았다. 이번에는 양면 작전을 편 것이다. 민석이는 그 남자의 차를 따라가고 민태는 형수가 퇴근하는 것을 기다렸다가 따라가기로 한 것이다. 심부름 센터에 알아봤더니 하루에 30만 원이라는 엄청난 금액을 달라고 하여 렌터카를 빌려서 직접 따라 나선 것이다. 퇴근 시간 1시간 전에 정문 앞에서 기다렸다.

　민태가 빌린 렌트카는 다행히 검은 선팅이 되어 있어 밖에서 차안을 들여다 볼 수 없게 되어 있었다. 민태가 2시간 정도 기다렸을 때 다른 사람들이 모두 퇴근한 뒤, 마지막으로 정숙이가 사무실에서 나오더니 자기 자동차인 붉은 색 마티즈로 다가가 차 문을 열고 타더라는 것이다. 민태는 그 때 일을 이렇게 설명했다.

　"형수는 바쁘게 자동차 시동을 걸더니 후진을 하다가 정원수에 뒤 범퍼가 부딪히는 것도 모르고 정문을 빠져 나오는 거예요. 나도 서서히 따라 갔지요. 형 집이 아닌 쪽 큰 도로로 달리더니 갑자기 유턴을 하는 거예요. 거기는 유턴 지역도 아닌데 말이에요. 당황한 나도 유턴을 했지요. 이번에는 3차선으로 가던 차가 갑자기 1차선으로 들어가는가 하면 1차선으로 가던 차가 3차선으로 들어가는 지그재그 운전을 하는 거예요.

　나는 그제야 알았지요. '처음부터 내가 기다리는 것을 알고 있었구나. 화장실에 가느라고 렌터카 문을 열고 한 번 나왔는데 그 때 마침 본 것이 아닌가?’ 하고 후회했지만 때는 늦은 뒤라.”

민석이는 퇴근 시간보다 1시간 일찍 정문이 바라보이는 곳에서 기다렸다.

“기다린 지 얼마 되지 않아 그 남자의 차가 정문을 나오는 거예요. 내 눈을 의심했지요. 조금만 늦게 가도 놓칠 뻔했지요. 퇴근 시간은 아직 1시간이나 남았는데 도망가는 것인지? 조퇴를 한 것인지? 출장을 가는 것인지는 알 수 없지만 일찍 나와 주니 반가웠지요. 정문을 나온 차는 골목을 빠져 나가 2차선 도로로 나가더니 구청 맞은 편 도로로 진입을 하기에 저도 따라갔지요. 뒤를 바짝 따라가도 내가 누구인지 모르니 눈치를 챌 리가 없지요.

한 20분 정도 따라가니 어느 아파트 입구에 들어서는 거예요. 옳다 싶어 아파트 정문에 멈추어 서서 어느 동으로 들어가나 지켜봤지요. C동 앞에 서서 빈자리를 찾더니 차를 세웠어요. 내가 막 뒤따라가서 자동차를 세우려는데 빈자리가 있어야 말이지요. 아무렇게나 세우고 그 남자가 들어간 입구에 가니 어디로 갔는지 없어졌어요. 우편함이 보이길래 그 남자 이름으로 온 우편물 찾았더니 805호에 사는 거예요. 아파트로 올라가서 그 집을 확인했지요. 확실히 맞아요.”

민석이는 흥분해서 말도 제대로 못하더니 잠시 후 냉정

을 되찾은 것 같았다.

"나는 너들이 그런 고생을 하는 것도 모르고 있었다."

"형이 아빠한테 말하지 말라고 해서"

"아부지 알면, 당장 서울 올라올 텐데……."

민석이는 나를 보며 동의를 구했다. 나는 천장을 쳐다보며 아무 말도 하지 않았다. 남의 일 같으면 스릴이 넘친다고 웃기나 하지. 내 일이니 참담하다는 표현이 맞는 것 같았다. 서울에서 잘 살고 있겠거니 했는데…… 이게 무슨 날벼락이란 말인가?

민석이는 냉정을 되찾았는지 고개를 숙이고 있다가,

"이제는 현장을 잡는 일만 남았어요. 찾아서 간통죄로 고소할 거예요."

나는 민석이와 민태를 보며 진심으로 말렸다.

"그만 둬라! 불륜 현장을 잡거나 간통죄로 고소한다고 해도 집안 망신만 당한다. 며느리가 구속되어 징역을 산다 해서 뭐가 그리 시원한 구석이 있노? 분하고 원통함이야 이루 말로 할 수 없지만……."

다른 남자가 생겨 떠나려는 사람을 억지로 잡는다고 주저앉을 여자가 아니었다. 입이 나오고, 눈이 작고, 선웃음까지 치는 것을 보면 고집쟁이며 거짓말쟁이고, 허풍쟁이인 것이다. 진작 눈치 챘으면서, 결혼한다고 할 때 왜 말리지 못했는지 이제 와서 후회가 되었다. 하기야 남녀가 서로 좋아 만나서 결혼을 한다는데 부모가 말려서 될 일이 아니다. 옛날 같으면 부모가 자식의 짝을 정해 주지만 이제는 자기가 자기의 짝을 찾는 세상인데 부모가 말리면 오히려 부모와 남이 되는 집들을 본 적이 있다.

어떤 집은 부모가 자식들의 결혼을 반대하다가 자식이 자살을 하는 것을 본 적도 있었다. 민석이도 처음에는 눈이 뒤집혀 있었는데 아무리 엄한 아버지이지만 결혼을 말렸다면 민석이가 과연 내 말을 들어 주었을까? 며느리를 맞아들이고 4년이 되어 가지만 며느리에 대한 사랑은 변함이 없었다. 신혼여행을 다녀와서 큰절을 하는 며느리를 보면서 내 생에 최고의 기쁜 날이라 마음껏 웃었었다. 그리고 집안이 화목하기를 조상님께 빌었다. 그리고 손자, 손녀 총명하기를 간절히 빌었던 적이 있었다.

혼인 신고를 하기 위하여 본적지에 가는 내 발걸음은 허공을 나는 것 같았다. 며느리 도장을 새겨서 들고, 혼인신고서 용지에 글씨를 쓰면서 너무 흥분하여 몇 번을 다시 썼는지 모른다. 그러다 족보를 한다기에 훌륭한 며느리가 생겼다며 얼마나 자랑을 했던가? 별다른 추억이 없던 며느리, 있다면 원주 치악산에서 묵었던 기억 정도였다.

원주 치악산 콘도를 예약했다는 민석이의 전화를 받고 아내는 음식 준비부터 했다. 민석이네 부부와 민태는 서울에서 치악산으로 내려오고, 우리는 집에서 중앙고속도로를 타고 올라갔다. 예약한 콘도에 도착하니 민석이네와 민태는 이미 와서 기다리고 있었다. 콘도는 생각보다 크고 좋았다. 여섯 식구가 머물기에는 불편함이 없었다. 짐을 내려놓고 시간이 조금 있어서 치악산을 조금 올라가기로 했다.

구룡사라는 절이 있어 사천왕문 앞에서 사진을 찍었다. 또 대웅전 앞에서 우리 가족이 모두 서서 찍고, 민석이와 며느리가 아기를 안고 찍었다. 구룡사를 구경하면서 법당에 들어가 가족의 건강과 행운을 기원하고 나오던 아내는,

"다음에 이 절에 올 때는 민정이도 커서 혼자 걷겠지. 그 때는 민태도 결혼하고, 우리 가족이 많아서 좋겠다. 그 때 꼭 오자."

치악산 입구에 구룡소라는 맑은 물이 고여 있는 소가 있었다. 소 위로 철다리가 놓여 있어서 다리 위에서 구룡소로 동전을 던졌다. 동전을 던지면 소원이 이루어진다고 하여 던진 것이다. 아내가 먼저 100원짜리 동전을 던졌다. 민석이도 던지고, 며느리도 던졌다. 무슨 소원을 빌었는지 알 수는 없지만 모두 소원을 실어 동전을 던졌다.

숲속으로 걸어가니 원주문인협회에서 시화를 걸어 놓아 운치가 있었다. 시를 읽으며 낙엽을 밟는 소리를 듣는 것은 무척 오랜만이다. 시를 읽고 있는데 며느리가 내 옆으로 왔다.

"나는 이제 늙어서 낙엽과 같아 미래가 없다. 너희들은

한창 필 나이이니 오순도순 싸우지 말고 예쁘게 살아라!"

머느리도 시를 읽으며 왔는지 감상에 젖어 있었다.

"아버님, 무슨 말씀을요. 아직은 우리가 살기에 바빠서 잘 해 드리지 못했는데…… 다음에 아버님과 어머님께 잘 해 드릴께요. 민석 씨는 맨날 술만 취하면 부모님께 잘 해 드리지 못해 죄송하다며 푸념을 해요."

"그래, 말이라도 고맙다. 나야 너희들 잘 되는 거 보는 것이 낙이 아니겠나? 살다가 보면 어려운 일도 많고 짜증나는 일도 많을 게다. 때로는 일탈을 하고 싶을 때도 있을 것이고 그럴 때마다 나를 다스리는 것은 나 뿐이라는 것을 알아야 한다."

한 시간 정도 산을 오르다가 그만 하산을 하기로 했다. 시간으로 봐서 어둡기 전에 콘도에 가기 위해서이다. 민정이는 아내가 안고 올라가다 민석이가 안고 올라가기도 하고, 며느리가 안고 올라갔다. 내려오는 길에 막걸리와 파전, 감자전을 파는 집들이 있어 우리 가족은 야외 식탁에 빙 둘러 앉았다. 막걸리를 한잔 씩 부어 들고 짙어가는 가을을 마셨다.

1박 2일 코스이므로 하룻밤을 자고 나면 또다시 일터로 뿔뿔이 흩어져야 한다. 콘도에서도 며느리는 주방 일에 취미가 없는 선머슴 같은 행동을 했다. 그런데도 아기는 안고 어르는 것이 전혀 어색하지 않았다. 민석이와 민태는 밤이 늦도록 이야기꽃을 피웠다. 자다가 일어나 내가 합석을 하자 아내도 일어났다. 며느리는 피곤한지 방에서 민정이를 안고 자고 있었다.

구룡사에서 사진을 찍고, 산을 오르며 며느리와 다정하게 이야기한 것은 처음이자 마지막이었다. 며느리가 식구들과 잘 어울리고 민정이를 보살피는 모습은 나와 며느리와의 추억들 중 가장 큰 추억이 아닌가 싶다.

라면을 끓여 먹고 병원에 가니 아내는 집에서 무슨 일이 벌어졌는지 모르고 있다가 내가 병실에 들어서자 눈물을 글썽이며 사돈과 통화 내용을 또 이야기 했다. 전화가 온 것은 시간으로 봐서 민석이 부부가 여주 휴게소에서 다투고 난 후 정도라고 생각되었다.

"병문안 온 친구가 있어 사고 경위를 이야기하고 있는데 갑자기 핸드폰이 울리더니 '야, 이 씹팔년아!' 다짜고짜 외마디 소리가 들리잖아요."

아내가 흥분하여 이야기를 반복하려고 하자 나는 그만 두라고 했다. 아내를 진정시키고 집에서 있었던 이야기를 대강 전했다. 내 말을 듣던 아내는 눈물을 흘리며,

"어쩜, 그 애비에 그 자식이라더니……"

길게 푸념을 하려는 아내의 말을 다 들을 수가 없었던 나는 '집이 어수선 하니 조금 아프더라도 퇴원을 했으면 좋겠다마는……' 하고 말을 흐리자 아내는 눈물만 흘렸다.

아내는 손녀가 걱정되어 다음날 아픈 몸을 이끌고 퇴원

을 했다. 보험회사에서는 퇴원 후 문제가 발생해도 이의를
제기하지 않겠다는 합의서에 도장을 찍으라는 요구대로 서
류에 도장을 찍어 주었다.

아내가 집에 와서 세수를 하려고 하는데 전화벨이 울렸다.
수화기를 든 아내는 얼굴이 노래져서 무슨 징그러운 벌레를
만진 사람처럼 나에게 던지다시피 전화기를 건네주었다.

"바깥사돈인데 또 욕설을 하니 더."

수화기를 건네받으며 마음을 진정시켰다. 같이 욕을 하
면 같아지는 것이니 차근차근 말하리라 작정을 하고 수화기
를 귀에 대었다. 내가 먼저 말을 했다.

"사돈입니까? 그동안 별고 없으시고요. 아이들이 왜 저렇
게 시끄러운지 모르겠습니다. 어떻게 해서든 살게 해야지
요. 사돈이나 저나 부모 된 입장에서 정말 난처합니다."

사돈은 나의 사근사근한 목소리에 질렸는지 목소리를 가
다듬고 조금 전에 욕설을 한 사람답지 않게 고분고분했다.

"참 걱정입니다. 잠이 오지 않아요. 어제는 서울에서 내
려 왔다는데 집에 오지도 않고 지 오빠차를 타고 서울로 갔
어요. 사돈요 가가 바람피운 것이 맞다고 생각합니꺼."

아마 집에서 있었던 이야기를 들은 것 같았다. 나는 바람
을 피웠다 해도 믿지 않는다고 대답을 했다. 어떻게 하든지
헤어지지 말고 살도록 해야 한다고 했다. 사돈이 왜 아내에
게 욕을 했는지 따지지 않았다. 지켜 볼 필요가 있기 때문이

다. 바깥사돈이 아내에게 심한 욕을 했으니 사돈 간에 금이 가도 한참 갔지만 지켜볼 필요는 있었다.

바람을 피우고도 시어머니가 구박을 해서 못살겠다고 울고불고 하니 친정아버지는 딸의 말을 믿었을 것이다. 사돈은 분함을 참지 못해 또 욕을 하려다가 내가 평소와 같이, 아니 평소보다 더 예의를 갖추어 말을 하니 태도가 바뀐 것이다. 나도 사돈의 행동으로 보아 맞대놓고 욕을 하고 싶지만 그렇게 되면 모든 것이 끝이 나기에, 분하기는 하지만 참는 것이 이 사태를 좋은 방향으로 해결하는데 도움이 될 것이라 판단을 한 것이다.

나는 민석이 말을 믿고 민석이가 옳다고 하듯 사돈도 정숙이 말을 믿고 정숙이가 옳다고 하는 것이다. 서로 자기 자식을 나무라야 될 텐데 그러지 못하는 것이 사돈 간의 싸움으로 번지게 되는 것이다. 안사돈이 딸 자랑을 할 때 아내가 아들 자랑을 하지 않았던 것은 잘 한 일이었다. 이제 생각하니 아들 자랑을 해서 맞불을 놓았더라면 좋았을 일이었다. 그러나 그것은 두 사람의 근본 문제를 해결하는데 도움이 되지는 않을 것이다.

근본적으로 사위보다 딸이 잘났다는 데서 며느리보다 아들이 잘 났다는 데서, 출발하는 생각을 고쳤어야 했던 것이다. 이 사태도 사돈끼리 싸움이 되지 않게 하기 위해서 내가 참고 참는 것이다. 잠이 오지 않았다. 민석이도 민태도 어제

저녁에 서울로 올라갔다. 나는 큰 걱정이 생기면 글로 써 두
는 습관이 있어 생각나는 대로 쓰기 시작했다.

　이 배신을 무엇으로 답할 것인가? 참 괘씸한 일이다.
배신도 이런 배신은 없다. 어떻게 보면 모두가 내 죄이
다. 내 부덕의 소치이다. 그러나 며느리와 나는 가슴 아
픈 추억도 웃음도 눈물도 없다. 그저 그렇게 무덤덤하
게 지내왔을 뿐이다. 돌이켜 보면 시집오고 첫날 아침,
일생에 한번 뿐인 문안 인사를 받지 못했다. 갖추지 못
한 예의에 자식이니 섭섭하지만 용서가 되었다. 어렵게
구한 전셋집을 시동생과 함께 살겠다고 했지만 몇 개월
도 살지 못하고 시동생을 내 보내야 한다며 야단법석을
피웠다. 그 때도 나는 화 한 번 내지 않았었다.
　서울에 가서 아침을 못 얻어먹었을 때(아침도 하지 않고
직장에 간다며 나가버림)에도 웃음으로 넘겨버렸다. ‘며느
리니까 예쁘고, 버릇이 없어도 나아지겠지’ 하며 좋은
점만 보려고 노력했었다. 공무원시험, 그 시험에 합격
하라고 조상님께 얼마나 빌었던가? 합격하고 얼마나
대견해 하며 기뻐했던가? 인터넷을 뒤져 확인하고 또
하고, 자랑하고 또 하고, 우리 며느리 공무원시험에 합
격 했다고, 어머님 임종 때도 서류를 낸다기에 보내주
었다.

가끔 집에 와서 마음대로 친정에 가도, 친구를 만나러 가도, 웃음으로 보내주었다. 사돈네도 자주 만나 음식을 대접하며 참한 딸 주어서 고맙다며 고개를 숙였다. 그 때마다 안사돈은 딸 자랑에 여념이 없었다. 어디가 잘못되어도 많이 잘못되었다며 한숨을 쉬어도 속으로 쉬고 말았다.

공무원 아파트에 들어갈 때, 없는 돈 빚을 얻어 보태어 주었다. 자식 주는 것이 무에 그리 아깝냐며 즐겁게 빚을 얻었었다. 잘 살라고 주었더니 이게 무슨 날벼락인가? 이것은 철저한 배신이다. 사람으로 해서는 안 될 일을 서슴없이 하고도 뻔뻔한 얼굴을 들이밀었으니 참기가 막히는 일이다. 아닐 거라고 고개를 내저었었는데 그 상상들이 현실이라니 차라리 죽고 싶은 심정이다.

혼인신고서에 잉크도 마르기 전에 이혼 소송을 해야 한다니 막막할 뿐이다. 아버님! 그 여자가 왔습니다. 죽이고 싶도록 미운 사람은 이런 사람이 아닌가 싶습니다. 그 여자는 남편과 가족을 배신하고, 바람을 피우고도 뻔뻔스럽게 내 앞에 나타난 것입니다. '한 번이라도 보는 것이 도리가 아닌가 싶어서' 왔답니다. 어제저녁에도 훗서방에게 문자를 보내고 그러고 왔답니다.

저는 택하라고 했습니다. 내 아들놈을 택하든지? 훗서방을 택하든지? 그 여자는 끝까지 말이 없었습니다.

'말이 없다는 것은 훗서방을 택한 것으로 알겠다' 라고
해도 말이 전혀 없습니다. 아들놈에게 미련을 버리라
했습니다. 저런 년도 계집이라고 같이 살았느냐고 아들
에게 화를 냈습니다. 그래도 정때문인지 다른 곳에 가
더라도 잘 살라고 했습니다. 그년은 갔습니다. 우리 집
귀신이 될 사람은 아닙니다. 이제 나쁜 추억들만 떠 올
려야 합니다. 그래야 정을 떼지요. 참 분하고 원통합니
다. 내가 내 여자에게 배신을 당한 것보다 더 분하고
원통합니다. 그냥 저년을 간통죄로 처넣고 싶습니다.
그리하여 그동안 남편을 폭행하고 시부모를 학대한 일
들을 법의 심판을 받도록 하고 싶습니다.

살아라! 그래도 살아야지!

며느리가 집에 와서 그렇게 배신하고 시어머니가 입원한 병원에 가보지도 않고 서울로 간 후 아무런 소식이 없었다. 민석이도 전화 한 통을 하지 않았다. '부부싸움으로 끝나겠지' 하고 잊으려 했지만 온통 며느리에 대한 원망뿐이었다. 며느리에게 마지막으로 '민석이와 해결하라' 라고 했으니 궁금하기는 해도 부부간에 해결하는 것이 좋을 듯하다는 생각이었다.

가끔 들려오는 민태의 소식은 내가 바라던 좋은 쪽으로 가는 기미는 보이지 않았다. 점점 나쁜 방향으로 가고 있었다. 민석이가 전화를 했다.

"아부지 이제 됐어요. 정숙이 이제 죽었어요."

"죽다니…… 야, 야."

"그 남자 아파트에 숨어 있는 사진을 찍었어요. 민태하고 둘이서 며칠 동안 망을 봤는데 드디어 잡았어요.”

“잡다니, 현장이라도 잡았다는 말이라.”

“현장을 잡은 거나 같아요. 그 남자 아파트 출입문으로 정숙이가 무엇인가 들고 들어가는 것을 보고 조금 기다렸어요. 파출소 순경을 입회시키려고 신고를 했는데 순경이 한 시간이나 늦게 왔어요. 순경하고 805호 문 앞에 가서 문을 두드렸더니 문을 열어 주었어야 말이지요. 순경은 체포 영장이 없으면 들어갈 수 없다고 하여 그냥 나오려고 하다 민태가 벨을 눌리며 협박을 한 거예요.

'지금 체포영장을 가지고 왔으니 문을 안 열면 열쇠수리공을 데리고 와서 강제로 열겠다' 라고 했어요. 그랬더니 잠시 후에 문이 열렸어요. 아파트 안에 들어가니 정숙이는 어디 갔는지 없었어요. 잘못 짚었나 싶어 입장이 난처했지요. 분명히 한 시간 전에 들어가는 것을 보았는데 말이지요. 그 남자는 태연히 무슨 일이냐며 대들고, 분명히 차를 몰고 가던 그 사람이 맞는데 말이지요. 그 아파트는 방이 2개 있고, 거실 겸 부엌이 있었는데 화장실 말고 특이하게 다용도실도 있었어요.

민태가 다용도 실 문을 열려고 하니 문이 잠겨 있었어요. 그 남자를 보고 열라고 하니 원래 잠겨 있는, 쓰지 않는 방이라 문이 고장 나서 못 연다고 하잖아요. 그러면서 무슨 자격으로 남의 집 방문을 함부로 열라고 하느냐며 대들었어요.

이번에는 제가 화가 나서 그 남자 멱살을 잡았지요. 순경이 옆에서 말렸어요. 민태가 순경을 보고 가라고 소리를 질렀지요. 현장을 잡으러 온 순경이 왜 그 모양이냐며 몰아세운 거예요. 그런 사이에 민태가 화가 나서 그 문을 발로 찼어요.

그 남자는 벌벌 떨며 순경을 보고 이 사람들 나쁜 사람들이니 잡아 가라며 도리어 난리를 피웠어요. 그러자 민태가 주머니칼을 꺼내어 문손잡이 사이로 넣어서 흔드니 문이 열렸어요. 그 속에 정숙이가 쪼그리고 앉아 있는 거예요. 쪼그려 앉아 있는 정숙이를 보니 화가 나서 죽도록 패주고 싶었어요.

냉정을 찾아야 된다며 속으로 몇 번 다짐을 하고 있는데 민태가 정숙이를 보고 나오라며 소리를 지르다가 사진을 찍었어요. 정숙이는 모든 것이 끝났다 싶었는지 맘대로 하라며 쪼그리고 앉아서 나오지 않았어요. 저는 그 남자에게 경고를 했지요. 너희 두 사람 징역 살 줄 알아라.”

민석이 이야기를 듣다 보니 가슴이 떨려서 말이 나오지 않았다. 예상은 했지만 태연한 척을 했다.

“야야, 그만 두라고 했잖아.”

“아니요. 너무 늦었어요. 다시 시작한다 해도 도저히 용서할 수 없어요. 한 번 배신한 여자, 어떻게 같이 살아요. 아부지 같으면 살겠어요?”

민석이의 의지는 단호했다. 내가 끼어들 틈이 없었다. 내가 끼어든다고 될 일이 아닌 듯 했다. 민석이 부부는 너무 멀리 가버린 것 같았다. 이 상처를 치유하는 방법은 어느 한쪽이, 아니 원인을 제공한 며느리가 엎드려 빌고 또 빌어야 될 일인 것이다.

며느리에게 '살아야 한다고…… 지금까지 모든 일은 없었던 것으로 민석이와 이야기를 했다고……' 전화를 하고 싶었다. 며느리의 핸드폰 번호는 가족 번호에 입력되어 있었다. 몇 번을 누를까, 말까 망설이다 전화를 했다.

며느리는 전화를 받지 않았다. 신호는 가는데 받지 않는 것이 분명했다. '그러면 하는 수 없지. 사무실에 전화를 하는 수밖에…… 통화를 해야겠다' 라는 다급한 마음에 사무실로 전화를 했더니 여자 목소리가 들렸다.

"박정숙 씨 있으면 바꾸어 주세요."

전화를 받는 여자는 한참을 머뭇거렸다. 그러다 '없다' 고 했다. 자리에 있어도 바꾸어 줄까, 어떻게 할까를 이야기하느라 지체되는 듯 했다.

"그러면 지점장님 좀 바꾸어 주세요."

또 한참 후 머뭇거리더니 지점장도 없다고 했다. 이번에는 내가 한 수 더 떠서,

"그러면 지점장님 핸드폰 번호를 가르쳐 주세요. 저는 박정숙이 시아버지 되는 사람입니다."

시아버지라는 것은 알고 있겠지만 '내가 시아버지' 라고

말을 하자 조금 있다 지점장을 바꾸어 주었다. 지점장을 바꾸어 달라고는 했지만 막상 전화를 받자 마땅히 할 말이 없었다. 그렇다고 며느리가 바람을 피우니 말려달라고 할 수는 없는 일이었다.

지점장과 인사를 하고 '박정숙이 시아버지 되는 사람인데 아직 일이 서투르니 잘 봐 달라' 하고는 전화를 끊었다. 내가 지점장과 통화를 한 것은 며느리가 전화를 받지 않는 데 대한 앙갚음으로 겁을 주기 위함이었다. 그러니 긴 통화를 할 수 없었다.

한참 후 며느리에게서 전화가 걸려 왔다. 다 죽어가는 목소리로 인사도 없이 변명을 했다.

"화장실에 갔다 오니 전화가 와 있더라고요."

옆에 있었다는 것을 다 알지만 변명을 하며 전화를 하는데 차마 화를 낼 수가 없었다.

"지난번 집에 왔을 때는 힘들었을 줄 안다. 지금까지 있었던 일들은 없었던 걸로 민석이하고 이야기했다. 무슨 일이 있어도 민석이와 헤어져서는 안 된다. 너도 그동안 많이 생각했을 줄 안다."

며느리는 한참 생각하는 듯하더니 '아버님, 내일 대답하면 안 될까요.'

"그래, 잘 생각하거라. 좋은 대답 기대할게."

다음날 사무실에서 회의를 하는데 전화가 걸려 왔었다.

사무실을 나와 차 안에서 녹음기를 틀었다. 녹음을 해야 될 것 같은 예감이 들었다. 사돈과 이야기할 때부터 녹음을 했었다. 이제는 녹음하는 것이 습관이 되어 있었다.

이혼의 이유에 대해 한참을 생각하더니,

"술을 먹으면 주사가 있어요……."

"너 그 집 내 돈으로 얻어 준 것은 알고 있지?"

"네! 알고 있어요."

통화가 끝나고 뒤뜰을 서성이기를 수 십 분, 주변의 풍경이 아무것도 눈에 들어오지 않았다. 걸음을 걸어도 발이 땅에 닿는지 안 닿는지 허공에 뜬 것 같았다. 주머니에 든 핸드폰만 만지작거리며 마음을 진정시키려고 애썼다. 이것들을 어떻게 한다. 일이 손에 잡히지 않았다. 일을 하다가도 며느리만 생각하면 이가 갈리었다. 내가 얼마나 이뻐했는데, 어떤 시아버지가 철따라 며느리 옷을 사준단 말인가? 처음 맞은 며느리라 온갖 정성을 다 했는데, 진정 나를 배신한단 말인가? 마치 품었던 파랑새가 날아가 버린 허전함 같은 것이 밀려왔다. 사무실에 와서 자리에 앉았으나 일이 손에 잡히지 않아 녹음한 것을 기록했다.

며느리: 결정한 대로, 제가 뭐라고 결정해 주고 죄송한 거 아는데…… 저 힘들 것 같고, 그래서 힘들겠지만 저는 끝내는 쪽으로 결정을 내렸거든요.

시아버지: 응, 그래!

며느리: 잘된 생각인지 모르겠어요. 저는…….

시아버지: 그러면 끝내는 이유가 뭐라고 생각하나?

며느리: 지금은 뭐라고 말씀드려야 되나요?

시아버지: 사람은 어떤 일이 있으면 이유가 있지?

며느리: 민석 씨한테 이야기 많이 들으셨을 텐데 저는 시끄럽게 하고 싶지 않았어요. 도련님도 아버님도 어떻게 제 꼴을 보시겠어요.

시아버지: 민석이 이야기 중에 맞는 것이 있나?

며느리: 아무 말도 하지 않으려고요. 예기 하다 보면 안 좋은 이야기가 많이 나올 것 같거든요. 민석 씨와 사는 것이지 아버님과 사는 것은 아니잖아요.

시아버지: 민석이 얘기를 믿어도 되나?

며느리: 아버님 마음대로 저는 그냥 가만히 있었을 뿐인데요.

시아버지: 전번에도 이야기 했듯이 네가 섭섭하게 한 것은 전화 안 받는 거뿐이다. 나는 직접 너한테 이야기를 듣고 싶다. 민석이하고 갈라선다 그런 이야기를 하는데…….

며느리: 민석 씨 나쁘다고 생각하지 않아요. 마음에 안 들어요. 그러면 구차한 것 같지만 하나만 말씀드릴게요. 민석 씨가 그냥 싫어요.

시아버지: 왜 싫으냐?

며느리: 상황이 싫어요. 빨리 벗어 던지고 자유롭게 살고 싶어요. 저는…….

시아버지: 그러니까 어제 그런 이야기 했지. 되도록 이면 같이 살도록 바란다고……. 어제 전화로 저녁에 결정해서 말하겠다했는데, 단지 왜 헤어지고 싶은지 알고 싶다.

며느리: 가족끼리 단합도 잘 되는데, 저 같은 게 와서…….

시아버지: 시동생도 몇 달은 잘 데리고 살았잖아.

며느리: 제가 나쁘지요. 결국 쫓아 낸 것이잖아요.

시아버지: 민석이 그 놈 뒷바라지도 잘 했지. 변함없이 헤어지는 쪽으로 결정했다고 하니 할 말은 없다. 그냥 살면 안 되겠나?

며느리: 죄송합니다.

시아버지: 그러면…… 보자, 너 그 집에서 나와야겠다. 그 집 전세 내 돈인 거 알지? 헤어지는 사람 아버지가 얻어준 집에 산다는 것도 이상하지.

며느리: 예.

시아버지: 사무실도 다른 데로 옮기는 것이 좋겠다.

며느리: 아버님. 직장만은 있게 해 주세요.

시아버지: 그것은 민석이와 해결할 일이다.

'민석 씨와 헤어지기로 했어요' 라는 며느리의 말이 귀에 남아 수시로 들렸다. 결혼을 시켰으면 별 탈 없이 아들 딸 낳고 잘 사는 것이 부모가 바라는 것인데……. 누가 효도를 하라고 강요했던가?

퇴근을 하다가 도저히 운전을 할 수 없어 길옆에 차를 세웠다. 이것은 아니다. '살아라' 라고 해 봐야겠다. 그리고 며느리가 한 말이 떠올랐다. '가족 모두가 똘똘 뭉쳐 정다운데 저는 왜 안 되는지 모르겠어요.' 이것은 나와 우리 가족 모두에게 잘못이 있었던 것 같았다. 물론 노력하지 않는 며느리도 일차적 잘못이 있다. 며느리가 시집온 이후 소외시킨 적은 한 번도 없었다. 언제나 함께 했는데 며느리 스스로 타고난, 붙임성 없는 남자 같은 성격과 게으름, 집안일을 하지 않고 밖으로 떠돌다 보니 신접살림에 재미를 붙이지 못한 것이 아닌가?

차는 어느새 고속도로로 진입하고 있었다. 며느리에게 전화를 했다. 이번에는 어쩐지 전화를 받았다.

"지금 시골에서 출발하는데 늦어도 4시간 후면 네 사무실에 도착할 것 같다. 어디 가지 말고 기다려라. 꼭 할 말이 있어 가는 길이다."

며느리는 순순히 그러겠다고 대답했다. 무언가 될 것 같은 예감이 들었다. 민석이에게 연락을 할까하다 그만 두었다. 서울에 가서 연락을 해도 늦을 것은 없다는 생각이었다.

고속도로에서 차를 운전하며 생각을 정리했다.

　모든 상황을 며느리 편에 서서 이혼하지 말라고 설득한다. 남자가 생겼다는 것은 이혼하기 위해 만든 이야기이다. 혼자 사는 옛 직장 동료 집에 갈 수도 있다. 외박은 편하게 쉬고 싶어 찜질방에 갔다. 이상한 문자는 거짓으로 보낸 것이다.

　치악 휴게소에서 메모지를 꺼내 생각을 정리했다. 휴게소에 몰려오는 사람들을 보니 걱정이 있는 것처럼 보였다. 심지어 음식을 먹는 사람들을 봐도, 화장실을 드나드는 사람들도 걱정이 있는 듯 했다. 음식을 먹고 싶은 마음이 없어졌다. 휴게소 야외 의자에 쭈그리고 앉아 메모를 하다 보니 시간이 너무 지체된 것 같아 일어섰다. 여주 휴게소를 지나자 차가 밀리기 시작했다. 4시간을 잡았는데 치악 휴게소에 머문 시간도 있고 하여 5시간이 걸려서야 며느리 사무실에 앞에 도착했다.
　며느리는 덤덤하게 사무실과 조금 떨어진 약속 장소에서 기다리고 있었다. 아무런 표정 없이 고개만 까딱 거리는 인사를 했다. 차를 세우고 가까운 식당을 찾았다. '어디 조용한 곳이 있었으면……' 하는 생각으로 이곳저곳을 찾았으나 마땅한 곳이 없었다. 며느리도 같이 찾느라 한참을 돌아

다녔다. 조용한 곳이 아니라 들어갈 만한 식당도 찾기 힘들었다.

단 둘이 식당을 찾으려고 돌아다니며 '좋은 일로, 좋은 일이 아니더라도 일상생활 속에서 며느리와 거리를 걸었다면 얼마나 행복했을까?' 라고 생각했다. 식당 앞은 마침 저녁식사 시간이라 문전성시를 이루고 있었다. 어쩔 수 없이 술꾼들이 득실거리는 고깃집에 자리가 있는 것 같아 들어갔다. 자리를 잡자마자 나는 화장실로 갔다. 대화내용을 녹음하기 위해서 스위치를 켰다. 종업원이 주문을 받으러 왔다.

주문은 했지만 음식을 봐도 입에 넣기 싫었다.

"식구들과 어울리지 못해 불편했다면 모두 내 잘못이다."

"아니에요. 제가 붙임성이 없어서 그래요."

"어찌 되었든 그 점은 내가 사과하마."

그러나 처음부터 대화는 벽에 부딪치고 말았다. 며느리는 처음부터 대화의 벽을 쌓고 있는 것 같았다.

"대화는 마음을 열고 해야 하는데 너는 지금 마음의 문을 닫고 있다."

"마음에 문을 닫을 수밖에 없지요. 이런 판국에 어떻게 마음에 문을 열겠어요?"

"맞는 말이다. 내가 말을 잘못 꺼낸 것이다. 살아라는 말을 하기 위해 어렵게 꺼낸 말인데 도리어 말이 막히는 결과가 되었다.

한참 침묵이 감돌았다. 그러다 다시 말을 이었다.

"살면 안 되겠나? 모두가 내 잘못이고 민석이 잘못이니 아무 일 없었던 것처럼 다시 시작해라."

"절대로 민석 씨와 살지 않을 작정입니다."

며느리는 단호하게 한 마디로 잘라 버렸다. '절대로 살지 않겠다' 는 것을 전제로 한 며느리의 말과 '살아라' 라고 하는 내 의도는 정면으로 부딪쳤다. 나중에 안 일이지만 며느리는 이때 벌써 민석이를 경찰에 고소한 상태였다. 저녁 7시에 시작한 대화는 자정이 넘도록 이어졌다. 마음에 어떤 한계선을 긋고 시작한 대화는 합의점을 찾을 수가 없었다. '왜 이혼을 하느냐? 이유가 뭐냐?' 하는 물음의 답은 변함이 없었다. 그저 '싫다' 는 것 뿐이었다. 아무리 말을 둘러 물어도 다른 이유는 나오지 않았다.

남자가 있는 것이 분명했다. 그렇다면 남자가 있다는 것을 확인하고 싶었다. 어떤 남자인지도 알고 싶었다.

"그래 좋다. 이혼을 하면 어떻게 할 작정이지?"

"다시 결혼해야지요."

참으로 뻔뻔스러운 말이었다. 아직은 시아버지인데, 시아버지 앞에서 이혼 후에 결혼을 하겠다니? 화를 내지 않고 다음 질문을 했다.

"사람은 천년을 살 것 같이 설계를 하지만 백년을 못산다. 오늘의 젊음이 영원하리라 보는 것은 잘못이다. 그렇게 배신하고 원수져서 어떻게 살려고 하노?”

“늦지 않아요. 다시 결혼해도 여든까지 살 수 있으니 오십 년이 남았잖아요. 민석 씨 하고 이혼을 하면 그동안 같이 벌어서 산 자가용과 돈을 반으로 나누어 전셋집이라도 얻을 생각입니다.”

벌써 계획을 다 짜놓고 있었던 것이다. 민석이와 이혼 후 재산을 나눌 생각까지 하고 있었다니 입이 벌어져서 말이 나오지 않았다.

“네가 잘못해서 이혼을 한 것이면 재산은 모두 민석이 것이 되지? 아니지 민석이에게 니가 도리어 위자료를 물어줘야 하지 않겠나?”

“……”

위자료를 도로 물어야 된다는 말에 답변이 없자 속으로 ‘너가 불륜을 저지른 것이 분명하구나!’ 하고 생각을 했다. 그러나 나는 더 알고 싶었다.

“다시 결혼을 하면 가족은 어떤 사람들이면 좋지?”

내 말이 떨어지자 말자 며느리는 바로 대답을 했다.

“시아버지는 시골에서 농사를 짓는 사람이며 좋겠어요. 시동생은 똑똑하지 않았으면 좋겠고 남편은 친구같은 민석 씨보다 남편다운 사람이 좋겠어요.”

우리 가족과 정반대되는 상황을 이야기하고 있었다. 다시 만나는 사람이 그런 것일까? 민태에게 들은 바로는 며느리가 사귀는 남자는 전라도 사람이라고 했다. 농사를 짓는 집인지는 모르겠는데 이야기를 들어보니 농사를 짓는 것이 분명했다. 위자료에 대해서 말이 없는 것을 떠 올린 순간 '불륜을 저지른 사람은 공무원을 할 수 없지. 소송에 들어가면 위자료를 물어야 되는 것은 물론 징역을 살아야 하니 공무원도 끝이 나겠지?' 라는 정곡을 찌르는 내 말에 며느리는 얼굴을 붉혔다.

"아버님! 제발! 공무원은 하게 해 주세요."

"내가 판사도 아니고 내 마음대로 할 수 있는 일이 아니지?"

나는 이때다 싶었다.

"위자료도 물지 않고, 공무원도 하며, 징역도 살지 않는 방법은 민석이와 사는 것이다. 만약 내게 잘못이 있다면 이 자리에서 무릎이라도 꿇어서 빌까?"

"아니에요. 아버님. 아버님 잘못이 아니에요. 어머님 잘못도 아니고, 도련님 잘못도 아니에요. 모두 제 잘못이에요."

마음의 벽이 조금은 누그러진 것 같아 이때다 싶어 감성을 자극하고 싶었다.

"너는 우리 집 맏며느리이다. 너는 시집올 때 내가 입다가 죽으면 가지고 가라고 삼베 도포를 해 가지고 왔다. 만약에 네가 민석이와 헤어진다 해도 나는 너를 그리워 할 것이다. 내가 죽으면 너가 해준 도포를 입고 갈 것이고……."

며느리는 눈을 붉히더니 훌쩍훌쩍 울기 시작했다. 나는 아무 말도 하지 않았다. 마음의 변화를 기대한 것이었는데……. 며느리의 심정 변화를 바라며 울도록 내 버려두었다. 얼마가 지났을까 울음을 그친 며느리는 나를 쳐다보더니 '이제 엎질러진 물이에요. 민석 씨와 살 수는 없어요. 어떤 일이 일어난다 해도 헤어질 거에요.'

한숨이 나왔다. 살도록 하려고, '살아라' 라고 말하려고 천리 길을 달려왔는데, 결과가 이렇게 되니 전신에 힘이 쭉 빠졌다. 식당에 그 많던 손님들도 모두 가버리고 청소도 끝나 있었다. 의자들이 식탁 위에 엎어져서 졸고 있었다. 식당 주인은 우리가 일어나기를 기다리다 하품을 했다. 이제는 일어서야 했다.

"마지막 내 말도 처음과 같다. 모든 것을 잊고 같이 살았으면 좋겠다. 너의 마음이 돌아서기를 기다린다."

카운터에 가서 오래 있어서 미안하다는 말을 하고 음식값을 계산하는데, 며느리는 뒤에 서서 기다리고 있었다. 돈이 없는지 음식값을 내고 싶은 마음이 없는건지? 음식값을 내겠다는 말은 하지 않았다.

밖에 나오니 거리를 오가는 사람들도 뜸했다. 가로등이 처량하게 허전한 거리를 비추고 있었다. 자정이 넘었는데 집에 같이 가자는 말도, 민정이에 대한 안부도 없었다. 헤어진다는 말은 수없이 해도 어떻게 한다는 말은 한마디도 없었다. 화장실에 가서 민석이에게 전화를 하자 민석이는 깜짝 놀랐다.

"무슨 일인데요."

"그저 왔다. 정숙이 만나서 잘 지내라고 했다."

"기대하지 마세요. 안돼요. 지금 어디 있는데요."

"정숙이 사무실이 있는 곳에서 왼쪽으로 큰 골목이 있는데 식당만 즐비하게 있다."

그리고 간판 이름을 말을 했더니 '지금 바로 갈께요. 빨리 가도 한 50분은 걸려요. 기다리세요' 라는 말이 잇따른다.

"집에서 먼데 오지마라. 여관에서 잘란다."

주변에 여관을 찾아 들어 갔다. 세수를 하고 조금 누워 있는데 전화가 왔다. 민석이가 지금 도착했다는 것이다. 여관 이름과 호수를 가르쳐 주었다. 조금 있으니 민석이가 숨을 몰아쉬며 들어왔다. 방에 앉으며 '괜한 일을 하셨어요. 그 먼 길을 뭣 할라고 오셨어요' 라고 한다.

정숙이와 있었던 이야기를 대충하고 치악 휴게소에서 쓴 메모지를 민석이에게 주었다.

자식이 이혼 한다는데 잘 살도록 하는 것이 부모의 도리이다. 헤어지도록 해서는 안 된다. 이번 할머니 첫 제사는 모두 내려가서 모시도록 해야 한다. 그 분이 계셨을 때 너희들을 얼마나 좋아했는데…… 민석이 부부를 같이 살게 하는 방법은 없을까? 며느리가 한 말, '식구 네 사람은 똘똘 뭉쳐 있는데 나는 왜 거기에 못 끼는지? 내 같은 게 들어와서 집안 망칩니다' 이 말이 위선인지 자책인지 알고 싶다. 위선이라고 해도 확인하고 싶다.

왜 이런 사태가 왔는지 이유라도 물어보는 것이 도리인 것 같다. 남자가 생겨도 이유가 있을 것이다. 아직은 알 수 없는 일이다. 이혼하기 위해 만든 이야기일지 모른다. 금요일마다 한다는 외박은 다음날이 휴무일이니 편하게 쉬고 싶어 찜질방에 갔을 수도 있다. 며느리의 전화내용 중 이혼 이야기는 상관없는 사람과도 상의할 수 있다. 문자 메일로 뒤를 밟는 사람이 있다는 내용도 마찬가지다. 사람이면 남편에게 다른 남자를 사귄다고 할 수 있을까? 만약 했다면 바보일 것이다. 지금까지도 속고 살아왔는데 한 번 더 속고 살 수는 없는가?

민석이는 메모지를 보더니 한숨을 쉬며 연락도 없이 왔다며 투덜거렸다.

"연락이라도 하고 오시지요."

"연락을 한다고 뭐가 다르노? 퇴근하고 바로 왔다. 와서 이혼을 막고 싶었다."

민석이의 초라한 모습은 너무 불쌍했다. 체면이고 뭐고 소리 내어 울고 싶었다.

"너는 집으로 가거라. 나는 여기서 자고 내일 며느리 사무실에 가서 지점장을 만나봐야겠다."

"만날 필요 없어요. 이제 끝난 이야기라니까요. 이렇게 된 거 재산이나 챙겨야겠어요. 위자료를 물어낼 거에요. 변호사에게 알아보니 가능하데요."

"니가 알아서 하겠지만 마음 단단히 먹어야 한다."

"아무리 달래보고 빌어도 안돼요. 이혼만은 막아 보려고 해도 이미 돌아선 마음은 돌릴 수 없었어요."

"너 혹시 때린 적 있나?"

"없어요. 도리어 맞았어요. 때리고 싶어도 참았어요. 무슨 꼬투리라도 잡히기 싫어서요. 어떨 때는 때려 달라고 매달리기까지 한 적이 있어요. 그래도 때리면 나만 손해고 때릴 가치도 없어요."

생각보다 민석이는 인내심이 강했다. 나 같으면 내일 무슨 일이 있건 말건 때리고 볼 텐데 민석이는 달랐다.

민석이와 이야기를 하다 보니 시간이 너무 흘렀다.

"내일도 출근을 해야 하니 여기서는 잘 수도 없고, 집에 가도록 해라."

한참 생각하던 민석이는 집에 간다며 나갔다. 평소 같으면 새로 취직한 직장에 대해 물었을 텐데 그럴 마음의 여유가 없었다. 민석이도 어머니에 대한 안부도 민정이에 대한 이야기도 한마디 없었다.

다음날 아침이 되자 민태가 새벽같이 여관으로 왔다. 민석이가 보낸 것 같았다. 같이 아침을 먹으며 어제 있었던 이야기를 했다.

"공연한 일을 하셨어요. 형은 이제 마음 정리를 했어요. 이미 그 사람은 같이 살 사람이 아니니 재산이나 챙긴다며 합의 이혼을 하겠다고 했어요. 이혼 소송을 하면 소송비가 많이 드니 도리어 손해라고 했어요."

나는 그럴 수는 없다고 했다. 한 번 더 이혼을 하지 말라고 말리고 싶었다. 민태도 민석이처럼 투덜거렸다.

"형하고 제가 알아서 할 테니 아빠는 모른 척 하소."

"세상에 무슨 일이 그렇게 쉽게 처리 되노? 결혼할 때는 일가친척 다 모아놓고 했는데 헤어진다니 참 간단하다."

"정 그러면 얼마 안 되는 돈이 문제가 아니고, 공무원도 못하게 하고 징역을 살려야 한다. 그리고 위자료를 물려서 분이라도 풀어야지?"

직장을 그만 두게 하는 것은 말리고 싶었으나, 나도 이제는 오기가 생겼다. 남자가 생겼다는 것을 말로 못하니 그저 싫어서 헤어지고 싶다는 며느리를 용서하고 싶지 않았다.

"형이 합의 이혼을 하겠다는데, 어쩌게요. 아빠가 이혼 소송을 하시게요."

참, 답답한 일이다. 그 괘씸한 계집을 그냥 놓아 준다는
말인가? 분풀이라도 하지 않고, 그러나 당사자인 민석이가
무슨 생각을 하고 있는지 짐작은 갔다. 민석이는 소송비를
생각하고 있는 것이다. 상대에게 해꼬지 하는 것보다 실리
를 챙기자는 것이다. 나보다는 냉철한 판단을 하고 있는 것
이 분명했다.

아직은 희망의 끈은 놓을 수가 없었다. 헤어진 것이 아니
니 살아라고 말하고 싶었다. 민석이가 용서하고 다시 산다
면, 부부 싸움은 칼로 물 베기라 하지 않던가? 남자가 있다
해도 직접 잠을 자는 것을 목격하지 못한 사항이 아니던가?

며느리 사무실에 전화를 했다. 며느리에게 전화를 하려
다 받지 않을 것 같기도 하고 받는다 해도 할 말이 없어 지
점장에게 전화를 했다. 지점장을 만나 협조를 구할 참이다.
부하 직원들끼리 불륜을 저질러 이혼을 하게 되었으니 지점
장도 책임이 있지 않는가? 그러니 이혼을 말려 달라 하는
마음에서이다. 지점장은 전에 통화한 일이 있어 반갑게 전
화를 받았다.

"지점장님, 저는 전에도 전화를 드렸던 박정숙이 시아버
지 되는 사람입니다."

"아, 예. 어쩐일로……."

"박정숙이 일로 상의 드릴 일이 있어 조금 후에 만나 뵈
었으면 합니다."

"예, 좋지요. 조금 후라면 기다리겠습니다."

지점장과 통화를 하고 조금 있으니 내 핸드폰이 울려서 보니 며느리였다. 그 사이에 지점장이 무슨 일인가 물어본 모양이었다. 며느리는 다짜고짜 '사무실에 안 오시면 안돼요?' 라고 사정을 하는 투였다.

사무실에 가서 무슨 행패라도 부릴까 싶어서 인지? 아니면 다른 직원들이 알까봐 그러는지? 사무실에 오지 말았으면 좋겠다는 내용을 길게 말했다. 나는 단호하게 말했다.

"내 볼일이 있어 가는 것이니 상관하지 말아라."

이제는 '아버님' 이라는 호칭도 사용하지 않았다. 막 가자는 투였다. 그런데 오지 말라니, 직장 동료들에게 창피한 것은 알아서 그렇게 창피하면 다른 남자를 보지 말던지? 창피를 당해도 한참 당해봐야 잘못한 것을 알지.

민태가 길을 잘 아니 운전을 하겠다고 했다. 시골에만 살던 사람이 서울 지리를 모르는 것은 물론 운전을 한다는 것은 쉬운 일이 아니다. 내 마음이 나약하니 운전이 되지 않았다. 차창으로 비치는 거리의 찬란한 풍경들이 평소에는 즐거웠는데 즐겁지 않았다. 아니 보이지 않았다. 그저 차가 가니 실려서 가는 것이다. 차를 사무실 주차장에 세우고 민태는 차 안에서 기다리라고 했다.

사무실 입구에 들어서니 얼굴이 하얗게 질린 며느리가 계단을 내려오다 나와 마주쳤다. 멍하니 바라만 볼 뿐 아무런 말이 없었다. 인사를 하지 않으니 나도 본체만체 하고 바로 지점장실로 들어갔다. 전화로 방문하겠다는 연락을 해서인지 지점장은 기다리고 있었다. 지점장은 마치 구면인 것처럼 반갑게 맞아 주었다.

"실례를 무릅쓰고 방문을 했습니다. 바쁘신데 시간을 내주셔서 고맙습니다."

악수를 하고 소파에 앉으려는데 며느리가 들어 와서 출입문 앞에 서 있었다. 지점장은 며느리에게 차를 내오라고 하려다가 미리 준비한 듯한 음료수를 권했다. 며느리는 출입문에 서 있더니 언제 나갔는지 나가버렸다.

"아이들이 이혼을 하려고 하는데 지점장님께서 좀 막아 주셨으면 하고 왔습니다."

지점장은 당황한 듯,

"이혼을 한다는 이야기를 듣고 어제도 그러지 말라고 말렸습니다."

"왜 이혼을 한다고 합니까?"

지점장도 이혼 이유가 궁금했던 모양이다.

"아마 남자가 생긴 모양입니다. 전에 이 사무실에서 근무하다가 구청인가 전근을 간……."

"그래요. 그 사람, 결혼한 사람인데……."

"공무원이 같은 사무실에서 유부남과 유부녀가 불륜을 저지른다면 직장의 장에게도 책임이 있지 않을까요?"

지점장은 무척 당황을 했는지 얼굴이 붉어졌다.

"그렇고말고요. 있을 수 없는 일이지요."

"남의 가정을 파탄 낸 사람들, 절대로 용서할 수 없습니다."

지점장은 내 이야기를 한참 듣더니 딱하다는 듯,

"이혼은 말려야지요. 저도 나름대로 알아보겠습니다."

한참 후 어떻게 하든지 이혼만은 막아야 한다며 협조를 당부했다. 지점장실을 나오며 며느리 사무실이 어딘지 한번 보고 가겠다고 했더니 지점장이 안내를 해 주었다. 지점장이 직원들 사무실 문을 열고 들어서자 내가 뒤따라 들어서며 고개를 숙였다. 며느리는 잘 짜여 지지 않는 사무실 말석에 돌아 앉아 있었다. 10여 명의 직원들은 모두 일어서서 뚱한 눈으로 나를 바라보았다. 며느리가 나를 발견하자 재빨리 일어서서 나에게 다가왔다. 복도로 나온 며느리에게,

"집에 들어가려고 그러는데 열쇠 좀 다오……."

며느리는 여러 개가 달린 열쇠 중에 한 개를 떼내어 주었다. 그러면서 '도련님도 같이 오셨어요' 하며 고개를 숙이고 있는 며느리를 한참 보다가 대답은 하지 않고 열쇠만 받아 들었다. 현관까지 나온 지점장에게 인사를 하고 돌아서는데 며느리는 지점장 뒤에 서서 바라보기만 했다. 어쩐지 이곳도 마지막일 거라는 예감이 들었다. 차에서 기다리던 민태는 쓸데없는 일을 한다며 또 투덜거렸다.

어디까지 왔는지 복잡한 거리를 지나다 보니 며느리가 아기를 낳은 병원이 보였다. 인공 수정을 위해 애를 끓이던 일, 아기가 생기자 나도 손자를 본다며 얼마나 좋아했던가? 아기를 무사히 순산하자 부푼 가슴을 안고 병원문을 들어서던 일이 어제 같았다. 아기를 보기 위해 영아실에 가면서 두근거리는 가슴을 주체하지 못해 핸드폰만 쪼물락 거렸지. 아기를 보자 며느리에게 '고생했다. 수고했다. 너는 우리 집 기둥이다' 라며 진심으로 고마워했다. 며느리는 퉁퉁 부은 얼굴로 배시시 웃던 모습이 눈에 아른 거렸다.

민석이네 집에 다 왔다. 공무원 아파트라 낮에는 사람 구경하기가 어려웠다. 엘리베이터 층수 번호를 누르면서 공무원 아파트에 들어가기 위해 애를 쓰던 일이 떠올랐다. 순번이 안 된다며 애를 태우다가 순번이 되자 돈이 없어 빚을 얻어 며느리 통장에 넣을 때는 꿈에 부풀어 있었는데, 몇 개월이 안 되어 힘없이 엘리베이터를 타야 하다니 한숨이 나왔다.

현관에 열쇠를 꽂고 보니 잠금 장치가 두개였다. 열쇠 두 개가 있어야 문을 열수 있었다. 내가 속은 것이다. 한 개를 준 이유는 들어가지 말라는 것이었다. 당장 전화를 하여 욕이라도 하고 싶었지만 그럴 수는 없었다. 민석이에게 전화를 하여 '열쇠가 한 개 뿐이어서 집에 들어가고 싶어도 들어 갈수 없다' 고 했더니 민석이는 '아침에 제가 먼저 집을 나오고 정숙이가 뒤에 나왔어요. 분명히 두 개를 잠근다는 것을 알면서 한 개를 준 것은 뭐가 잘못된 것 같습니다' 라고 했다.

민석이가 당장 오겠다는 것을 그만 두라고 했다. 민석이는 열쇠를 수위실에 맡겨 놓으라고 했는데 나는 괘씸하여 가지고 가겠다고 했다. 시골로 내려오면서 며느리가 준, 쓰지 못하는 열쇠를 만지작거렸다. 이제는 정을 끊어야 한다. 내가 준 정도 없지만, 받은 정도 없었다. 작은 그리움마저도 끊어야 한다.

인연이 이렇게 짧을 줄 몰랐다. 집안, 친지 어른, 친구, 동료들 앞에 며느리를 본다고 너스레를 떨던 내 모습이 무척 초라했다. 자식 하나 건사하지 못하는 사람이 무슨 직장 생활을 한단 말인가? 직장 생활마저 회의가 느껴졌다. 가화만사성이라 했는데 집안을 잘 다스리지 못했으니 모두가 허사가 되어버렸다.

집안 이곳저곳에 걸려 있는 며느리의 사진을 철거했다. 아내는 눈물을 흘리며 사태의 심각함을 몸으로 짐작하는 것 같았다. 사진첩을 뒤져서 결혼사진도 꺼냈다. 며느리 방에 있는 작은 물건들을 꺼내 쓰레기통에 넣으며 분풀이를 했다. 결혼 생활이 햇수로 4년이 겨우 되었다. 그동안 우리 집에 온 것은 열 번이 조금 넘는다.

친척들에게 무어라 말을 할 것인가? 조상님께 무슨 말을 해야 할 것인가? 호적의 붉은 줄은 어떻게 할 것인갓? 정성 들여 새로 만든 족보는 무슨 명목으로 이름을 지울 것인가? 이제 와서 다시 살겠다고 울고불고 매달려도 어쩔 수 없는 한계까지 오고 말았다. 답답한 마음에 조상님께, 부모님께 유서 같은 편지를 썼다.

　이 길이 내가 갈 길입니다. 그래, 며느리 때려죽이고 내가 죽으면 그만인 것을…… 며느리가 외간남자 보고 이혼하자는데 나는 두고 못 봅니다. 조상님, 이런 부끄러운 일을 당하고 살기는 싫습니다. 정말 부끄러운 일입니다. 나 그 계집 죽이고 내가 죽으렵니다. 이게 사는 것인지 의문이 생깁니다. 부모님 모두 돌아가시고 나 혼자 남았는데 이런 더러운 꼴 보고 어찌 살라고 하십니까? 모두 내 죄입니다. 내게 죄가 있으면 내게 줄 것이지.

　저, 어리석은 놈, 내 아들에게 죄를 내리시는 것입니까? 정말 한스럽습니다. 그래도 저놈은 내 아들이고 아버지의 손자입니다. 나 그놈을 위해 죽는 것은 하나도 부끄럽지 않습니다. 아부지! 어매! 나 이렇게 살라꼬 가르치신 거 아니실 텐데, 살다 보니 이렇게 되었습니다. 조상님들, 며느리가 바람피우고 속이는데 가만 두어야 합니까? 그래요. 저 그렇게는 못삽니다. 아들 잘못 낳은 죄지요. 내 죄가 너무 큽니다.

계절은 낙엽이 지는가 싶더니 함박눈이 오는 깊은 겨울로 가고 있었다. 계절의 감각은 잊은 지 오래다. 잠을 설치고 식사를 거르기를 얼마나 거듭했던가? 아내와 나는 체중이 빠져 바지를 줄여 입어야 할 정도이다. 늦여름에 시작된 며느리의 쿠데타는 언제 끝이 날지 끝이 보이지 않았다. 날짜만 보낼 것이 아니라 끝을 보고 싶었다. 가족 모두가 지쳐 가고 있었다.

민정이는 이제 기어 다니다가 가끔 일어서는 연습을 했다. 벽을 짚고 일어섰다가 앉아서 기었다. 그러면서 할머니를 보고 '엄마, 엄마' 라고 했다. 불쌍한 아이이다. 엄마에게 몇 번 안기지도 못하고, 엄마가 누구인지 모르는 아이가 된 것이다. 민석이가 이혼을 한다 해도 민정이는 아내가 키우겠다고 했다.

며칠 휴가를 내어 서울로 올라갔다. 며느리의 외박을 직접 눈으로 확인하고 싶었다. 민석이는 어떻게 하고 사는지 보고 싶었다. 사전에 연락을 받은 민태는 민석이네 집에서 우리를 기다렸다. 썰렁하기만 한 집안 분위기는 며칠을 비워 둔 것 같았다. 민석이는 내가 자던 작은 방에 본인 소유의 소지품을 옮겨 놓고 작은 이불을 깔아 놓고 기거를 했다. 아마 잠도 이 방에서 자는 것 같았다. 잠금 장치를 손질한 것으로 봐서는 문을 잠그고 자는 것 같았다.

큰방으로 가 보았다. 침대와 장롱, 옷걸이 모두 눈에 익은 것이다. 벽에는 행복했던 결혼사진이 웃고 있었다. 며느리 방에 가보니 화장품과 옷가지가 너절하게 널려 있어 주인이 부재 중임을 증명해 주었다.

거실에는 남산을 배경으로 찍은 우리 가족사진이 액자 속에 들어 있었다. 내가 사준 도자기도 액세서리와 함께 그대로 있었다. 부엌에는 언제 밥을 했는지 솥에 파란 곰팡이가 피어 있었다. 찬장과 싱크대 위에는 먹다 남은 소주병이 즐비했다. 외박하고 가끔 돌아오면 소주병을 기울였을 며느리와 그것을 바라보며 속을 끓였을 민석이의 심정을 헤아리고도 남았다. 밤 12시가 넘어도 며느리는 모습을 드러내지 않았다. 어제 금요일 아침에 잠깐 들어 와서 옷을 갈아입고 나간 며느리는 토요일인 오늘도 집에 들어오지 않았다.

자정이 넘자 며느리에게 전화를 했다. 신호는 가는데 받지를 않았다. 아직은 며느리인데 혹시 잘못되지나 않았을까? 잠시 걱정이 되었다. 일요일 아침이 되어도 며느리는 돌아오지 않았다. 아홉 시가 지나자 또 전화를 하니 어제와 마찬가지로 받지 않았다. 민석이에게 가출 신고를 하라고 했다. 사람이 소식 없이 집에 들어오지 않는데, 아직은 우리 식구인데, 가출신고라도 하는 것이 도리일 것 같았다. 그리고 나중에 무슨 일이 생겨도 할 말이 있는 것이었다.

민석이는 괜한 일을 한다며 투덜거렸다. 내가 신고하라고 하니 억지로 파출소에 간다며 나갔다. 한참 만에 파출소에 다녀온 민석이는 이외의 말을 했다.

"가출신고를 하니 순경이 전화를 해 보자며 순경 핸드폰으로 전화를 하니 받아요. 그럴 줄 알았어요."

민석이와 내가 전화를 해도 받지 않던 며느리가 순경이 하자 받은 것이다. 분명히 며느리는 나와 민석이의 전화인 줄 알고 고의로 받지 않는 것이 분명했다. 가출신고를 하려던 민석이가 머쓱하여 그냥 집에 온 것이다. 화가 났다. 아무 것도 모르고 놀고 있는 민정이를 보니 더욱 가슴이 아팠다.

민석이와 민태는 간통죄에 대해서 이야기를 하고 있었다. 또 간통죄로 고소를 하는 자료를 점검하느라 가끔 나를 불러 자문을 구하기도 했다. 간통죄로 고소하려는 자료를 보니 녹음자료가 많았다. 자동차 안에서 두 사람이 나눈 은밀한 대화를 녹취를 한 것, 두 사람이 여관에 들어가는 뒷모습과 옆모습 그리고 흐릿하지만 앞모습도 있었다.

민태는 '결정적인 증거는 불륜 현장을 덮쳐야 된데요. 경찰관이 입회하는 게 문제예요. 전번 같이 어름한 순경이 올까봐 이번에는 파출소는 믿을 수가 없어 경찰서에 가서 언제라도 전화 하면 오기로 단단히 약속을 했어요' 라고 했다. 민석이는 '간통죄가 없어진다는 말이 있지만 아직은 엄연히 있는 죄이므로 지금 있는 증거로 고소를 해도 충분히 이

겨요'라고 말했다. 민태가 가지고 온 간통죄에 대한 것을
읽어 보았다.

　간통죄는 법적으로 혼인한 배우자가 있는 자가 타인
과 간음한 경우에 성립하고, 행위자의 배우자는 이에
대해 행위자와 그 상대방을 간통으로 고소할 수 있다.
간통죄는 징역형만이 법정형으로 규정되어 있어 현재
구속기소됨이 원칙이다. 어떤 사례에서 자신의 배우자
와 그 상간한 자의 자백을 녹취한 녹음 내용이 있는 이
상 간통죄를 입증하는데 어려움은 없다.
　문제는 대부분의 간통죄 피해자들이 배우자와의 혼인
관계를 지속하고자 하는 의사를 가지고 있다는 점이다.
우리 형법상 간통죄는 친고죄로 규정되어 있다. 즉, 배
우자의 고소 없이는 기소할 수 없다. 하지만 또 다른 이
면에는 이혼 소송을 제기한 이후가 아니고는 간통죄로
배우자와 상간자를 고소할 수 없도록 규정되어 있다.
　실무상 이미 가출한 배우자와 그 상간자를 고소하는
경우 가출한 배우자의 신병을 확보하기까지는 상간자
만 별도로 처벌할 수 없어 가출한 배우자는 기소 중지,
상간자에 대해서는 배우자가 검거될 때까지 참고인 중
지로 처리하고 있다. 즉, 두 사람이 모두 확보되어야만
처벌이 가능하다. 이는 간통죄가 대향범이기 때문인데,

대향범이란 어느 일방의 행위만으로는 범죄가 구성되지 아니하고, 행위자 쌍방의 행위가 결합될 때에만 범죄를 구성하고 따라서 이에 대해 행위자 쌍방이 같이 처벌되는 범죄를 말한다.

현재 기소중지처분은 법원으로부터 체포영장을 발부받은 후에 내리고 있다. 따라서 검문 등을 통해 검거되면 즉시 체포 영장에 의해 체포되고, 이후로부터 구속 등의 절차를 밟게 된다. 대부분의 간통 피해자들은 간통죄로 고소한 이후에 고소취소가 가능한지 여부가 궁금해 하고 있다. 물론, 배우자가 검거되어 신변이 확보된 이후에도 1심 재판의 판결 전이라면 고소취소가 가능하다. 이 경우에는 즉시 공소권 없음으로 석방이 된다.

따라서 일단 검거된 후 배우자의 심정 변화를 지켜본 후 고소 취소를 하는 것도 방법이 될 수 있다. 고소 취소가 아닌 이혼 소송의 취하도 역시 고소의 취소와 동일한 효과가 있으니 어느 쪽이든 편리한 방법을 취하면 된다. 단, 고소는 취소되더라도 이혼소송은 계속될 수 있다.

간통죄로 고소된 가정의 경우 후일 고소가 취소되더라도 정상적인 혼인 생활을 지속하는 경우가 매우 적다. 일단 깨어진 부부간의 신뢰는 어느 한쪽의 일방적인 용서만으로는 되돌리기 힘들다. 간통죄는 2년 이하의 징역형만이 법정형으로 되어 있으며 벌금형이 없다는 점 때문에 간통죄는 구속 기소가 원칙이다.

간통 고소 시에는 고소장을 작성하여 관할 경찰서에 제출하는데 대개 미리 대략적인 간통 고소장과 이혼소송서류를 작성하여 두었다가 간통 현장이 목격되는 경우 바로 112 신고를 한 뒤 간통고소장을 접수하는 방식을 취한다. 간통고소장 접수와 함께 가정 법원에 이혼소송을 제기하여 소제증명원을 수사기관에 제출한다.

고소장은 고소인과 피고소인을 명시하고 구체적인 간통 사실을 적으면 된다. 상간자(간통 상대방)의 인적 상황을 정확히 모르는 경우 아는 범위 내에서 특정하면 되고, 성명조차 모른다면 성명 불상으로 기재해도 일단 고소는 성립한다.

실제로 간통죄의 성격상 은밀하게 이루어진다는 점에서 성관계를 입증한다는 것은 쉬운 일이 아니므로 직접적인 증거나 충분한 정황의 확보가 상당히 중요시된다. 그래서 대개 112에 신고하여 간통 현장에서 현행범으로 체포하는 방법이 간통죄를 입증할 가장 확실한 방법이다.

통화 기록이나 문자 메시지 등 정황 증거로 간통 고소를 할 수는 있으나 성교에 관한 결정적인 증거가 나오지 않거나 자백을 하지 않으면 간통죄가 성립되기 어려워질 수 있다. 다만 두 사람 중에서 한 사람이 자백하면 그 자백은 유죄의 증거가 될 수 있다. 종래 판례에서는 남녀 간의 정사를 내용으로 하는 간통죄는 행위의 성질상 통상 당사자 간에 극비리에, 또는 외부에서 알아보기 어려운 상태에서 감행되는 것이어서 이에 대한 직접적인 물적 증거나 증인의 존재를 기대하기가 극히 어렵다.

간통죄에 있어서는 범행의 전후 정황에 관한 제반 간접 증거들을 종합하여 범행이 있었다는 것을 인정할 수 있을 때에는 이를 유죄로 인정하여야 한다는 태도였으나 현재는 증거에 대해 좀더 엄격해지고 있는 추세이다.

일요일도 저물어갔다. 저녁을 먹고 있는데 누군가 벨을 울렸다. 문을 열어보니 순경 두 사람이 서 있었다. 순경은 문을 열자 거실을 들여다보며 두리번거렸다.

"무슨 일입니까?"

"크게 싸운다는 신고가 들어와서요."

"신고한 일 없는데, 잘못 찾은 거 아닙니까?"

순경은 이상하다면서 어딘가 전화를 했다. 미심쩍은 데가 있어 순경에게 물었다.

"신고자가 누구지요?"

순경은 머뭇거리다가 내가 다그쳐 묻자,

"서울은 아니고 시골에서 신고를 했어요."

사돈이 신고한 것이 분명했다. 며느리와 연락이 되어 집에 시부모가 왔는데 집에 들어간다고 한 것 같았다. 사돈은 딸이 걱정되어 자기들 식으로 하면 싸울 것이 분명하니 싸울 것을 예측하고 신고를 한 것이다.

"의심나면 방에 들어와 봐요. 보시다시피 싸우는 사람이 없잖아요. 우리 식구들뿐입니다."

순경은 고개를 갸우뚱거리더니 경례를 하고 나가버렸다. 거실에 앉으며 놀란 가슴을 쓸어내리는데 민석이도 나와 같이 사돈이 신고했을 것이라고 했다. 듣고 있던 아내의 푸념이 계속되었다.

"딸 중한 것은 알면서 바람피우는 것은 못 막는 모양이지. 집안이 그러니 딸이 바람을 피우지. 참 더러운 집안에 더러운 자식이네."

밤 열한 시가 되자 이불을 펴고 누우려는데 또 현관 벨이 울렸다. 문을 열고 확인을 하니 며느리가 인사도 하지 않고 집안으로 쏜살같이 들어왔다. 며느리는 본인방의 문을 닫아버렸다. 말을 붙이기도 이상하여 방 가까이 가 보니 며느리는 핸드폰으로 통화를 하고 있었다.

"지금 생명에 위협을 느끼는데 좀 와 주세요."

경찰과 통화를 하고 있었다. 집에 들어오면, 며느리의 상식으로는 시댁 식구들이 말로는 하지 않을 것이라 예측하고 통화를 하는 것 같았다. 하기야 민석이가 부부 싸움을 해도 때린 적은 없고 맞기만 했다는데 한 대라도 때려주기를 바란다는 말을 들었었다. 한참을 통화하던 며느리는 핸드폰을 들고 나오더니 민태에게 내밀었다. 민태는 몇 마디 하더니 나에게 주었다. 받아보니 경찰이었다.

"생명에 위협을 느낀다는데 무슨 일이지요?"

"나는 시골에서 며느리 집에 온 시애비요. 지금 상황이 어떤 상황인지 나도 모르겠소. 며느리가 이틀 동안 외박을 하고 조금 전에 들어와서는 다짜고짜 전화를 받으라고 하는데 생명에 위협은 무슨 위협이요. 며느리 집에 와서 밥도 못 얻어먹으니 내가 생명의 위협을 느꼈으면 느꼈지, 며느리가 왜 생명에 위협을 느끼는지 모르겠소. 초저녁에도 싸운다는 신고를 하여 경찰이 왔다갔는데 궁금하면 와서 확인을 하시던지."

경찰은 말을 하지 않고 듣기만 하다가 죄송하다는 말을 남기고 통화를 마쳤다. 며느리는 한참 후 무슨 가방을 들고 거실로 나왔다. 자고 있는 민정이를 어미라는 여자가 눈길 한 번 주지 않고 현관으로 향했다. 현관으로 가는 며느리를 불렀으나 대답도 하지 않고 나가려고 했다.

"너가 지금 짐을 들고 나가는 것은 스스로 나가는 것이지 내가 나가라고 한 적은 없다."

대답 없이 밖으로 나가려는 며느리의 등에 대고 한 말인

데 며느리는 돌아서서 빤히 쳐다보더니 '나가는 것 아니거
든요. 갔다가 올 거거든요.' 눈에 독이 올라 퉁명하게 한마
디 던지고는 횡하니 현관문을 열고 엘리베이터 쪽으로 가버
렸다.

며느리가 나가고 두 세 시간이 지난 뒤 현관에 벨이 또 울
렸다. 현관 모니터로 보니 며느리가 모자를 쓰고 서 있었다.
'문을 열어 주어야 하나, 어쩌나……' 하며 망설였다. 집 열
쇠 한 개를 내게 주고 없으니 민석이 방에 들어가 민석이 열
쇠를 훔쳐서 가지고 다닌다고 했다. 열쇠가 있는데 열지 않
고 벨을 누르는 것은 아마 당당하게 들어오겠다는 시위일
것이다. 문을 열어보니 울었는지 눈이 퉁퉁 부어 있었다. 무
슨 영문인지 몰라 서 있는데 아무도 없는 큰방으로 가더니
문을 잠그는 소리가 났다.

며느리는 큰방에서 문을 잠그고 자고 나와 아내, 민정이,
민태는 거실에 누웠으며, 민석이는 작은 방에서 오지 않는
잠을 청하며 밤을 보냈다. 날이 새기도 전에 며느리는 세수
를 하더니 출근을 하는지 거실에 앉아 있는 시애비를 본체
만체하고 나가버렸다. 손녀에게 우유를 먹이느라 잠을 설친
아내가 일어나 밥을 하며 혼자 말을 하고 있었다.

"보내 준 반찬은 곰팡이가 일어 먹지 못하고 된장과 고추
장도 버려둔 상태여서 먹을 수가 없고, 냉장고에는 옛날에
보내준 반찬이 풀지도 않고 그대로 있으니 간장으로 밥을

먹을 수밖에 없다. 이게 어디 사람 사는 집이라.”

반찬 없는 밥을 물에 말아서 먹는 둥 마는 둥 하고 밥상을 물렸다. 민석이는 잠을 설쳐 눈동자가 충혈된 상태로 출근을 하고, 나와 아내는 민태가 자취하는 집에 가기로 했다. 민석이네 집에 있는 것은 가시 방석에 앉아 있는 것보다 더 불편했다. 민태는 우리를 자취방까지 데려다 주고는 아르바이트를 한다며 출근을 했다.

나는 며칠 연가를 내고 서울에 왔기 때문에 출근을 하지 않아도 되었다. 아내가 시장에 가서 반찬 재료를 사와서 반찬을 만들 동안 나는 민정이를 어르며 시간을 보냈다. 민정이는 다행히 민석이를 닮아 입이 나오지 않았다. 그러나 딸은 어미를 닮는다는데 걱정 아닌 걱정이 되었다.

민석이는 민태네 집으로 퇴근을 했다. 고향 친구를 데리고 왔다. 민석이 친구는 어릴 때부터 한 동네에서 자란 둘도 없는 친구로 행정고시에 합격하여 중앙 부처에 근무하는 사람이다. 민석이가 힘들 때마다 도와준다는 소식을 시골에서 들어 잘 알고 있었다. 마침 저녁식사 시간이라 밥이라도 사주고 싶었다. 민태가 사는 동네는 대학촌이라 비싸지 않는 음식집이 많이 있었다.

여섯 사람이 식당에 들어가 음식을 먹는데, 민석이가 민정이를 안고 밥을 먹이니 꼭 있어야 할 한 사람이 빠진 것 같아 허전했다. 밥을 먹으면서 반주로 소주를 한잔씩 권하고 있는데, 민석이 핸드폰이 울렸다. 전화를 받던 민석이의 얼굴빛이 갑자기 바뀌더니 당황하는 듯 했다.

"경찰선데요. 정숙이가 저를 폭행으로 고소를 했다고 하네요. 지금 경찰서로 오라는데 어떻게 하지요."

자다가 한 대 맞은 기분이 이런 것 일게다. 폭행이라니 때린 적이 없다고 하지 않았는가? 무슨 영문인지 몰라 모두 어리둥절해 하고 있는데 민석이는 '오래 전에 외박을 몇 번 했을 때, 다투다가 제가 몇 대 맞고 때리지는 못하고 화가 나서 침을 뱉었는데, 아마 침 뱉은 것으로 고소를 한 것 같은데요' 라고 했다.

"참, 방귀 뀐 놈이 성낸다더니 맞은 놈은 가만있는데 때린 년이 고소를 해. 잘못 돼도 한참 잘못 됐다. 경찰서에서 오라니 가봐라. 경찰이 묻거던 절대로 때린 적은 없다고 해라. 실제로 안 때렸으니 묻지도 않겠지만 그라고 침 뱉은 것도 그냥 말을 하다가 튀었다고 해라. 아니면 절대로 침 뱉은 일이 없다고 하든지. 어디 증거가 있는 것도 아니고, 증거가 있다고 해도 맞은 것 보다 더 큰 죄는 아닐 터."

차마 맞고소를 하라는 말을 하려다 그만 두었다. 민석이의 전화로 밥맛이 떨어져 모두 일어서려고 하는데 또 한통의 전화가 민석이 핸드폰을 울렸다. 이번에는 며느리인데 '현관문이 잠겨 들어갈 수 없으니 문을 열어 달라' 는 내용이었다. 밉다고 하니 업어달라고 한다더니 남편을 고소한 여자가 무슨 염치가 있어 현관문을 열어달라는 것인지, 거기다가 열쇠도 있으면서 무슨 유세통을 짊어졌는지, 참 가관이었다. 시킨 음식을 다 먹지도 못하고 허둥지둥 식당을 나왔다. 민석이 집에 가봐야 될 것 같았다.

차를 급하게 몰아 공무원 아파트에 도착을 하니, 며느리는 현관 앞에 서 있다가 우리들을 보고 약간은 당황하는 듯했다. 나와 아내를 빤히 쳐다보더니 이내 시선을 피했다. 아마 내 차가 주차장에 서 있는 것을 보고, 집안에 분명히 식구들이 있는 것으로 착각한 모양이었다. 집안에 들어서자 민석이를 불러 경찰서로 가 보라고 했다.

"무슨 영문인지 가보면 알 것인데, 겁낼 필요 없다. 급하면 있는 그대로 이야기해라. 니가 잘못한 것이 있어야 말이지."

거실에 들어온 며느리는 큰방에 들어가 조금 있더니 또 밖으로 나갔다. 어디 도깨비에게 홀린 듯 아내와 나는 아무 말도 하지 못하고 멍하니 바라보기만 했다. 며느리가 나가자 민석이도 바로 따라 나갔다. 아내는 민석이가 경찰서에 간다고 나가자 혹시 잘못될까 떨고 있었다. 그러다 조금 진정이 되었는지 '그 년이 기어코 내 아들을 잡아먹는구나! 성질 같아서는 머리채를 쥐어뜯고 싶다만……' 하고 푸념을 했다. 머리에 들어오지도 않는 텔레비전을 보며 민석이가 아무 탈 없이 오기를 기다렸다.

나는 민석이와 함께 경찰서에 가지 않았던 것을 후회했다. 민석이가 극구 말려서 가지 않았지만 몹시 궁금했다. '얼마의 시간이 흘렀을까' 생각을 하는 사이 민석이가 웃으며 현관문을 열었다.

"참 더러워서, 침 뱉었다고 고소한 게 맞아요. 담당 형사가 저에게 침 뱉은 일이 있느냐 하길레 침을 뱉은 적은 없고 말을 하다가 튀었다고 했지요. 그랬더니 형사도 웃으면서 형사 생활 오래 해도 침 뱉았다고 고소하는 사람은 처음 본다며 웃었어요. 그러고는 가라고 했어요. 그러면서 고소는 고소이니 재판을 받을지 모른다고 하데요. 검찰에 넘어가면 재판을 받겠다고 하고 왔지요. 뭐."

민석이는 맞고소를 하겠다며 여러 가지가 녹음된 MP3를 꺼내 틀었다.

"너 어마이 씹팔년, 지가 뭐 공주라. 총으로 팡 싸 죽였뿐다. 나를 우습게 보고 있어."

민석이는 녹음을 하고 있어서 그런지 말을 가려가면서 하는 것 같았다. 녹음된 분위기를 보니 민석이가 무척 참고 있는 것이 분명했으나 정숙이는 말을 거침없이 하고 있었다.

"너 아바이, 지가 알면 얼마나 안다고 처음부터 마음

에 안 들었어. 내가 억지로 메일도 보내고 전화도 해
주었더니 지가 뭔데 나한테 이래라 저래라 시키고 지랄
이야?"

"민태, 그 개자식, 얄미워 죽겠어. 함부로 지랄하고.
총으로 쏴 죽여뿐다. 내가 형수인데 지가 뭔데 까불고
지랄이야? 머리가 좋으면 얼마나 좋다고, 너도 같은 자
식이야!"

주로 시부모, 시동생, 남편에게 협박하는 내용과 입에
담지 못할 욕설이 쏟아져 나왔다. 평소 대화도 녹음되어 있
었다.

"나 남자 있어. 그러니 제발 꺼져. 모르겠어. 헤어져
달라는 말이다. 이 바보야!"

녹음기를 의식한 민석이의 과장된 목소리가 나왔다.

"아야, 이 여자가 발로 차. 아야, 이제는 주먹으로 때려!"

한참 다투는 소리가 났다.

"너도 남자냐, 이 자식아! 한 대 때리지도 못하는 주

제에, 때려봐 나처럼 때려봐 이 바보야!"

　"나는 여자를 때리는 것을 못 배워서 못 때린다. 너
는 너 아바이 같이 함부로 여자를 때리는 가정에서 자
랐으니 나를 때리지!"

　또 민석이가 맞는 소리가 나고 아프다는 큰 소리가 들렸
다. 아무리 녹음한다는 것을 의식하고 싸운다지만 듣다보니
내가 천불이 났다. 당장 옆에 있다면 따귀라도 때리고 싶었
다. 자동차 안에서 그 남자와 나눈 대화는 듣지 않았다. 안
들어도 뻔한 내용이었다. 나는 듣는 것조차 민망하여 자리
에서 일어섰다.

　아이를 낳고 두 달도 안 되어 시어미에게 맡기고 출근을
한 며느리는 아이에게 매정하리만큼 말 한마디 없었다. 인
공 수정이지만 배에서 10개월을 키운 자식인데 자식에 대한
모정이 없는 것인지, 아니면 정을 떼기 위해 작정을 한 것인
지, 원래 그렇게 되먹은 여자인지 알 수가 없는 노릇이었다.
계산을 해 보면 아이를 낳고 1개월이 조금 넘어 치악산에
갔으니 2개월 정도 되었을 때 다른 남자가 생긴 것인데, 남
자가 생기니 새끼도 보이지 않는 것 같았다. 사람이 아니라
개, 돼지 같은 짐승이라도 새끼 낳고 2개월이면 새끼 돌보
느라 수놈은 생각하지 못할 것이다. 그런데 사람이 아이 낳
고 2개월 만에 다른 남자를 보다니, 짐승만도 못하다는 말

이 딱 맞는 말이 아닐까? 며느리를 짐승에 비유하는 시애비가 잘못인지, 아니면 짐승에 비유해도 될 만한 잘못을 저지른 며느리가 잘못인지.

민석이는 녹음기와 녹취록, 서류 몇 가지를 들고 변호사 사무실에 들렀다가 경찰서에 고소를 한다며 나갔다. 현관을 나가는 민석이를 바라보며 며느리의 행동을 생각하니 고소하지 말라고 말릴 용기가 없었다. 침 뱉었다고 남편을 고소하는 며느리이다. 이제는 막 가자는 것이다. 헤어져도 그냥 헤어지는 것이 아니라 남편을 죄인으로 만들려고 작정을 한 며느리이다. 아주 나쁜 여자이다. 그러나 이제는 민석이에게 몸조심을 하도록 당부했다.

"자동차 안에서 녹음한 것은 도청으로 몰려 불리할 가능성이 있다. 마지막에 급하면 내 놓는 것이 좋을 것 같다."

"변호사와 상의해서 할게요."

민석이의 어깨가 축 늘어져 있었다. 저렇게 힘이 없어 보이기는 처음이다.

고소를 하면 바로 상대방을 불러서 조사를 받는 줄 알고 며느리가 직장에서 경찰의 통보를 받고 허둥지둥 가는 모습을 상상했다. 그런데 그것이 아니었다. 경찰서에 고소장을 접수하면 몇 주일을 기다려야 조사받을 순서가 된다는 것이다.

며느리는 내가 서울로 올라와서 '살아라' 라고 말하던 그 때, 벌써 민석이를 고소한 상태가 아니던가? 치가 떨리도록 괘씸한 일이었다. 남편을 고소하고도 뻔뻔스럽게 시애비 앞에서 음식을 먹으며 '아버님, 아버님' 하고 말대꾸를 한 며느리를 당장이라도 물고를 내고 싶었다.

무슨 미련이 남아서

　　민석이 일로 집안이 어수선한 가운데 해가 바뀌는 설이 다가왔다. 조상님께 제사를 지내기 위해 아내와 같이 시장에 가서 제물을 준비했다. '만약에 귀신이 있다면 설 제사를 지낼 때 돌아가신 어머님도 다른 조상님과 함께 오실 것이다. 생전에 보시던 손부가 없으니 당연히 어디 갔느냐고 물을 것이다. 그러면 어떻게 대답을 하지?' 엉뚱한 생각을 하며 문어와 고등어, 상어, 가오리, 소고기, 돼지고기 등 꼬지를 만들었다.

　　혼자 송편을 만드는 아내가 불쌍하게 보였다. 민정이는 엉금엉금 기어와서 송편 반죽에도 손을 넣어 보고, 꼬지용 고기도 만지려고 했다. 민석이와 민태가 자동차를 몰고 서울을 출발했다는 전화를 아내가 받았다. 평소 같으면 아이들이 온다고 호들갑을 떨 텐데…… 전화를 받고도 아무 말없이 하던 일을 계속했다.

저녁을 먹고 설 제사에 쓸 밤을 깎고 있는데 민석이와 민태가 힘없이 현관에 들어섰다. 나는 현관문을 닫지 못했다. 누군가 더 들어올 사람이 있을 것 같았다. 며느리가 없는 명절은 음식을 장만해도 신명이 나지 않았다. 민석이는 아예 방에 들어가더니 나오지 않았다. 민태는 친구를 만나러 간다며 앉아서 이야기할 새도 없이 밖으로 나갔다. 아내가 제물을 장만하는 동안 나는 민정이를 보며 한없이 눈물을 흘러야 했다. 이 어린 것이 무슨 죄가 있다고, 이 어린 것을 잊고 마냥 희희덕 거리고 있을 며느리가 몹시 미웠다.

여느 때와 다름없이 설날 아침이 되었다. 며느리는 없지만 절차를 생략할 수는 없었다. 아내는 어제 장만한 음식으로 간단한 세배상을 차렸다. 세배를 받으러 거실에 나오니 민석이와 민태는 부스스한 얼굴로 옷을 차려 입고 서 있었다. 민태는 아내를 도와 부엌을 들락거렸다. 한 사람이 없는데 몇 사람이 없는 것처럼 세배상 앞이 허전했다.

부모님이 계실 때는 집안의 서열대로 세배를 받고 세뱃돈을 주며 덕담을 했었다. 며느리가 오고도 물론 그렇게 했다. 식구들이 둘러 앉아 간단한 음식을 나누어 먹으며 새해에는 품은 뜻이 이루어지기를 빌었다. 부모님이 돌아가시자 어른들이 안계시니 내가 어른이 되어 아들, 며느리, 조카, 질부들의 세배를 받았다. 며느리를 보고 네 번째 맞는 설인데 며느리가 없으니, 조카와 질부, 질녀와 질서, 종손자들이 와서 세배를 해도 설날 기분이 나지 않고 허전하기만 했다. 질부가 세배를 하고 부엌으로 들어가면서,

"동서는 안 왔어요."

아내의 목소리는 모기 소리 만하게 작았다.

"직장에 일직 근무를 해야 하기 때문에 어제 왔다가 오늘 아침 일찍 올라갔네."

대체로 무슨 일이 있는지 눈치를 채는 것 같았으나 누구 하나 내색은 하지 않았다. 말은 하지 않아도 우리 식구들 얼굴에 웃음을 찾아볼 수 없었으니 짐작하고도 남을 것이다. 한복을 차려 입은 민정이를 안으며 아내가 눈물을 흘리자 민석이는 또 방으로 들어가 버렸다. 비빔밥과 설음식을 시끌벅적하게 나누어 먹었다. 평소 같으면 윷놀이를 하거나 화투를 쳤을 조카들이 점심을 먹고는 무슨 볼일이 있다며 가겠다고 했다. 진짜 볼일이 있는 것인지, 평소와 다른 집안 분위기 때문인지, 하나 둘 떠나갔다.

친척들이 떠나자 민석이는 자해, 공갈, 협박 혐의로 정숙이를 고소했는데, 아직까지 경찰서에서 연락이 없다고 했다. 오늘, 내일 곧 연락이 올 것 같다며 서울로 가겠다고 했다. 전 같으면 구정 연휴가 끝나는 날 서울로 올라가던 민석이가 초이튼 날 서둘러 올라가는 것이었다. 서울에 올라가고 이틀이 지나자 전화가 왔다.

"저쪽에서 쌍방이 고소를 취하하고 부동산과 동산은 물론 아이까지 모두 포기할테니 합의 이혼을 하자는 제의가 들어왔는데 어떻게 할까요?"

자해, 공갈, 협박으로 고소를 했으니 징역을 보내고 싶다는 말을 하고 싶었으나 민석이도 여러 가지 생각을 하고 있을 것이었다.

"급하지 않으면 조금 생각할 여유를 갖는 것이 좋을 듯한데, 너는 어떻게 생각하고 있노?"

"합의를 하고 싶어요. 이제는 지쳤어요. 빨리 끝내고 싶어요. 정숙이 목소리도 듣기 싫고 정말 지긋지긋해요."

민석이 마음은 이해하고도 남았다. 나도 민석이와 같은 심정이지만 이왕 시작한 일이니 끝까지 배신에 대한 복수를 하고 싶었다. 그러나 쌍방 고소로 난타전을 벌려도 며느리의 마음은 돌아설 수 없는 것이다. 민석이 말과 같이 재판 이혼을 하면 경비가 많이 들어 경제적 손실이 클 것 같았다. 차라리 합의 이혼을 하여 깨끗이 정리하고 새 출발하는 것이 좋을 듯했다. 그리고 예상은 했지만 아이를 포기하겠다니 다행이었다. 아이를 쉽게 포기하는 여자, 며느리의 행동이 또 괘씸해서 견딜 수가 없었다. 며느리는 모정이고 뭐고 패대기 치고, 아이 없이 홀가분하게 훗서방과 살겠다는 속셈이 아닌가?

"재산과 아이를 포기한다는 조건으로 합의 이혼을 해도

괜찮다고 생각한다. 너 모는 싫으니 그년 징역 살리라고 하지만 이제는 너 생각에 달렸다. 아파트가 그년 이름으로 되어 있으니 아파트 전세금은 너 통장에 넣고, 아이와 재산 모두를 포기한다는 공증 각서를 받았으면 한다.”

차마 민석이에게 공증 각서를 받고 이혼 서류에 도장을 찍으라는 말을 직접 할 수는 없었다. 나는 아직도 이혼이라는 말이 생소했다. 며느리가 아무리 사람답지 못한 악한 행동을 했지만 지금도 ‘아버님!’ 하고 용서를 빈다면 얼마든지 용서해 줄 것 같다는 마음뿐이다. 정월 대보름이다. 보름달이 휘영청 떠오르자 마당에 나가 달을 쳐다보며 새해에는 민석이가 고통에서 벗어나게 해 달라고 빌었다. 우리 가족 모두 건강하게 해 달라고, 하고 싶은 일들이 이루어지게 해 달라고 두 손 모아 빌었다.

시에서 주관하는 달집태우기 행사를 한다며, 불꽃놀이와 공연을 한다며 온 동네 사람들이 구경을 갔다. 구경도 흥이 나야 가고 싶을 텐데, 모든 게 시들하니 가고 싶지 않았다. 행사에 참석하여 막걸리라도 한잔 하고 싶었으나 사람들이 싫었다. 모두 나를 보고 아들이 잘못하여, 며느리가 바람을 피워 이혼을 하게 되었다고 입을 삐죽이며 흉을 볼 것 같았다.

집안에 어른들이 없으니 모든 일을 혼자 고민하고, 혼자 판단하고, 혼자 결정하여 처리해야 한다. 막내로 태어났으

니, 어른들이 모두 돌아가셨으니, 나는 외로운 막내일 뿐이
다. 전화벨이 울렸다. 민석이의 힘없는 목소리가 전화기 저
쪽에서 들려왔다. 무척 지쳐있는 것 같았다.

"공증 각서는 군소리 없이 받았는데 전세금이 약속한 날
짜에 들어오지 않았어요."

친정에도 시집간 딸(정숙이)의 마이너스 통장을 쓰는 사람
들인데, 어디서 수천만 원이 나올까? 홋서방도 돈이 없는
모양이지. 그러나 이제는 남이 아니라 원수가 되었는데 걱
정하고 사정을 봐 줄 필요가 없지. 나는 매몰차고 단호하게
말을 했다.

"전세금을 받기 전에는 절대로 이혼 서류에 도장을 찍어
서는 안 된다. 알았지? 몰염치한 인간이 또 무슨 짓을 할지
모른다. 이럴 때 일수록 정신을 바짝 차려야 한다. 이제는
남의 사정 봐줄 필요는 없다."

민석이는 알았다며 전화를 끊었다. 조금 있으니 민태가
다급한 목소리로 전화를 했다.

"전세금 때문에 형과 그 여자가 다투다가 사고가 났어
요."

"왜, 무슨 사곤데?"

"형이 전세금을 주기 전에는 절대로 이혼 서류에 도장을
찍어 줄 수 없다며 돌아서서 차를 몰고 가는데 그 여자가 형
차를 따라와서 들이받았어요."

가슴이 철렁했다. 결국 무슨 일 내고 마는구나. 그 어리석은 여자가 감정대로 행동한 것이 분명했다. 담담하고 차분하게 대처하는 민석이를 얕보고 우직한 행동을 한 것이 분명했다.

"민석이는 많이 다쳤나?"

"고개가 뒤로 약간 젖혀져서 삐끗한 것 외에 별다른 외상은 없어요. 차는 뒤 범퍼에 약간 흠집이 나고요."

"다행이다. 병원에 가보라고 했나?"

"형과 같이 병원에 가서 상해 진단을 받았는데 2주가 나왔어요. 오는 길에 경찰서에 신고부터 했어요. 이제 그 여자 꼼짝 못해요. 형은 고의로 사고 낸 여자를 고소하여 공무원 밥통을 끊어지게 한데요. 알아보니 상해 사건은 7년까지 고소를 할 수 있으므로 고소는 아직 보류하고 있어요."

"우선 마음부터 안정을 취하라고 해라. 그 여자 큰일을 낼 줄 알았다. 뭐 그런기 다 있노? 이제는 하다가 할 것이 없으니 고의로 차를 들이받는 짓까지 하다니."

머리가 좋은 민태는 말을 이었다.

"전세금이 통장에 들어오면 합의 이혼을 하되 재산 청구는 이혼 후 4년까지 할 수 있으므로 만약에 재산 청구 소송이 들어오면 그 때 상해죄로 고소를 해도 늦지 않을 것 같은데 형하고 상의할게요."

여권이 신장되어도 넘치게 신장되었다. 외간 남자가 있

다고 남편에게 버젓이 말을 하는가 하면 그것도 모자라 침 뱉었다고 고소를 하고, 또 남편의 자동차를 들이받다니 크게 잘못된 것이다. 시대가 변해도 너무 변한 것이다. 시골에서 자라 아무 것도 모른다. 착하다 하고 귀엽게 봤는데 서울에 가더니 나쁜 것부터 배운 모양이다. 서울에 간다고 다 그런 것은 아니지, 원래 그런 피를 받아서 그런 것 일게다.

이제 와서 무슨 미련이 남겠나? 애지중지 하던 예쁜 며느리가 하루아침에 원수로 돌변했는데, 많은 사람들이 나를 배신하고 원수가 되어도 며느리만은 그렇지 않으리라 생각했는데, 믿는 도끼에 발등 찍힌 내 신세가 참으로 처량하지 않는가? 전세금이 통장에 들어왔다는 연락이 왔다.

이제 남은 것은 약속대로 이혼합의서에 도장을 찍는 일이다. 며느리와 정을 떼려고 노력을 했는데 노력한 만큼 정이 들었던 것일까? 인연을 끊는다는 것은 참으로 못할 짓이었다. 도장을 찍는 것은 민석이인데 내 가슴이 왜 이렇게 아픈 것일까? 집에 기르던 개도 남에게 주면 눈물이 나오는데 하물며 가족이 없어지는데, 아내와 나는 민석이의 소식을 듣자 하던 일을 멈추고 초점 없는 눈동자로 서로 바라보다 몸져 누웠다.

민석이는 기어이 이혼합의서에 도장을 찍고 살림을 옮긴다고 했다. 애비도 이렇게 가슴이 아픈데 본인은 어떠했을까, 정이 많던 민석이는 얼마나 피눈물을 흘렸을까, 민태는 또 어떠했었을까 하는 생각들을 털고 나는 일어나야 했다.
가장이 눈물을 보이면 가족이 흔들리게 될 지도 모른다.

'지금쯤 며느리는 눈물을 흘리고 있을까 아니면 시원해
서 춤을 추고 있을까? 며느리의 그 모습이 보고 싶다.'

그러나 '눈물을 흘리든 춤을 추든 이제는 가족이 아니다.
남이다. 아니 원수다' 라고 다시 냉정을 되찾았다. 마침 공휴
일이라 혼자 서울에 간다고 하니 아내는 손녀를 안고 울면서
따라나섰다. 이삿짐센터에 의뢰하여 짐을 옮기라고 했다.

버스정류장을 가득 메우며 오고가는 사람들, 서울 가는
손님들이 버스 안을 가득 채워도 버스는 허전하다 못해 냉
기가 돌았다. 민정이를 낳을 때까지만 해도 가슴 벅찼던 버
스 정류장은 예전의 따스함을 잃어버린 빈 공간처럼 냉기만
이 가득했다. 아내는 민태네 집에서 청소를 하고 민석이와
민태는 짐을 옮기려 민석이네 집에 갔다. 아내는 마지막으
로 며느리의 모습을 보고 싶다며 민석이를 따라 나서려고
했다. 보고 싶은 얼굴도 아닌데 봐서 무엇하겠냐며 내가 억
지로 말렸다.

"무슨 미련이 남아 그 인간을 보고 싶다고 하노?"

"어떤 표정을 하고 있는지 보고 싶어서요. 얼굴이라도 할
퀴고 오려고요."

"보면 화만 날거다. 다 지나간 일일 뿐이다."

짐을 다 옮겼다는 연락을 받고 민석이가 새로 얻었다는

원룸에 갔다. 짐을 다 옮겼다는데 좁은 원룸이 텅 비어 있었다. 민석이가 가지고 온 짐은 몇 박스의 책과 책장, 민석이 방에 있던 물품 몇 가지뿐이었다. 며느리가 시집올 때 가지고 온 장롱, 침대, 냉장고, 세탁기 등은 두고 오더라도 아내가 사준 에어콘, 김치냉장고, 부엌살림 등 집기까지도 그대로 두고 온 것이었다.

아내는 민석이에게 '내가 해준 냉장고와 세탁기, 부엌살림들은 왜 안 가져 왔노?'

"그런 거 다 가져오면 정숙이는 뭐로 밥을 해 먹노?"

아내는 억장이 무너지는지 민석이 등짝을 두 주먹으로 때렸다.

"헤어지는 마당에 무슨 미련이 그렇게 남아 아직도 그 계집을 끔찍이 생각하노? 부모는 괘씸해서 피가 마르는데……."

아내의 푸념은 그동안 쌓인 화풀이였다. 민석이는 참는 것을 무언으로 대신했다.

"이놈아! 밥그릇이라도 있어야 밥을 하지. 전자렌지, 후라이팬, 식기세척기, 정수기까지 모두 내가 해 준 거 아이라. 하다못해 숟가락이라도 가져 오지."

민석이는 혼잣말로 '돈만 가져 오면 되지, 쓰지도 못하는 그 까짓 거 뭣 하로 가져 오노?' 중얼거렸다.

"니가 무슨 돈을 가져 왔노, 전세금은 우리 돈이잖아. 위자료라도 물러야지, 결혼 비용이라도 물러야지 이놈아, 누구 좋으라고 돈 한 푼 못 물리고 합의서에 도장을 찍노!”

아내의 푸념은 계속되었다. 생각해 보면 며느리가 잘못했는데, 민석이만 쪽박 차고 나온것 같았다. 부부간에 무슨 일이 있었는지, 민석이가 무슨 잘못을 했던건지……. 며느리의 말과 민석이의 말, 민태의 말까지 종합을 해 봐도, 아니 사돈의 행동을 봐도 민석이 잘못은 없는 것 같았다. 부자지간을 떠나서 객관적으로 봐도 그랬다. ‘지 여자는 남을 주고, 살림도 다 놓아두고 몸만 나왔으니……’ 라고 하는 아내의 푸념도 틀린 말은 아니다.

정숙이는 뭐로 밥을 해 먹느냐는 민석이의 말이 계속 귀에 걸렸다. 민석이가 마음이 약한 것인지 아직도 미련이 남아, 아직도 사랑이 식지 않아서…… 아니면 바보여서 그런건가? 이 모두가 해당되는 것 같고, 아닌 것 같기도 했다. 듣고만 있던 민태가 민석이 편을 들고 나왔다.

“형도 계산 다하고는 있어. 둘이 벌어서 아파트 부금 넣은 통장과 다른 통장들도 형이 다 가져 왔어. 형이 어디 바본 줄 아나!”

민석이가 새로 얻은 집은 직장 근처에 있는 빌라로 혼자 살기에 알맞은 원룸 형태였다. 이제 또다시 시작해야 하는 안타까움에 잠을 이룰 수가 없었다.

지난 4년간 며느리와 겪었던 작은 일들이 시간과 시간 사이를 파고들어 잠자리를 괴롭혔다. 그래도 한때는 가족이었으며 손녀의 애미가 아니었던가? 남자에 미쳐 모두를 버리고 떠난 사람을 잊으려고 애쓰는 가족들의 마음을 헤아리느라 나는 아무런 내색을 하지 않았다. 오로지 한 줄 글로 써서 기억 저 너머로 보관하고 잊어버리기로 했다.

집으로 돌아오는 발걸음은 천 길 낭떠러지로 떨어지는 것 같았다. 민정이를 안고 있는 아내의 눈동자도 풀려 있었다. 마음 약한 민석이가 이 고비를 잘 이겨낼 수 있을지……. 하루 빨리 툭툭 털고 다시 좋은 배필을 만나 지난날을 이야기하며 웃는 모습이 보고 싶었다.

집에 돌아오자 옷도 갈아입지 않고 며느리의 흔적을 지우기 위해 며느리가 쓰던 물건들을 모두 골라내었다. 며느리의 한복, 옷, 가방, 신발, 혼수로 받은 아내 한복, 가방, 신발, 내 삼베 도포, 신사복, 와이셔츠, 넥타이, 손수건, 혼수로 받은 돗자리, 찬합, 심지어 가족사진, 주고받은 메일을 인쇄한 종이들까지 며느리와 관계되는 모든 물건들을 골라 박스에 넣었다. 아내도 며느리의 흔적을 지우기 위해 집안 곳곳을 뒤져 찾아내어 박스에 넣었다.

자동차 드렁크에 며느리의 흔적들 위에 소주 한 병과 육포를 얹어 함께 실었다. 죽은 사람 물건을 불에 태워 없애듯 그렇게 하고 싶었다. 언젠가 며느리와 한 번쯤 갔던 낚시터로 가지고 갔다. 아내가 며느리 준다며 닭백숙을 하던 장소에 며느리의 물건을 내려 놓고, 불쏘시개를 하기 위해 부드러운 덤불을 손으로 뜯었다.

휴지에 불을 붙이고 불쏘시개로 불을 살려 며느리의 흔적을 더러운 흉물 버리듯 하나하나 불에 처넣었다. 가지고 온 소주병 마개를 따서 술을 뿌리고 육포를 불속으로 던졌다. 활활 타는 불꽃을 보며 하루 빨리 우리 가족이 악몽에서 벗어나게 해 달라고 넋 잃은 사람처럼 진심으로 묵도를 했다.